크리스마스
타일

KB075508

크리스마스
타일

김금희 연작소설

창비

차례

1

밤

은하의 밤

고독과 태만

삼년 전 은하가 차디찬 회복실에서 깨어나 한 결심은 이런 것이었다. 삶에 피하지방처럼 껴 있는 모든 영양가 없는 관계들과 결별해야지. 그것들이 은하 인생에 달라붙어 얼마나 만성적인 스트레스를 일으켜왔는지는 막 수술을 마친 은하의 몸이 증거하고 있었다. 마흔여섯은 암에 걸려도 놀랄 나이는 아니었지만 암 발병이 흔한 나이대도 아니었다.

처음 유방암——지인들에게는 갑상샘암이라고 속였다——선고를 받은 뒤 은하는 그 모든 상황이 일종의 징벌 같다고 생각했다. 어려서 엄마를 따라 성당에 다녔지만 이후 발길을 끊었기 때문이다.

"은하 니는 믿음 없이 어찌 살라카나."

그때 안타까운 실망을 담아 채근하던 엄마는 이제 곁에 없고 은하는 혼자 남아 벌을 감당해야 하는 상황이었다. 처음에는 기가 죽고 위축이 되었다. 하지만 수술과 항암 치료로 본격적인 통증이 시작되고부터는 다른 누군가들의 죄를 뒤집어쓴 듯한 억울함에 사로잡혔다. 이 고통은 내 것이 아니라고 마땅하지 않다고 매일 매 순간 생각했다. 그러나 투병의 과정은 엄연한 현실이었고 아픈 것, 그것이 바로 은하의 몸에서 벌어지는 일이었다. 암센터에서 치료를 받고 어질어질한 정신으로 병원을 나와 죽집에 앉아 있으면 그 한그릇조차 입맛이 없어 도저히 손이 가지 않고 은하는 마치 기도를 하듯 고개를 숙여 죽의 표면이 공기 중에 산화되는 것을 음울하게 내려다보았다. 그러면 이런 장면들이 떠올라 입안이 까슬해졌다. 수술을 앞두고 마음이 약해진 은하가, 미혼인 채로 늙어죽는 건 괜찮은데 고독사는 걱정된다며 조카 겨레가 초상은 치러주겠죠,라고 자조적으로 얘기했을 때 새언니가 "왜 애한테 부담을 지워요?" 하고 정색한 일 같은 것.

  "고모, 요즘엔 부모도 자기 자식한테 그런 기대 안 해요. 바라지 마세요."

  막상 그 말을 들었을 때는 은하 편에서 사과하고 그런 뜻이 아니었다고 해명했지만 죽집에 혼자 앉아 있는 날들이 이어지자 자신이 했던 사과가 곧 상처가 되었다. 오빠네가 경제적 도움을 청할 때마다 대부분 들어주었던 건 차치하고라도 그런 푸념 하나도 듣기 싫었던 걸 보면 대체 은하는 그들에게 어떤 존재였을까.

프로그램에 섭외하기 위해 지문이 닳도록 보냈던 이메일과 문자메시지 같은 대화들도 알알이 고통이 되어 박혔다. 섭외자를 향한 신실한 구애의 문장들이었지만 때로는 읽히지도 않은 채 혼자만의 지껄임으로 끝이 났던 일도. 언젠가 은하는 한 디자이너의 집으로 섭외 미팅을 갔다가 설거지를 한 적도 있었다. 분명 초대를 받아 갔는데 밥을 다 먹고 출연에 대한 이야기가 본격화되자 같이 있던 피디가 은근히 은하를 건너보며 "선생님 나중에 힘드실 텐데 설거지 좀 해드려"하고 말한 것이었다. 그때 은하는 식탁 앞에서 일어나 그릇이 반질반질해질 때까지 설거지를 했고 이후에도 그런 '설거지스러운' 일들이 닥칠 때마다 기꺼이 해내며 기름때 하나 없이 아주 야무지게 수세미를 비벼가며 버텼다. 자기만 그렇게 한 것이 아니라 다른 사람들—후배, 신입, 막내—에게도 그렇게 하자고 들볶아가며 버텼다. 못하겠다고 하면 그런 설거지가, 애원이, 자존심이 뭐라고 그래, 그까짓 게 뭐라고, 너 빚 없니? 집 안 어려워? 재계약 안 할 거니…… 하면서.

그런 일들을 맹렬히 생각하다보면 은하는 마음이 지옥처럼 어두워졌고 어린 시절의 주기도문을 떠올리며 어떤 돌파구를 찾아보곤 했다. 저희에게 잘못한 이를 저희가 용서하오니 저희 죄를 용서하시고…… 같은 구절이었다.

그런 날들을 일년 가까이 반복한 끝에 은하는 어떤 체념과 자기극복이 깃든 묘한 평화에 이르렀다. 이후에 어떤 인생을 살아야 할지는 모르겠으나 발병 이전처럼 살지는 않을 것이며 그런 삶에는 오로지 고독, 크기를 잴 수 없이 크고 깊은 고독만이 필요하리라는 결론이었다. 그것은 어느 흐린 날 거리를 걷다가 낙엽이 떨어져내리는 가로수 밑을 지나거나, 어느 늦은 시간 택시를 타고 강변북로를 달리다 한강에 어른대는 불빛들을 애잔하게 바라볼 때와는 차원이 다른 고독이었다. 설명하자면 아주 무섭도록 자기 삶 속으로 포섭된 고독이었다. 참여자 없는 연극이자 듣는 이 없는 아리아, 만남이 불발된 채 혼자서 나누는 열렬한 악수 같은 것.

이후 그 고독의 힘으로 혼자 남미 여행까지 다녀온 은하는 마침내 이른 봄, 방송국에 복직했다. 그간 예능 작가로 MTN의 적지 않은 프로그램들을 성공시켰으므로 복귀는 물 흐르듯 자연스러웠다. 문제는 채널 경쟁에서 고전을 면치 못하던 방송국이 거의 재개국에 가까운 조직 개편을 하게 되었다는 것이다. 뉴스를 비롯한 시사, 교양 프로그램들이 대폭 축소되었다. 은하는 복직을 계기로 교양 다큐멘터리로 옮겨 가고 싶었지만 하는 수 없이 원래의 예능국으로 돌아와야 했다. 바라던 바가 그나마도 이뤄지지 않았으므로 첫 출근을 하면서도 덤덤했다. 복직을 한다는 기대나 설렘은 없었고 예상되는 전개에 대한 미약한 피로감마저 들었다.

그래도 한시간 일찍 출근해 사무실에 도착한 은하는 원래 자기가 쓰던 자리에 마치 곰처럼 체격이 큰 남자가 앉아 있는 것을 보았다. 은하가 돌아오면 바로 그 책상에, 쓰던 볼펜 한자루까지 그대로 세팅되어 있으리라고 남 국장이 말했기 때문에 은하는 의아한 기분으로 걸어가 의자 뒤에 섰다. 삭삭삭삭삭삭삭삭…… 기척도 못 듣고 뭘 하나 싶었는데 남자는 소독제를 조금씩 뿌려가며 책상을 닦는 중이었다. 티슈를 4분의 1로 접어 오른손 검지와 중지로 잡고 마치 밀대를 밀듯 꼼꼼하게 이동하며 열중하고 있었다. 동작에 절도가 있고 좁은 표면을 정성스레 닦고 있어서 은하는 제지하거나 말을 걸 수가 없었다. 저렇게 힘을 주다가는 담에 걸리지 않을까 생각하며 지켜볼 뿐이었다.

그러다 은하는 조금씩 신경이 곤두서기 시작했는데, 남

자의 손가락이 전진과 전진을 거듭해 독서대 아래까지 나아가고 있었기 때문이다. 어느 출판사의 독서모임에서 받은 그 독서대는 책이나 원고를 보기 위해서가 아니라, 스트레스를 받을 때마다 은하가 볼펜으로 책상을 찍어 누른 그 숱한 흔적들을 감추기 위해 놓여 있었다. 만약 남 국장이 정말 자리를 삼년 전 그대로 세팅해놓았다면, 이 책상이 바로 은하의 그 책상이라면 흔적 역시 그대로일 거였다. 물론 책상의 흠집은 흔한 것이었지만 발견되는 게 싫은 마음도 어쩔 수 없었다. 그러나 남자의 손가락 밀대는 몇개의 볼펜이 꽂힌 오거나이저를 지나 독서대로 향했고 여태껏 해온 그 디테일한 절차대로 독서대를 착착 접어들어올린 다음, 그 볼펜 자국들, 너무 잦은 분노와 스트레스로 머그컵의 원지름만큼이 되어버린 그 자국들을 닦아내기 시작했다.

삭삭삭삭삭삭삭삭……

당연히 지워지지 않았다. 남자는 자리에서 엉거주춤 일어나 좀더 힘을 실어 닦기 시작했다.

삭삭삭삭삭삭삭삭……

저렇게 열심히 마찰하다보면 손가락 사이에서 불꽃이 일어나지 않을까. 자신의 히스테리컬한 버릇이 발견되는 일도 싫은데 그렇듯 무모한 반복에 열중하는 사람을 지켜봐야 하는 데서 오는 갑갑증까지 더해져 은하는 더 기다리지 못하고 "저기요" 하고 남자를 불렀다. 남자는 갑자기 들려온 목소리에 놀랐는지 네엣? 하고 소리치며 은하를 돌아보았다. 남자의 키는 눈짐작대로 거의 은하의 두 배였다. 가슴팍까지 내려오는 남자의 네임태그가 은하의 눈높이에 가까울 정도였다. 보도국 아나운서 오태만이라는 이름이었고 그가 이 시각에 여기 있다는 건 바로 그가 보도국에서 예능국으로 발령받은 불운한 전보자라는 얘기였다. 그리고 또다시 불운하게도 그의 진짜 자리는 전력을 다해 청소한 그곳이 아니라 은하의 옆자리였다.

바쁜 사람들

예능국에서 오태만의 위치는 애매했다. 콘텐츠-허브 팀에 속해 있었지만 팀원은 자기 혼자였고 구체적인 업무 영역이 없었다. 물론 남 국장은 MTN 각 부서의 소스를 가져다 새로운 예능 콘텐츠를 발굴하라고 했지만 아나운서인 오태만이 왜 그런 기획을 담당해야 하는지는 석연치 않았다. 회사에서는 보도국 사람들을 해고하는 대신 타부서에 발령하고 있었고 오태만도 그런 경위로 은하 옆자리에 와 있을 뿐이었다. 예능국 사람들은 오태만에 대해 그다지 궁금해하지 않았다. 방송국의 파행 인사에 항의하는 동료들이 아직 시위를 벌이는 상황에서 태만이 여기로 출근했다는 사실이 이미 많은 것을 보여주니까. 그는 받아들인 것이었다. 어떤 현실이든.

"오태만 씨는 회사는 왜 꾸준히 나와? 아주 열심히 출근을 하네. 업무 익히느라 그런가?"

어느 날 은하가 섭외를 하기 위해 전화를 돌리고 있는데 남 국장이 옆자리를 향해 그렇게 묻는 것이 들렸다. 팬데믹 때문에 재택근무를 허용하고 있는데 왜 굳이 사무실 출근을 하느냐는 뜻이겠으나 하고많은 표현 중에 회사를 왜 나오느냐니. 그게 지금 해고를 겨우 면하고 앉아 있는 인간에 대한 예의인가, 은하는 그런 생각을 했지만 화면에 시선을 고정한 채 대화에 끼어들지 않았다. 은하가 방송 일을 시작할 때 피디로 한창 몸값을 올리던 남 국장은 지금 저렇게 임원이 되어 외눈의 후크 선장처럼 살고 있었다. 시청률에 뜯어먹힌 갈고리팔을 이리저리 휘저으며, 자기 이외의 세상에는 별 관심 없이도 별일 없이 살아지는 중년간부의 '매직'에 기대어. 하기는 나라고 뭐가 다를까, 은하는 별반 다를 것 없다는 자기혐오를 느끼며 어깨를 모니터 쪽으로 옹송그렸다.

"은하 작가도 있었네?"

파티션 너머로 손을 올리며 남 국장이 알은체를 했다. 은하는 하는 수 없이 고개를 들며 국장님, 오늘은 날이 쌀쌀하네요, 하고 받았다.

"은하 작가, 내가 저번에 정부 쪽 사람을 만났는데 말이야. 요즘 귀농하는 청년들이 많대요. 농촌도 4차 산업이거든. 우리가 아는 소 먹이고 닭장 치는 그런 농촌이 아니야. 듣다보니 신청자를 받아서 귀농으로 인생 역전하는 프로그램을 만들면 딱이다 아이디어가 오더라고. 어때? 우리 은하 작가 이 정도 얘기했으면 벌써 드라마타이즈 써내려가고 있을 거 아냐?"

"인생…… 역전, 그런 게 어딨어, 국장님."

은하는 국장의 말을 자기도 모르게 시들하게 받았다가 갑자기 정신을 차리고 "꿈이 필요한 시기이기는 하지" 하고 받았다. 국장도 당황했다가 은하가 평소처럼 호응과 맞장구를 해주자 더 고민하지 않고 하던 이야기로 넘어갔다. 사실 우리나라가 농본국가 아니냐, 식량의 자급은 반도체 수출보다도 중요한 국가적 사안이다, 방송의 선한 영향력이야말로 예능의 새로운 지평이다. 하지만 은하는 국장의 속마음을 잘 알았다. 이런 기획에서 가장 매력적인 건 지자체들의 협찬을 받을 수 있다는 점이었다. 유명인들이 농어촌에서 며칠 보내는 프로그램이 유행하기는 했지만 그래도 아예 거기서 사는 일은 전혀 다른 차원 아니다. 인생 역전이라니, 그렇게 인생이 쉽게 바뀌다니 너무 환상 같은 얘기가 아닌가. 은하가 생각하기에 인생의 극적인 변화는 그렇게 오는 것이 아니었다. 그런 건 나의 의식과 상관없이 스멀스멀 조용하게 은밀하게 불가피하게 찾아들었다, 이를테면 암세포처럼.

"바로 그런 기획을 저도 생각해보고 있었습니다!"

옆에서 가지런히 손을 모으고 서 있던 오태만이 갑자기 소리쳤다. 발성이 좋고 울림이 큰 목소리라 직원이 얼마 없는 사무실이 쩌렁 하고 울렸다.

"오태만 씨도 그런 생각을 했어?"

"네, 국장님 제가 기획서를 제출하려고 만들고 있었습니다. 이것인데요."

오태만이 그렇게 말하며 서랍에서 A4 뭉치를 다급하게 꺼냈다.

"아니 이게 뭐야, 오태만 씨 이게 기획서야? 이걸 언제 다 읽나?"

"아닙니다, 아닙니다. 요건 제가 보려고 만든 페이퍼이고 제출은 축약으로……"

하지만 오태만이 축약본이라고 내민 그 기획서마저 열장 남짓으로 길었다. 은하가 분위기상 어쩔 수 없이 힐끔 들여다보았을 때 거기에는 법정 탄원서만큼이나 많은 문장들이 빼곡하게 채워져 있었다. 누가 예능 프로그램 기획서를 저렇게 쓰나. 다섯줄만 넘어가도 지루해하는 것이 예능국 사람들이고 아예 페이퍼 작업을 하지 않는 경우도 많았다.

"오태만 씨, 이렇게 쓰면 안 돼. 여기는 보도국이 아니니까. 은하 작가, 이것 좀 봐. 이렇게 쓰면 이게 뭐가 되냐고."

"그런 건 요즘 사람들이 설명충이라던데, 국장님."

은하는 어느 기사에서 읽은 대로 말했다가 입술을 깨물었다. 마치 사실만 말하는 저주에 걸린 것처럼 요즘 내뱉는 말마다 매우 부적합했다. 그러면 안 된다고 생각하면서도 기어이 그러고 마는 건 고독의 불가피한 부작용일까. 은하는 사회생활을 재시동하면서도 항암 시절 결심한 고독의 견지를 유지하고 있었다. 오랫동안 해오던 페이스북을 접었고 휴대전화에 등록된 번호도 5분의 1만 남겼다. 새로 이사한 오피스텔에는 인터넷 회선도 깔지 않았고 퇴근 후에는 격일로 배달되는 반찬들로 식사한 다음, 주로 책을 읽으며 시간을 보냈다. 시드니 셸던이나 주드 데브루 같은 이십대 시절 열심히 읽었던 대중소설들이었고 그렇게 다시 읽고 난 뒤에는 재활용 쓰레기 배출일에 맞춰 버렸다. 그런 낭만적 희열에 취해 살았던 지난날들이 있었다니, 은하는 올해가 가기 전 책장의 반을 비울 작정이었다.

"은하 작가, 아무리 신조어라도 그런 나쁜 말은 배우지 말라고. 우리가 방송하는 사람들인데 그럴 수는 없지. 요즘 사람들 벌레 충 자는 쓸 줄이나 알아서 그런 모진 말을 쓰나? 그 한자가 사실은 뱀이 웅크린 모양에서 온 상형문자라고. 옛날에는 뱀, 개구리나 오징어, 달팽이나 가재 뭐 이런 갑각류, 파충류, 연체동물 모두 벌레였거든. 그런가 하면 뱀 사 자 알지? 요렇게 생긴 거, 그 한자는 배 속의 아기 모양에서 온 글자야, 나중에야 모양이 그렇다고 뜻이 뱀이 됐지. 그렇게 보면 인간이나 뱀이나 같고 뱀이나 벌레나 같고 모두가 그 충 자에서 멀지가 않다고. 오태만 씨, 이제 환골탈태를 해야 하네. 아, 환골탈퇴가 아니라고. 좌파 정부가 한자교육을 조져놔서 젊은 사람들이 그렇게 쓸 때마다 내가 머리가 지끈해. 환골탈퇴라니. 탈퇴는 뭘 탈퇴해. 태만씨, 예능국이 별게 아니에요. 동네 중국집 배달 오토바이라고 생각하면 돼. 배달 오토바이에 뭐라고 쓰여 있나?"

국장이 이 말 했다 저 말 했다 하니까 오태만은 아예 얼이 빠진 듯했다. 정확히 뭘 묻는지를 몰라 눈만 열심히 굴렸다.

"글쎄요, 배달의 민국이라든가……"

"아니지, 그건 배달업체 상호고. 철가방에 말이야. 아 참, 요즘은 중국집 배달원 구경도 어려운 게 됐구나. 보통 신속 정확, 이렇게 쓰여 있단 말이야. 이 사람 참. 그러니까 신속 정확하게 보고하면 돼, 알았죠?"

"알겠습니다."

오태만이 기어들어가는 목소리로 답했고 자신 있게 내밀었던 기획서를 도로 거둬 한 손으로 말아 잡았다. 은하는 국장이 자기 내키는 대로 떠들다가 언제 그랬냐는 듯 관심이 사그라드는 유형이라는 걸 누구보다 잘 알았다. 그러니 기회가 있을 때 최대한 어필해야 한다는 것을. 이대로 가다가 태만의 기획서는 제대로 된 평가 한번 받기도 어려울 판이었다. 물론 은하가 상관할 바는 아니었다. 하지만 한달 넘게 아무런 성과도 존재감도 없이 옆자리에서 끙끙대는 걸 지켜보기도 고역이고 앞서 말실수한 일도 있어서 "그 프로 타이틀이 뭔데요?" 하고 한번 더 주의를 환기했다.

"네? 아닙니다, 별건 아니고요. 제가 타이틀을 짓긴 했는데…… 바뀔 수도 있고요, 아니 바뀌어야 한다고 생각합니다. 환골탈태 저는 그거 쓸 줄도 알고 한자능력 4급 자격증도 있습니다, 국장님. 그리고 타이틀은 '마차는 언제 망가진 자들을 수거하러 오나' 뭐 이런 겁니다. 죄송합니다."

"됐다."

남 국장이 갑자기 검지손가락을 천장으로 찌르며 그렇게 소리쳤다. 대체 뭘 듣고 됐다는 건가, 마음에 안 들어서 들을 필요도 없다는 건가 하며 은하가 분위기를 살피고 있을 때 국장이 다시 한번 "마차라니, 제목만 들어도 레트로 뉴웨이브네. 역시 밀레니얼 세대는 다르다, 달라" 하며 오태만의 기획서에 대한 평가를 끝냈다.

직장인들에게 두려운 존재가 있다면 한가한 상사이고 더 두려운 존재라면 기러기 상태라 사적으로도 한가한 상사가 아닐까. 자녀와 부인을 모두 캐나다에 보내고 팬데믹으로 오가는 일조차 어려워진 상사와 함께 일을 해야 한다는 건 24시간 풀가동되는 아이디어에 속수무책으로 노출되어 있다는 얘기였다. 그 아이디어들은 마치 눈폭풍처럼 휘몰아쳤다가 갑자기 그치고 거기에 휩쓸렸던 직원들이 각자 방수재킷의 물기를 닦기도 전에 전혀 다른 방향에서 다시 휘몰아쳤다.

남 국장이 어느 기관장과 점심을 한끼 한 것과 오태만이 새로운 부서에서 어떻게든 자리 잡기 위해 머리를 짜낸 노고가 겹쳐 예능국에서는 파일럿 프로그램 「마망자

들」을 위한 팀을 꾸려야 했다. 「마망자들」은 기획서상의
타이틀인 '마차는 언제 망가진 자들을 수거하러 오나'의
준말이었다. 그 팀에는 일단 은하가 들어갔고 예능국 간
판 프로그램인 「능력자」의 공동연출인 이지민과 정 피디,
막내작가 소봄 등이 합류했다.

이미 맡고 있는 「능력자」에다 다른 일이 더해진 셈이라
직원들의 표정은 당연히 좋지 않았다. 지민은 아토피 피
부염으로 병가를 냈다가 돌아온 지 얼마 되지도 않아 이
런 이중고를 겪느라 거의 말조차 뱉기 싫은 듯했다.

"서바이벌물, 대국민 신청을 받기에는 시간도 없고 제
작비도 없으니까 어떻게 어떻게 신청자를 구해 알아서 파
일럿을 만들어라. 출연자는 일반인."

"네, 그렇습니다. 이지민 피디 선생님."

부서를 옮긴 지 두달 만에 할 일이 생긴 오태만은 긴장
과 기대로 어딘가 공중에 붕 뜬 듯한 나날을 보내는 듯했
다. 그동안은 최대한 사람들 눈에 띄지 않게 인사도 하는
둥 마는 둥 그림자처럼 조용히 자기 책상으로 스며들던
사람이 이제 출근과 동시에 한명 한명을 지목해 인사를
나누는 바람에 가끔 보면 그의 출근 자체가 뉴스의 리포
팅처럼 느껴지기도 했다.

"어, 그냥 피디라고 해주시면 됩니다. 선생님은 아니

고요."

"네, 이 피디님. 국장님은 「능력자」 게스트 중에 미션 실패자들이 있으니까 컨택을 해보는 것이 어떠냐고 하셨고요. 이미 한번 방송 탈 뻔한 사람들이니까 어느 정도 걸러졌고 사고 확률도 낮고요. 그리고 그 맛집……"

맛집…… 거기까지만 나와도 오태만과 은하를 제외한 대부분의 참석자들이 인상을 썼다.

"그 사람은 이제 정말 안 돼요."

가만히 듣던 소봄이 끼어들었다. 그냥 선선히 말하는 듯했지만 감정이 확실히 실려 있었다. 은하는 복귀 무렵에 남 국장을 통해서만 그 얘기를 들은 터라 자세한 사정은 몰랐다. 다만 그가 음식 사진만 보고도 어느 가게인지 척척 맞혀, 바둑 프로기사들을 모두 굴복시킨 슈퍼 인공지능의 이름을 따서 '맛집 알파고'라 불렸다는 것. 방송국에서 그가 출연하는 「능력자」 편을 학수고대했지만 완전히 물을 먹었다고만 알고 있었다. 그러자 예능이 아니라 시사 프로그램에서 그 인플루언서를 검증해보자고 은하는 복귀 전에 잠깐 제안을 받았다.

"아유, 그 인간은 이제 그만 좀 얘기하라그래. 그 인간이 무슨 메시아야, 뭘 그렇게 애가 타게 기다려?"

여태껏 듣고 있던 노트북 화면 속 정 피디가 짜증을 냈다. 활달하고 적극적인 사람이었지만 팬데믹 기간 동안 육아에 시달리면서 스트레스가 이제 한계에 달한 듯했다. 환멸과 낙담이 늘었다. 더구나 지금은 딸이 어린이집에서 확진자와 접촉해 자가격리 중이었다. 정 피디는 그 아이템이 방송국에 몰고 온 전방위적인 분란을 생각하면 사실상 그 이름은 방송 금칙어로 정해야 한다고 흥분했다. 문책성 인사 없이 그냥 지나간 것만으로도 천운이라고.

"그리고 요즘 맛집 알파고 얘기 아무도 안 해요. 다 라떼 시절 얘기죠."

사람들 앞에서 말하려니 긴장이 되는지 아니면 뭔가 화가 나는지 소봄의 말투가 점점 더 볼멘소리가 되더니 떨려 왔다.

"그런데 상금이 얼마라 그래요?"

은하가 볼펜으로 노트를 콕콕 찍으며 듣고 있다가 화제를 바꿨다. 회의 참석자들의 시선이 오태만에게 쏠렸다. 험악해지는 회의 분위기에 난처해하던 그가 "적어도 일억원 상당이라고 하네요"라고 허둥지둥 답했다.

"아 시발, 내가 하고 싶네."

지민이 불쑥 뱉었다가 험한 말 해서 미안하다고 고개를 여러번 숙이며 사과했다. 회의는 한시간쯤 이어지다가 까라면 까야지 뭐, 하는 결론으로 맥없이 끝났다. 은하가 자리에 돌아와 보니 조카 겨레에게서 부재중 전화가 와 있었다. 은하는 망설이다가 조카에게는 자신의 복잡한 마음을 감추고 싶어 문자메시지를 보냈다.

'우리 겨레 고모한테 전화했었니?'

겨레에게서는 답이 오지 않았다. 은하는 오빠네와 연락을 끊고 있었다. 오빠가 걸었던 마지막 전화 역시 돈 얘기였고 은하가 거부하자 더이상 연락은 없었다. 전에는 이따금 은하의 생일이나, 은하가 만든 프로그램이 방송되면 연락해 오기도 했는데 그마저 끊긴 것을 보면 그간의 관계 역시 어떤 보상이었다는 생각이 절로 들었다. 그 보상이 너무 확실하고 정확해서 슬프지도 않다고 은하는 허탈해했다. 다만 겨레가 자신을 이해해줄까 하는 의문은 두려움으로 남았다. 어른들에게는 그렇게 까마득한 고독 속으로 굴러떨어져야 겨우 나를 지킬 수 있는 순간이 찾아온다는 것. 그런 구덩이 안에서 저 혼자 구르고 싸우고 힐난하고 항변하며 망가진 자기 인생을 수습하려 애쓰다보면 그를 지켜보는 건 머리 위의 작은 밤하늘뿐이라는 것. 그런 충충한 생각 속으로 빠져들어가던 은하는 책상을 정리하고 퇴근 준비를 했다. 집으로 돌아가 오늘은 어떻든 고기 한토막을 먹어야겠다고 다짐했다. 입맛은 없었지만 완치 이후 정기적으로 받는 검사가 다가오고 있었다. 유

방뿐 아니라 전신 펫시티 등을 찍는데 은하에게는 늘 백
혈구 수치가 문제였다.

엘리베이터를 타고 내려가자 방송국 입구에서 태만이
누군가와 대화하는 것이 보였다. '마이크 앞으로 돌아가
고 싶습니다'라고 쓴 리본을 멘 사람이었다. 사실 보도국
이 축소된 건 정치적 이유라는 소문도 있었다. 신문과 방
송 두 매체를 가지고 있는 사주가 신문 쪽에 정치적 역할
을 맡기고 방송 쪽은 정리하려 한다는 것이었다. 그간은
두 매체 간에 정치적 입장이 분명히 달랐기에 그건 앞으
로의 정세에 대한 사주의 판단이 끝났다는 신호처럼 보였
다. 잠시 스치며 듣자 태만은 저는 새 일도 괜찮아요 과장
님, 하고 말하고 있었다.

"저 어차피 뉴스 잘 못했잖아요."

"아냐, 니 뉴스 괜찮았어요."

"에이, 평소에는 그렇게 말씀 안 하셨잖아요. 영혼이 없
다고 하셨잖아요."

"뉴스에 어떻게 영혼씩이나 갈아 넣겠어? 뉘앙스에 대
한 지적이었겠지."

그사이 비가 내려 보도는 다 젖어 있었다. 어스름한 대
기 중으로 생겨난 물구덩이들이 깊고 짙어 보였다. 그때
은하 앞에 비를 맞으며 걷고 있는 지민이 끼어들었다. 비

맞는 걸 그냥 지나칠 수 없어 우산을 씌워주자 지민이 "괜찮은데" 하고 사양했다. 하지만 괜찮은 건 아니었다. 점퍼에 달린 모자를 쓰고도 티셔츠까지 다 젖어 있었으니까. 은하가 어디까지 가냐고 묻자 전철역까지 간다고 지민이 답했다. 이번에는 지민이 어디까지 가냐고 물었고 오피스텔은 반대 방향이었지만 은하는 자기도 모르게 나도 그쪽으로 가, 저녁 먹으려고,라고 답했다.

잘못된 응답

지민은 고기가 나오기 전에 맥주를 먼저 달라고 했다. 그러고는 은하에게는 반잔을 따라주었다.

"그냥 받아만 놓으세요."

지민이 그렇게 말했지만 은하는 잔을 부딪치고 나서 홀짝 마셨다. 암에 걸렸었다고 술을 전혀 먹을 수 없는 건 아니다. 술을 먹지 않으면 스트레스를 풀 수가 없고 그게 암환자에게 더 위험하다. 웃으라고 한 말이었는데 지민은 웃지 않았다. 다만 "정말 말이 되네요" 하더니 맥주를 한 병 더 시켰다. 대화는 앞으로 함께하게 될 그 망할 프로그램으로 넘어갔다. 지민은 왜 타이틀에 마차가 들어가느냐고 물었다.

"그것도 아주 한심한 얘기예요."

은하는 버릇처럼 또 냉소했다가 잠깐 지민의 표정을 살폈다. 아무리 경력이 짧은 젊은 피디라도 피디는 피디였다. 피디는 정규직이었고 사실 은하 같은 작가들은 제아무리 이름난 작가라도 계약직이었다. 시청률 재난이 불어닥친다 해도 정규직은 또다른 프로그램을 만들며 기사회생할 수 있지만 작가들은 그렇지 않았다. 바람에 흔들리는 촛불 같은 존재였다. 지금 고기를 굽기 위해 각자 앞에 놓인 이 일인용 화로처럼. 출입구를 통해 누군가 들어올 때마다 파륵 불타올랐다가 숯불은 다시 사그라들고 있었다.

"일단 한심한 거 좋은데요."

지민이 얼른 얘기해보라는 듯 고개를 끄덕였다. 태만이 마차를 그 프로그램에 집어넣은 건 아나운서 시험에 여덟번 떨어진 뒤 떠난 쿠바 여행 때문이었다. 대학을 졸업하고 연거푸 그런 실패를 거듭한 태만은 사실상 한국에서 가장 먼 거리의 나라로 가서 죽어버릴까 생각하며 떠났다고 했다. 물론 실행할 용기는 없었지만 일단 마음만은 그랬다.

아바나에 도착한 태만은 며칠을 테킬라에 취해 보냈다. 그리고 유네스코 세계유산에 등재된 쿠바의 역사 도시 트리니다드로 떠났다. 아바나보다 한적하고 자연경관이 아름다운 도시였다. 쿠바식 에어비앤비인 카사에서 하룻밤 묵은 태만은 자전거를 빌려 타고 카리브해의 눈부신 백사장을 보러 앙콘 해변으로 출발했다. 론리플래닛에서 자전거로 한시간이면 간다고 봤기 때문에 물병 하나도 챙기지 않은 채였다. 하지만 대체 어떤 피지컬의 인간을 기준으로 했는지 아무리 자전거 페달을 밟아도 바다는 나오지 않았고 구글 지도의 경로도 좀처럼 줄어들지 않았다. 결국 태만은 가다가 가다가 허벅지에 경련을 일으켰고 갈증으로 탈진해 풀밭에 쓰러지고 말았다. 눈을 감고 누워 이제 끝이라고 태만은 절망했다. 오가는 이도 별로 없는 황무지에서 물 한모금 못 먹고 쓰러져 있다가 가는구나.

집에서 자신을 기다리고 있을 반려견 콩이가 가장 먼저 떠올랐다고 했다. 사람은 말을 하면 어떻든 납득을 할테지만 콩이는 전혀 이해 못할 테니까. 개에게는 상실이라는 것이 없으니까. 태만이 그렇게 좌절해 일어나지도 못하고 있을 때 멀리서 말발굽 소리가 들렸다. 21세기에 마차라니 싶어 태만은 환청인가 했다. 하지만 소리는 가까워지더니 이내 멈췄고 도와줄까 친구, 하는 목소리가 들려왔다. 지금 계속 갈 수도 돌아갈 수도 없는 상태이지, 하고.

"재밌네요."

정말 그렇다는 건지 아니면 그런 누군가의 추억 탓에 촬영장에 말까지 구해다놔야 하는 상황에 대한 자조인지 몰라도 지민은 일단 고개를 끄덕끄덕했다.

"그래서 나타난 구원자는 누구였대요?"

"거기 론리플래닛만 믿고 하이킹에 나서는 외국인이 깃털처럼 많다는 거야. 그래서 중도 포기한 관광객들만 실어나르는 사람까지 있었던 거지. 석유난 때문에 차가 아니라 마차를 몰았을 테고. 비용이 하루치 카사값인 걸 보면 구원이 오긴 왔는데 공짜가 아니었던 거지."

은하는 자신이 왜 열띠게 그 일을 깎아내리는지 모르겠다고 생각하면서도 그렇게 냉소했다.

"그래도 론리플래닛이 일자리 창출에 기여했네요. 그래서 국장님이 꽂힌 건가."

지민이 진지하게 짚었다.

"아니, 하필이면 국장도 쿠바에 대해 남다른 기억이 있더라고."

그날 태만의 기획서를 들고 이야기하다 결국 저녁까지 같이 먹고 말았는데, 일식집에서 참다랑어 가마육을 집어 먹으며 계속된 그 대화는 결국 대취한 국장이 얼핏 눈물을 보이며 끝이 났다. 마차에 자전거와 망가진 자기 몸을 신고 검정말이 이끄는 대로 향하던 태만이 하필이면 그날이 크리스마스임을 떠올리는 대목에서였다. 물론 조금만 방심하면 살갗이 탈 정도로 햇볕이 쨍쨍하고 한낮 기온이 30도 가까이 올라 일사병으로 인한 돌연사 가능성까지 있는, 북반구와는 전혀 다른 풍경의 크리스마스였지만 그래도 그날 일어난 그 작은 기적 —마차의 등장— 은 태만을 완전한 개심으로 몰아넣었다. 혼자가 아니라는 고양감, 하늘은 스스로 돕는 자를 돕는다는 깨달음. 그러니 아나운서 시험에 9수째 도전해도 되겠다는 확신. 하지만 은하가 보기에 태만은 마차가 아니라 택시를 불러 타고 갔어도 아나운서 시험을 봤을 것이었다. 그쯤 되면 포기하는 데 용기가 더 필요하니까.

고기가 나와 지민과 은하는 각자 석쇠 위에 놓고 굽기 시작했다. 은하가 특별히 설명하지 않았는데도 지민은 은하에게 고기를 많이 먹으라고, 항암 후에는 무엇보다 단백질이 필요하다고 이야기했다. 자기 엄마도 유방암으로 항암을 하고 지금은 오년이 지나 완치 판정을 받았지만 늘 불안불안하다고.

"나 갑상샘암 아닌 거 알고 있었구나."

은하가 약간은 수치심을 느끼며 그렇게 물었을 때 지민은 당황해하지 않았다.

"네, 양요 씨 통해서 들었어요."

양요는 은하와 방송을 함께했던 아이돌 출신의 방송인이었다. 지금은 음주로 방송 사고를 내 자숙 중이었다.

"알리기 싫었어, 누구한테 말할 때마다 유방이니 뭐니 들먹이기도 싫고."

"당연하죠. 다른 사람이 정확히 아느냐 마느냐가 뭐가 중요해요. 일일이 설명할 필요 없어요. 내가 어디가 아픈지 뭣 때문에 그러는지. 그런데 또 바꿔 말하면 일일이 설명해도 돼요. 내가 어디가 아픈지 뭣 때문에 그러는지, 그것도 내가 그냥 그러고 싶으니까."

지민은 와사비를 앞으로 밀어 고기와 함께 먹어보라고 했다. 요즘 자기는 피부 때문에 매운 걸 못 먹어서 와사비로 그럭저럭 대체하고 있다면서. 그리고 말없이 씹고 넘기고 하는 시간이 이어졌다. 침묵을 메우기 위해 먹으며 계속 떠드는 것이 아니라, 그냥 조용히 식사에 열중한다는 점에서 은하는 지민과 자신이 의외로 비슷하다고 느꼈다. 고기 한점 한점을 상추와 샐러드까지 넣어 영양가 있게 쌈을 싸 먹는 지민은 치밀하고 꼼꼼한 미식가처럼 보였다.

"그런데 오태만 씨 얘기를 들으면서 생각해보니 나도 그해 크리스마스를 남미에서 맞았어요."

"어디요? 쿠바요?"

그 말에 은하는 잠깐 머뭇하다가 페루라고 거짓말했다. 어차피 지민은 타인이 정확히 아는 건 중요하지 않다고 했으니까. 그해 크리스마스에 쿠바에 함께 있었다는 우연으로라도 태만과 엮이는 건 꺼려졌다.

"페루…… 작가님은 어땠어요? 태만씨처럼 뭔가 이슈가 있었어요?"

그 말에 은하는 글쎄, 하다가 나중에라도 생각나면 자기한테 말해줄게, 하고 말을 마쳤다. 그후 시간이 흘러 둘 다 상당히 취한 상태가 되었다. 알코올이 오르면 얼굴이 하얘진다는 지민은 아까 비를 맞아서인지는 몰라도 추워 보였다. 바로 앞에 있는 화로만 아니라면 금방이라도 오들오들 떨 것처럼. 그렇게 하얗게 질린 얼굴로 있다가 지민은 자기를 불편해하지 말라고 은하에게 부탁했다. 회사 지시 때문에 일하는 사람들끼리 불편해지는 게 싫다고. 아마도 맛집 알파고 건을 염두에 둔 말 같았다. 그 아이템을 예능이 아니라 시사고발로 가져가면서 회사에서는 정작 맛집 알파고의 섭외자인 지민을 열외시켰고 새 팀을 꾸려 은하를 메인 작가로 넣으려 했었기 때문이다.

"모두 방송계에서 계속 볼 사이잖아요. 이 바닥에서 위성처럼 빙글빙글 돌며 만나고 헤어지고 할 사이요. 방송국이 폭발하지 않는 한 함께 있을 운명이고요. 피디 하면서 여러번 인류애를 잃었고 은하 작가님은 더 험한 꼴도 보셨겠지마는, 일단 저는 스태프들끼리 불화하는 건 싫더라고요."

"그렇지, 그러면 안 되죠."

"네, 그러니까 이번 마차도 잘 끌어봐야죠. 사해동포주의로다가 가축까지 모두 호혜, 평등을 이뤄보죠."

"맞아, 이 피디가 잘하겠지, 뭐."

은하가 그렇게 말하자 지민은 안심한 듯이 표정을 풀며 다시 젓가락을 들었다. 하지만 정작 은하는 그 말끔한 결론에 어쩐지 더 기운을 잃어, 와사비를 찍어 입으로 넣는 지민을 지켜만 보았다. 쓰고 쏘고 맵싸해서 입안에 넣는 일 자체가 어떤 공격성과 연관 있어 보이는 그 와사비의 섭취를 지민은 왜 계속하는 건가. 사해동포가 불편하지 않게 잘 지내보자면서 왜 자기 스스로에게는 그 호의를 베풀어주지 않는 건가. 은하는 어쩌면 지민도 어떤 구덩이, 고독의 구덩이에 빠져 있는 건 아닌가 싶어 그것에 대해 물을 뻔하다 후식으로 나온 수정과만 삼켰다. 그리고 아까부터 신경 쓰이던 휴대전화를 가방에서 꺼내 버튼을 눌러보았는데 겨레에게서는 '고모, 제가 잘못 눌렀어요' 하는 답이 돌아와 있었다.

*

촬영지로 잡은 농가는 여러모로 천혜의 조건이었다. 일단 식당으로 쓰는 본건물과 분리된 또다른 안채가 있어서 집주인이 집을 비워주고 나갈 필요가 없었다. 촬영장으로 쓰는 동안 집주인의 거주 비용을 대지 않아도 된다면 자연히 제작비는 절감되었다. 산촌두부집이라는 그 식당은 이름난 맛집이었지만 특이하게도 변변한 접근도로 하나 없는 완벽한 외지에 자리하고 있었다. 그 점도 서바이벌물의 분위기를 내기에 적합했다. 그런가 하면 마을을 십분만 빠져나오면 의림지 같은 관광단지로 통하는 국도가 바로 나왔다.

지민이 추천한 두문리 마을에 처음 왔을 때 은하는 내비게이션 안내가 잘못되었다고 생각했다. 그런 유명 식당이 있을 것 같지 않았다. 구획이 제멋대로인 논두렁이 펼쳐지다 뒤편이 막혔는지 계속 이어져 있는지 살펴보기도 힘든 거대한 건초더미가 나왔기 때문이다. 운전대를 잡은 태만이 "답사 포기해야 하지 않을까요?" 하고 은하에게 물었다. 장마가 덮쳐서 와이퍼도 소용없는 폭우의 날이었다. 하지만 그렇게 난감해하며 후진했더니 왼편으로 슬레이트 지붕이 보였고 산촌두부집이 나타났다. 원래는 초가

였을 집을 패치워크하듯 부분부분 개량해 연식이 모호해
진 농가였다.

주차를 하고 은하와 태만은 안으로 들어섰다. 악천후
속에서도 식당은 고요했고 어떻게 길을 찾았는지 식당을
방문한 사람들이 방마다 얌전히 앉아 음식을 기다리고 있
었다. 거의 만석이었다. 손님이 늘어서인지 식당에서는
분명 중정이었을 공간에 지붕을 만들어 좌석으로 쓰고 있
었다. 한데서 밥을 먹는 듯한 불쾌감과 정말 시골 집밥을
먹는다는 이색적인 만족감을 동시에 느낄 수 있는 자리였
다. 태만은 방을 원했지만 은하가 중정을 선택했다.

둘은 신발을 벗고 나무마루를 이어 만든 평상에 올라
가 앉았다. 대표 메뉴인 두부구이 정식을 주문하고 기다
렸다. 뭔가 마음이 불편한지 태만이 연신 물잔을 들었다
놓으며 냅킨으로 상을 닦았다. 섭외가 잘 안 될까봐 걱정
하는 눈치였다.

은하는 지붕 위로 떨어지는 빗방울 소리에 귀를 기울
이고 있었다. 빗물이 하늘에서 떨어지고 그것이 비닐로
만든 지붕 위를 흐르다 졸대를 타고 자주색 고무 대야 위
로 똑똑똑똑 떨어지는 소리를. 어딘가 귀에 익은 소리라
고 생각했다. 그 물방울 소리는.

"이 기름이 뭔가요?"

식당 주인이 음식을 내오자 태만이 물었다.

"네, 요건 산초랑 들지름유."

프라이팬에는 녹빛이 깔려 있고 희고 단단한 두부가 기름층 안에서 구워질 준비를 하고 있었다. 어느 정도 불이 올라가자 투둑투둑 하며 두부가 들썩이기 시작했다. 산초기름으로 요리하는 두부는 은하도 처음이었다. 태만의 안색이 변하더니 자기는 향신료에 약하다며 난감해했다.

"이건 전통음식이니께 괜찮을 거유. 이게 옛적에는 기침병 고치는 약으로도 썼대니께."

식당 주인은 자영업자 느낌이 거의 없는 이곳 주민 같은 인상이었다. 예능을 하다보면 회차마다 길든 짧든 식당 신을 찍어야 할 때가 잦은데 그럴 때 만나는 식당 사장들은 아무리 친절하더라도 어딘가 뾰족한 칼날 같은 면이 느껴졌다. 그게 식당 악성 댓글에 등장하듯 장사가 잘 돼 배가 불러 그런 경우도 있겠지만 대체로 그건 끼니때만 되면 몰려드는 그 허기에 찬 입들을 먹여온 자가 자신을 단련해온 결과처럼도 읽혔다. 하지만 산촌두부집 주인은 그런 구석이 없었다. 여느 식당과 다르지 않게 주문을 받고 응대를 하고 있지만 그런 벨 듯한 긴장이 없었다. 뭉툭하고 느슨했으며 어느 면에서는 유약하게도 느껴졌다.

태만은 역시나 향이 안 맞아 두부에 입도 대지 못했다.

주요리를 못 먹으니까 곁들임 반찬만 집어 먹었는데 반찬
이 조금만 줄어도 두고 보지를 못했다.

"사장님, 여기 콩나물, 콩나물, 떨어졌습니다."

"사장님, 여기 전전전, 전이 없어요."

"사장님, 여기 달걀프라이 더 서비스 안 될까요?"

"사장님,"

은하는 그렇게 반찬 추가를 요구하는 오태만을 보며
이 친구에게는 도무지 침묵이 없다고 생각했다. 침묵이
없다면 고독도 없을 테고…… 은하는 기분이 점점 상해갔
다. 정작 주인은 예, 여기 나와유, 하고 재바르게 교체해주
는데도 태만의 불손은 그 순간 은하가 만끽하는 목가적인
분위기를 심각하게 훼손하는 듯 느껴졌다. 외국을 다녀온
후 사실상 서울에 갇히다시피 생활하던 은하는 오늘의 답
사가 가장 멀리 떠나온 여정이었다. 비가 와서 어둑하고
방방마다 두부가 구워지고 옛날에 쓰던 두부틀과 쟁기와
실제로 사용하는지 장식인지는 모를 대나무 키까지 툇마
루에 놓여 있는 풍경. 그것은 은하가 암센터 근처 프랜차
이즈 죽집에서 도무지 일지 않는 식욕과 싸워야 했던 어
느 시절을 빗줄기와 함께 씻어주는 느낌이었다. 그런데
태만이 자꾸 손을 번쩍번쩍 들어 반찬 추가를 요구하는
통에 그런 충만감이 충분히 차오르지가 않았다. 저희에게

잘못한 이를 저희가 용서하오니, 은하는 다시 그 말을 떠올렸다. 저희 죄를 용서하시고.

"사장님, 혹시 숭늉 같은 것 될까요?"

"아이고, 우덜은 솥밥이 아니라 숭늉은 읎는디요."

"오태만 씨."

은하가 자기가 먹을 두부를 뒤집개로 살살 건들다 확 뒤집으며 불렀다.

"에?"

"태만씨는, 밥을 좀 특이하게 먹네?"

태만이 저요? 하더니 젓가락으로 콩나물을 몇가닥 집어 입으로 넣으며 자기도 안다고 했다.

"뭐랄까, 남들보다 자주 씹는달까? 입도 좀 특이하게 오물오물 오물오물하고."

"네, 그렇게 돌려 말씀 안 하셔도 돼요. 쥐새끼 같다고 남들이 그러더라고요."

태만의 말에 이번에는 은하가 당황해서 그 정도는 아니라고 잠깐 일었던 자신의 히스테리를 감췄다.

"제 마스크가 별론 거 알아요. 그래서 저는 예능국으로 넘어온 게 다행이다 싶고요. 마망자도 만들 수 있으니까요. 은하 작가님과 같이 일도 하고요. 작가님 왕년에 히트친 거 많으시던데요? 시소에 사람 태워서 날려버리는 거,

은하 작가님이 하셨죠? 진실, 거짓 해서 거짓 나오면 20미터짜리 맨홀 통과해 스튜디오 밖으로 내보내는 거, 그것도 은하 작가님이 했던데?"

은하는 왕년,이라는 단어에 기분이 상해 그런 입술에 침 바른 소리에는 대꾸하고 싶지 않았다. 그리고 예로 든 것 모두 가학적이라는 항의에 문을 닫고 만 프로그램들이었다. 어떤 작가 후배도 그것을 영광으로 여겨주지 않았다. 그저 야만의 시절이자 작가 하기 편한 호시절이었구나 할 뿐이었다. 은하는 기름이 뚝뚝 흐르는 두부를 가져다 침묵 속에 한입 먹었다.

"저도 마망자 잘되면 아예 이쪽으로 나갈까봐요. 나중에 프로그램 포맷 수출하는 기획사 만들면 좋잖아요."

"뉴스는 안 하고요?"

"요즘 평생 직업 있어요? 작가님은 이거 육십 돼서도 일흔 돼서도 할 수 있어요?"

"없지."

"그러니까요, 그때 되면 어떻게 하시려고요?"

"글쎄, 고독사하겠지."

은하가 그렇게까지 말하자 태만이 오물거리던 입을 멈추고 물을 마시며 입가심을 했다. 그러고는 둘은 침묵 속에 식사를 했다. 은하가 그 이인분의 두부를 다 먹자 태만이 엄지손가락을 치켜올리며 "작가님 오늘 포만해 보이세요"라고 했다.

식당 주인의 허락을 받는 일은 예상보다 어려웠다. 방송 타고 싶지 않다는 이유였다. 이미 사촌조카까지 와서 일손을 도울 만큼 손님이 늘어서 자기가 좋아하는 둑방 낚시조차 갈 수가 없다고. 하지만 프로그램이 잘되면 이 마을에 젊은 사람들이 내려와 살게 된다고 하자 태도는 좀 누그러졌다. 은하는 원한다면 두부집 이야기는 전혀 나오지 않게 하겠다고 약속했다. 방송을 찍으려면 산도, 물도, 축산 농가도, 시설채소를 하는 비닐하우스도, 쌀 생산하는 수도작 농가도 모두 필요한데 그것이 바로 이 두 문리에 있다고 설득했다.

"여기 의림지도 가깝잖아요, 사장님. 거기에 놀이공원도 있고 소나무밭도 있고 박물관도 있고 오가며 촬영하기에 최고예요."

"예, 의림지, 우리사 농사짓는 디 예부터 의림지 물로 했쥬. 신라 쩍부텀 우륵이 깨골창을 막어서 둑을 쌓은 거니께 우리 마을이 대대손손 그 물로 산 거예유."

"우륵이면 거문고 만든 사람인데, 저수지 공사도 했어요?"

태만이 그렇게 엉성한 질문을 해도 주인은 사람 좋게 "똑똑허시네, 젊은 슨상이" 하며 받았다. 주인이 결정적으로 마음을 바꾼 건 마을의 집들을 손보는 것이 방송에 포함되어 있다는 말 때문이었다. 은하는 그런 도움이 필요한 집이 있다면 언제든 말해달라고 바짝 다가갔다. 그러자 주인은 은하와 태만을 데리고 문밖으로 나가 뒷산을 가리키며 "저기 집 보여유? 정자 낭구 넘어서?" 하고 외쳤다. 비바람이 거세 얼굴에 차가운 장맛비가 달라붙듯이 퍼부었고 은하는 대충 알겠다고 했다.

"저 집 할머니 좀 도와주셔. 살림이 노상 심든 집이여."

"네, 그러면 제가 우선순위로 놓겠습니다." 태만이 말했다.

"그리고 저기 산 아래 거기도 할머닌데 딸기 할머니라고 딸기 농사를 지었어서 그렇게 부르는겨. 거기도 가보면 말도 못혀. 아들이 둘이었는디 벵으로 먼저 가갖구. 연탄을 때는디 구들장이 온전치를 안 혀유. 나는 그 할머니가 겨울에 가스 마셔서 갈까봐 인나서 맨 먼저 보는 게 저 집 굴뚝이유. 인났나 안 인났나 확인을 허는 거지."

주인은 전문가들이 와서 저 두 집만이라도 해결해주면 자기가 살 것 같다고 오히려 부탁을 했다.

"네, 사장님, 걱정을 마십시오. 열심히 싹 고쳐놓을 겁니다."

태만이 그런 대답을 했을 때 은하는 어딘가에서 날아

올라 저편으로 옮겨 가는 흰 새를 보고 있었다. 빗줄기를 뚫고 잘도 날아가는 그 새는 어쩌면 그들이 몇달 뒤 링 위로 던져놓을 기권의 흰 수건 같다고 불길한 생각을 했다가 곧 고개를 흔들며 은하는 마음을 다잡았다.

말이 안 되는 풍경

각자는 각자의 루틴대로 이 일에 임했다. 원래 맡은 프로그램이 있으므로 여기에 완전히 몰두하는 사람은 태만과 입봉을 준비하는 소봄뿐이었다. 구성안은 의견을 내는 사람에 따라 자주 바뀌었다. 청년 귀농을 지원하는 시민단체의 자문을 받은 지민은 영농 기술 멘토링이나 선진 농가 현장 인턴 같은 커리큘럼으로 방송을 만들고 싶어했다. 하지만 정 피디는 예능 프로에서 누가 그런 학구열을 테스트하느냐며 무조건 극기의 상황을 만들어내라고 주문했다. 그런 둘 사이의 갈등은 촬영에 들어갈 때까지 합의되지 않다가 결국 "그러면 일단 두루 다 해봐"라는 국장의 말로, 몸만 피곤한 쪽으로 결론 났다. 하루는 센터를 방문해 사물 인터넷을 기반으로 한 스마트팜에 대해 공부하다가 그다음 날에는 번지점프대를 찾아가 청풍호의 푸른 수면 위로 몸을 던지는 식이었다.

은하는 결국 지민이 원해서 찍은 화면들은 거의 편집
되리라고 예상했지만 그런 내용이 담긴 소봄의 대본에 대
해 특별한 의견을 달진 않았다. 이상하게도 방송은 그런
소모적인 일들로 에너지가 바닥난 뒤에야 완성되었다. 마
치 그렇게 하는 소진 자체가 중요한 사명인 것처럼.

　기획 단계를 지나 실제 촬영이 시작되자 태만은 역할
이 애매해진 채로 현장과 사무실을 오갔다. 은하가 할 만
하냐고 물으면 현장은 전혀 어렵지 않다고 답했다. 다만
자기 동기가 서바이벌에서 살아남기 위해 사력을 다하는
모습을 지켜보는 게 괴롭다고 했다. 태만의 보도국 동기
하나가 출연자로 들어온 일은 지민의 인내심을 시험한 또
다른 이슈였다.

　"이 피디, 회사에서 그런 드라마가 필요하다고 하면
그냥 그렇게 쓰게 놔둬. 설마 그 친구가 일등은 안 할 거
아냐."

　방송계에서 이십년을 넘긴 관록답게 정 피디는 회사
측의 의도를 정확히 알고 받아들였다.

　"아니죠, 방송국 내부자가 참여하면 공정성 시비가 일죠."

　이야기를 듣던 태만이, 근데 이제 내부자도 아니라고
했다. 내막은 모르지만 동기는 파업 사태 이후 사표를 썼
고 더이상 회사 사람이 아닌 채로 참가 신청을 했다고.

"근데 그 참가 신청을 어떻게 국장부터 아나고요."

지민은 분명 내막이 있다고 확신하는 눈치였지만 절차상 막을 도리도 없어서 나중에는 자기 혼자 삭였다.

아예 베이스캠프를 차려 본격적인 농촌생활을 진행한 건 10월이었다. 20명으로 시작한 서바이벌은 이런저런 줄거리 없는 미션들을 통과하며 12명이 남았다. 야산에서 산나물 채취를 하다가 뱀에 물린 것과 연출부 사람 중 하나가 밤 가시를 밟아 구급차를 부른 일 이외에는 별다른 사건 없이 흐르고 있었다. 「마망자들」은 대체로 소봄에게 맡기고 은하는 자기가 시작한 주부 대상의 생활정보 프로그램에만 신경을 썼다. 어차피 총촬영이 끝난 뒤 본격적인 편집에 들어갈 테니까 녹화 영상도 대략 상황을 알 수 있을 정도로만 체크했다.

그리고 대단원의 승자를 뽑는 11월, 은하는 두문리로 내려가 산촌두부집에서 제작진과 합류했다. 화면으로만 본 출연자들이 영상과 크게 다르지 않은 모습으로 안채 마당에 앉아 있었다. 준결승 진출자들이었다. 한명은 은하 눈에도 익었는데 물속에서 외발자전거 타는 능력자로 섭외되었다가 출연이 불발된 남자였다. 녹화 직전 어디가 아팠던가 그랬을 거였다.

"은하 작가가 왔어? 막걸리 한잔해."

정 피디가 식당 한편에 앉아 있다가 말을 걸었다.

"피디님, 아주 두문리 주민 다 됐네. 준결승 퀴즈 하고 바로 결승 찍죠?"

은하가 옆자리에 앉으며 잔을 받았지만 마시지는 않았다.

"응, 퀴즈 풀고 둘만 남으면 주민투표로 뽑기로 했다. 괜찮지?"

"주민들이 투표를 해요? 갑자기 바뀌었네."

"마을구성원으로 받아들이는 거니까 그렇게 하자고 지민 피디가 의견을 냈어. 젊은 애들이라 달라. 뭔가 감각이 깔끔하다, 그치?"

"거기서 젊니 마니가 왜 나와, 정 피디님. 우린 뭐 안 깔끔해? 아이디어가 다른 거지."

그때 연출부 쪽에서 말 왔다, 하는 소리가 들렸다. 식당 건물 맞은편 빈 논에 말이 서 있었다. 그리고 동일한 유니폼을 입은 출연자들이 그 옆에서 대기했는데 수가 너무 많았다. 현장 FD에게 물으니 말 대여료가 너무 비싸 라운드가 끝날 때마다 말을 출연시킬 수는 없었다고 했다. 결국 탈락한 참가자를 마차가 실어 가는 신을 이렇게 한번에 찍기로 했다는 거였다.

"그러면 탈락자들은 며칠을 기다렸겠네, 자기 떨어지

고도.”

“아니요, 집에 다녀온 사람도 있고. 근데 대부분은 기다렸죠. 마차에 안 실리면 통편집인데 누가 그걸 바라겠어요.”

첫 라운드 실패자부터 차례로 이제 막 결과 통보를 받은 듯 연기했고 그때마다 말이 수레를 끌고 걸어와 그들을 실었다. 적갈색 말은 어디서 임대해 왔는지 몸 전체에 근육이 건장하게 붙어 있었다. 사람들이 접근할 때마다 예민해져 앞뒤로 귀를 펄럭였다. 말 주인은 혹시나 방송 화면에 잡히리라 기대했는지 가죽점퍼에 부츠까지 신고 마치 카우보이 같은 복장을 하고 있었다. 촬영 스태프들이 말에게 접근할 때마다 “어이, 거기 조심하라고. 몸통 뒤는 얘네 사각지대라 그쪽으로 다가가면 안 된다고, 뒷발로 차이려고 그래?” 하면서 겁을 주었다.

문제가 생긴 건 어스름 해가 질 무렵이었다. 이제 세명의 참가자를 수거할 일만 남은 상황에서 말이 달아난 것이다. 이동형 발전기를 옮기다 말을 건드린 것이 화근이었다. 마침 수레까지 벗고 있던 말은 그간의 짜증을 발산하려는 듯 야산으로 달음질쳤다. 말 주인과 연출부가 허둥지둥 말을 잡으러 쫓아가고 촬영장이 멈췄다.

“선더라이더!”

카우보이가 말 이름을 자꾸 불러젖히는 바람에 안채에서 진행하던 준결승 녹화에도 지장이 있었다. 스태프 중 하나가 이름을 안 부르고 찾으면 안 되겠느냐고 하자 카우보이는 갖은 욕설과 함께 말에게 무슨 일이라도 생기면 너네는 여기 있는 방송장비 싹 다 팔아도 안 나올 돈을 보상해야 할 거라고 길길이 날뛰었다. 한심하게 카메라 돌리지 말고 다 흩어져서 찾으라고.

"아니, 말이 그렇게 비싸?"

정 피디가 긴가민가한 표정을 짓더니 적어도 억 단위라는 말을 듣자 혼비백산해서 다 흩어지자고 했다. 지민과 소봄은 도로가로 가보겠다고 했다. 산으로 갔다가 그쪽으로 내려오면 정말 큰일이라는 카우보이의 말 때문이었다. 태만은 은하에게 혼자서 움직이면 안 되니 같이 가보자고 했다. 은하는 할 수 없이 태만을 따라나섰고 허둥지둥 달려가다보니 어느새 산길이었다. 소복하게 떨어진 낙엽들이 은하의 발밑에서 쿠션처럼 폭신하게 밟혔다. 소나무들은 둥치가 굵직한 것으로 보아 수십년은 되었을 법했다. 중간중간에 "산까지 올라갔다!" 하는 말들이 들려서 둘은 정신없이 위로위로 올라갔다. 이끼가 껴 있는 바위를 지나 어느 태풍에 쓰러져 고사했을 밤나무를 지나 위로, 더 위로. 은하는 깊은 산이 머금은 이 무거운 공기에는 특정한 표정이나 이미지가 떠오르지 않는다고 생각했다. 나무와 땅과 물기와 벌레와 뱀과 온갖 것들이 서로 뒤엉켜 살고 있는 이 냄새에는.

"은하 작가님!"

마치 무엇에 쫓기듯 산을 오르던 은하가 태만의 목소리를 듣고 멈췄을 때는 얼마나 열중해서 움직였는지 쓰고 다니던 마스크까지 어디론가 사라져버리고 난 뒤였다. 은하는 그렇게 대기 중으로 오랜만에 노출된 자기 입을 깜짝 놀라 만져보았다. 태만은 젖은 덤불을 밟아 넘어져 있었다. 머리를 부딪치진 않았어도 걷기는 어려워 보였다. 말이야 어떻든 자기들부터 살아야 해서 태만과 은하는 방향을 바꿔 내려가기로 했다. 은하가 휴대전화 배터리가 방전되었다고 하자 태만은 자기는 녹화 중이어서 아예 전화기를 가지고 있지도 않았다고 대답했다.

"우리가 멍청하네요."

은하가 말하자 "아니요, 저만요" 하고 태만이 받았다.

"태만씨가 왜?"

"제가 하는 일이 원래 다 이래요."

더이상 걷기가 어려운지 태만이 주저앉았다. 자기를 데려가려다가는 은하도 위험하다며 차라리 얼른 내려가서 사람들에게 알리라고 했다.

"아니죠. 그래도 어떻게 두고 가요? 안 돼."

"가세요, 작가님."

괜찮을까 싶었지만 다친 발을 억지로 움직였다가 통증이 더 심해지면 큰일인지라 은하는 그러겠다고 했다. 산비탈 아래로 농가가 언뜻 보여서 얼마 안 가 도착할 수 있을 것도 같았다. 산바람이 차가운지 태만이 몸을 후들후들 떨었다. 은하는 입고 있던 점퍼를 벗어 태만에게 덮어준 다음 한숨을 쉬며 사위를 둘러보았다. 이제 밤이 찾아들기 시작한 산속은 가까이 있는 태만의 얼굴도 흐릿하게 보일 만큼 어두웠지만 곧 달이 뜰 거였다. 그리고 운이 좋으면 보름달일 거였다, 운이 조금 좋지 않아봤자 그믐달.

"태만씨, 여기가 쿠바라고 생각해봐요. 그날 낙오되어 누워 있는데 누가 구해줬잖아요."

"네, 오긴 왔죠. 자전거가 크다고 저한테 추가 차지를 물라고 했던 쿠바 친구."

"그래도 오긴 왔잖아요. 여기 내려가자마자 민가니까 내가 곧 신고를 할게요. 아니, 어쩌면 이미 신고했는지도 모르겠다. 우리가 없어졌으니까."

"네."

그렇게 답하며 태만이 바위에 기대려고 해서 은하가 그러면 찬 기운이 스며들어 안 된다고 단단히 일렀다. 은하는 거의 헤매지 않고 산을 내려왔고 바로 연출부 사람들과 마주쳐 구조를 요청할 수 있었다. 두시간 정도의 시간이었는데도 긴장과 불안이 심했는지 은하는 완전히 녹초가 되었다. 그래도 자기까지 챙겨달라고는 할 수가 없어서 힘을 짜내어 걷는데 집이 보였다. 그러자 이상하게 힘이 더 빠져 도저히 걸을 수가 없었다.

간신히 마당으로 들어서자 간 지 얼마 안 된 듯한 툇마루가 먼저 눈에 들어왔다. 니스칠까지 한 그 마루는 시골에서는 좀처럼 선택하지 않을 듯한 넓은 유리갓 전구 아래 반짝반짝 빛나고 있었다. 담장도 새로 올린 듯했고 촬영의 흔적임이 분명한 '할머니 만수무강하세요! 마망자들'이라는 문구도 보였다. 은하는 식당 주인이 추천한 두집 중 하나인 모양이라고 생각했다. 마당을 둘러보니 바퀴 달린 낮은 의자가 한편에 놓여 있었다. 농작물을 딸 때매번 허리를 숙이고 있을 수 없어 사용하는 장비였다.

"계세요?"

은하가 마당에 서서 부르자 문을 열고 작은 체구의 할머니가 내다봤다. 정말 딸기처럼 작은 사람이었다. 은하가 몸을 으슬으슬 떨며 방으로 들어가 휴대전화 좀 빌려달라고 하자 할머니는 집전화밖에 없다고 했다.

"나는 휴대폰 그런 거 할 줄 몰러. 집전화 있응께 그거

써유."

　지민의 번호를 외우고 있지 않아서 별수 없이 회사 번호로 걸어 여러 사람을 거친 뒤 이런이런 사고가 벌어졌다는 경위까지 보고하고 나서야 지민에게 연락할 수 있었다. 지민은 자기가 직접 오겠다고 했다. 어차피 말 주인은 말을 찾자마자 화가 나서 돌아가버렸고 지금 현장은 완전히 멈췄다고.

　"그러면 말은 어떡해요? 어디서 구해, 당장?"

　"작가님 지금 그게 문제예요? 거기 딱 계세요. 제가 얼마나 걱정했는데요."

　은하는 전화를 끊고 할머니가 누워 있는 편을 보며 감사하다고 인사했다. 할머니는 혼곤히 잠이 들었는지 아니면 얘기를 듣고 있는지 으응, 하고 나지막하게 소리를 냈다. 은하는 방을 한번 둘러보았다. 오래된 나무액자들이 걸려 있었는데 그중 하나는 갓을 쓴 노인의 영정사진이었다. 대식구가 모여 찍은 사진에는 한자로 '회갑기념'이라고 쓰여 있었다.

　"우리 애덜이여, 우리 애덜."

　은하가 사진 보는 것을 아는지 할머니가 말했다. 어떤 사진을 가리키는지는 알 수 없었다. 다만 자식들이 먼저 다 떠났다고 식당 주인이 했던 말이 생각나서, 은하는 사진을 보는 낯선 이에게 그렇게 한번 말해보고 싶어하는 노인의 마음을 이해했다.

"집을 손보셨나봐요, 할머니. 최근에."

"응, 저기 아덜 회사에서 나와서 싹 다 해줬다니께. 우리 아덜 다니던 회사에 아덜이 들어놓은 적금이 있었다나봐유. 그 돈으로다가 싹 고쳤다니께."

"아드님 회사에서요…… 할머니 아드님 참 잘 두셨네요."

"잘 됐쥬, 잘 돼서 내가 호강을 허고."

은하는 무슨 말을 더 하려다가 그냥 멈추고 자개장 위에 놓인 십자가를 올려다보았다. 구들장에는 이제 문제가 없는지 은하의 발가락과 엉덩이와 허리를 뭉근하게 데우며 열기가 올라오고 있었다. 장판에 쩍 하고 달라붙을 듯한 정도의 군불이었다. 은하가 교회도 다니세요? 하고 다시 묻자 할머니는 크리스마스 때만 간다고 대답했다. 그날이 주님 그 냥반 생일이라 기분이 좋은 그 냥반이 기도를 잘 들어줘서 간다고. 은하는 그 말에 푹 웃었다가 농담인가 진담인가 알 수 없어 다시 표정을 수습했다. 그리고 가면 어떤 기도를 하느냐고 물었다.

"뭐 바랄 게 있었어, 그냥 아프지 마라, 허지."

할머니는 당연한 걸 묻는다는 듯이 하품을 하며 답했다.

"아프지 마라. 죽어서도 아프덜 말고 살아서도 아프덜

말고. 그 말뺨에 더 있었어."

그것은 암 선고 이후부터 자신이 내내 하고팠던 기도이기도 했으므로 은하는 오히려 말문이 막혔다. 그때 지민이 도착해 은하 작가님? 하고 불렀고 은하가 담요를 걷고 일어나 문을 열었다. 여분의 점퍼를 챙겨 온 지민 뒤로 희고 둥근 보름달이 따라와 있었다.

영혼의 크리스마스 특선

은하는 「마망자들」이 방영되는 아홉시를 기다리며 간간이 창밖 구경을 했다. 눈이 오고 있었다. 은하가 눈 오는 풍경을 좋아하는 건 눈송이들의 움직임 때문이었다. 동선들이 서로 엉켜 도시를 한순간 전혀 다른 흐름으로 만들어놓는 것. 어떤 눈송이들은 위아래로 부드럽게 움직이면서 정말 그것이 살아 낙하의 고저를 조절하는 듯 보이기도 했다. 흰 새처럼, 흰 벌처럼 느껴지는 눈이었다.

태만은 지민과 소봄이 후속 작업 중인 편집실을 초조하게 들락거렸다. 여덟시 뉴스가 시작될 무렵까지는 끝낼 수 있다고 했고 그렇게라도 완성이 된다면 괜찮은 마무리였다. 일단 프로그램이 시작되고 나중에 후반부 테이프를 들고 뛰는 일도 흔했으니까. 하지만 지금 태만이 긴장하는 건 프로그램의 성패가 아니라 다른 차원이었다. 보도국 동기가 정말 우승을 차지하면서 어쨌든 「마망자들」은 회사 내분과 관련한 어떤 이슈를 만들어낼 수밖에 없는 운명이 되었으니까. 별일 없을 거라고, 프로그램과 파업을 연결시키는 건 내부자 몇몇일 뿐 심지어 방송국 직원들조차 관심 없으리라고 은하가 말해도 진정되지는 않았다.

"사람들이 모른다고 상황이 달라지는 건 아니죠."

태만은 침울하게 대답했는데 은하도 그 기분이 어떨지는 알 수 있었다. 지금까지는 부당전보의 피해자로 적절히 면피하며 지낼 수 있었지만 이렇게 되면 회사와 손을 잡고 파업을 무마시키는 셈이 된다는 것을. 보도국 축소로 일자리를 잃은 뒤에도 절망하지 않고 회사의 서바이벌 프로그램에 참가해 우승을 거머쥔 능력자, 그것이 곧 MTN 채널에서 펼쳐질 드라마였다.

연말이 오면서 은하는 자신이 남반구에 있었던 해의 크리스마스를 자주 떠올렸다. 그때 그 여행의 풍경들은 어느 날은 선명했다가 어느 날은 옛날 미국 영화에서 본 장면인가 싶을 정도로 아득하게 느껴졌는데, 그 이유는 몸이 제대로 회복되지 않은 상태에서 무리를 해 떠났기 때문일 것이었다. 그런데도 먼 곳까지 떠난 건 어떤 오기였다. 누구의 도움 없이도 혼자 살아가겠다는 오기, 자신이 약자가 되었을 때 결국 그 무게를 나눠 가지려 한 사람이 없었다는 분노감에서 시작된 오기. 하지만 막상 그 먼 곳까지 가서 은하는 대체로는 숙소에 누운 채 누가 와서 집으로 데려가줬으면 하고 바랐다.

그러다 사흘째인가, 바다라도 보아야겠다는 생각에 가까운 해변으로 나갔다. 현지인들이 찾는 곳이었는데 물살도 거칠고 물색도 맑지 않았다. 동양인은 은하 혼자여서 자연히 시선을 받았고 그 상황이 부담스러워 걷고 걷다 보니 어느덧 한적한 숲길이었다. 그런데 갈증이 시작되었다. 그렇게 심한 갈증은 수술을 받고 병실로 옮겨져 금식했을 때 이후로 처음이었다. 물을 사려고 상점을 찾았지만 없었고 하는 수 없이 은하는 행인을 붙들고 어디서 물을 찾을 수 있냐고 물었다. 그 쿠바인은 은하를 어느 건물의 정원으로 안내했다. 그리고 물탱크에 연결된 수도꼭지를 가리켰다. 이걸 먹으라고? 은하가 눈짓으로 묻자 그는 "문제가 없다"라고 영어로 말해주었다. 은하는 별수 없이 쪼그려 앉아 손바닥으로 물을 받아 마셨다. 갈증이 심했는지 물은 한도 없이 들어갔다. 그러다 갑자기 멈춘 건 뭔가가 은하 귓가에 콧바람을 집어넣었기 때문이었다.

"엄마야."

은하는 놀라 뒤로 자빠졌다. 그건 살이 다 말라 앙상한 개였다. 털이 짧고 얼굴이 조붓한 생김새였는데 양 송곳니가 마치 멧돼지처럼 도드라져 있었다. 개는 자꾸 냄새를 맡으며 입맛을 다셨다. 고개를 들었다 숙였다 하면서 뭔가를 재촉했다. 은하가 다시 수도를 틀어 물을 받아 내밀었더니 개가 찹찹찹 하고 마시기 시작했다. 은하는 피부에 닿는 그 개의 보드라운 혀를 느끼며 양손을 계속 내주고 있었다. 그렇게 해서 개가 물을 마시고 은하도 갈증에서 벗어났던 순간은 생각해볼수록 결이 달라졌다. 은하가 인생의 가장 저점에 떨어져 있다는 생각에 휩싸였을 때 그렇지 않다고, 너는 그렇게 나약한 존재가 아니라고 일깨우기 위해 누군가 그 떠돌이 개를 보낸 것 같았다.

은하는 창밖을 한번 바라보았다. 회사가 보도에 세워놓은 대형 전광판으로 눈이 계속 내렸고 은하는 잠깐 조카 겨레의 전화번호를 눌렀다가 신호가 가기 전에 끊었다. 오늘 눈이 와서 화이트 크리스마스가 된 건 그냥 아무 일이 아닌 건가. 방송국들만 자리한 동네라 그런가 거리에는 사람들이 거의 보이지 않았다. 캐럴 공연이 끝나고 뉴스 시그널송이 광장에 울려퍼졌다. 편집은 다 되었겠지 생각하며 은하가 전광판에서 시선을 돌리려는 순간, 카메라에 이상한 장면이 잡혔다. 스튜디오 안으로 들어와 앵

커석을 차지한 사람들이었다. "국민 여러분, MTN 부당
전보의 진실을 보도하겠습니다!" 자리를 빼앗기지 않으
려는 앵커를 밀쳐내며 실랑이하는 장면이 고스란히 방송
으로 송출되었다. "보도국 정상화 투쟁 중입니다. 저는 앵
커 최지영, 김무한, 정치부 기자 주성태……" 뉴스가 뚝
끊기고 광고가 나왔다. 비상 호출이 온 건 일분도 되지 않
아서였다. 지민이 전화로 "작가님!" 하고 소리를 질렀다.
    편집실로 내려가보니 지민과 소봄이 복도에 나와 있고
편집부스에는 태만이 들어가 있었다. 투명 패널로 된 벽
면 부분을 통해 태만의 뒤통수가 보였다. 은하가 무슨 일
이냐고 묻자 지금 뉴스 쪽에 사고가 나서 얼른 「마망자
들」을 틀라는데 태만이 저러고 들어가 문을 열지 않는다
고 했다.
    "왜? 왜 문을 안 열어, 오태만 씨가?"
    은하가 상황이 이해가 안 돼 묻자 지민이 "저야 모르죠,
저 속을, 제가 어떻게 알겠어요?" 하면서 문을 쾅쾅 내리
쳤다.
    "나와, 나와요, 오태만 씨, 지금 사고 났어. 얼른 테이프
틀어야 해. 뉴스 사고 났다고."
    은하가 노크를 하며 다급하게 말했다.
    '알아요.'

태만은 출입구 쪽은 돌아보지도 않고 편집 모니터에만 붙박인 채 문자로 은하에게 알렸다.

'알면 얼른 나와 방영시간 앞당겨져ㅆ 어.'

마음이 급해 은하는 오자까지 냈는데 정작 태만은 한참 뭔가를 입력하다가 '이제부터는 저도 영혼 있는 방송 하려고요^^;'라고 답했다.

*

"어쩌면 잘됐는지도 몰라요."

지민이 컵라면 뚜껑 위에 손바닥을 얹어놓고 있다가 그렇게 말했다.

"뉴스에서 그런 사고가 났는데 보도국 퇴사자가 상 받는 프로를 냈어봐요. 일이 더 커졌겠죠."

지민과 소봄이 어둑한 게 좋다고 해서 주방 불만 켰더니 분위기는 한층 더 쓸쓸하고 비감하게 느껴졌다. 세살 어느 무렵까지 거슬러올라가 반성하고 성찰해야 할 듯한 분위기였다.

"피디님, 작가님, 저 욕 좀 해도 돼요? 아, 정말 오태만 개싸이코."

그제야 입봉 작가로 이름조차 올리지 못한 소봄의 노

고와 분노가 떠올랐는지 지민이 미안한 표정으로 소봄을
바라보았다. 하지만 뭐라고 위로를 해주지는 못했다. 여
름과 가을 내내 참가자들을 쫓아다니며 이 말도 되지 않
는 인생 역전을 어떻게든 성사시키기 위해 노력한 소봄
의 날들은 대체 어디서 보상받는단 말인가. 그렇게 최선
을 다해, 망가진 자들을 수거하기 위해 애쓴 소봄의 날들
을. 은하도 이십이년 방송 인생에 이런 일은 처음이라 위
로의 말을 쉽게 떠올리지 못했다. 충격이 커서 그런지 아
직도 뭔가 상황이 비현실적으로 느껴졌다. 그러니까 편
집실 문을 두드리다 두드리다 안 되자 성탄 특선 「마망자
들」을 보기 위해 집에서 대기하던 남 국장에게 연락이 갔
고 차마 지민이 옮길 수조차 없다고 한 육두문자를 다 퍼
부은 그가 교양국에 연락해 아무 테이프나 되는 걸로 틀
라고 지시했으며 그렇게 해서 「한국의 새들」이라는 다큐
가 시작되던 그 순간을. 한국의 쇠딱따구리와 쇠오색딱따
구리가 숲을 날고 그의 좋은 먹이인 나무열매와 씨앗이
풀 HD 화질로 클로즈업된 새부리에 의해 하나하나 채집
되던 두시간을. 하지만 적어도 오늘 밤 태만의 마음은 짐
작할 수 있었다. 그 아득한 고독감을 말이다.

　"라면 불겠어요."

　은하가 재촉하자 다들 젓가락을 들었고 각자 딴생각을

하며 라면을 입으로 밀어넣었다.

"이거 좋아하시는 책이에요?"

배를 채우고 차를 마시는데, 소봄이 쌓여 있는 책을 가리키며 물었다. 버리려고 쌓아둔 책들이었다.

"이거 주디스 맥노트잖아요? 어렸을 때 이모 따라 봤었는데."

지민이 의자에 앉은 채로 돌아보며 알은체를 했다.

"이 피디님도 아는구나. 아주 어릴 때 아닌가. 그때부터 로맨스를 읽었어요?"

"네, 제가 원래 기질이 로맨틱이에요. 대학 때 연애가 더럽게 끝나 사랑을 잃었지만."

은하는 갑작스러운 지민의 말에 뭐라고 해야 할지 잠시 생각하다가 지민의 잔에 찻물을 더 따라주었다. 그리고 "그때 나한테 그해 쿠바에서 무슨 구원이 있었냐고 물었죠?" 하고 화제를 바꿨다.

"아, 그게 쿠바였구나, 페루 아니고."

은하는 아차 싶었지만 지민은 그런 게 중요한 사람이 아니니까 부끄러워하지는 않기로 했다.

"응, 구원이 있긴 있었더라고."

"작가님도 오태만처럼 쿠바에서 뭔가가 구원해줬어요? 쿠바는 대체 뭐예요? 작가님도 혹시 그게 말은 아니었죠?"

소봄이 책을 이것저것 들춰 보다가 여전히 분이 풀리지 않은 얼굴로 물었다.

"응, 말은 아니고 개."

"개요?"

"아, 개라면 훨씬 낫군요. 섭외는 더 용이하겠어요."

지민이 진지한 톤으로 그렇게 말했다. 둘은 늦었다며 집으로 가야겠다고 나섰다가 눈길을 엉금엉금 기어가는 자정 무렵의 차들을 보다가 그냥 포기했다.

"어차피 크리스마스잖아, 혼자 보내기도 그런데 괜찮지 뭐."

지민은 그러고 다시 들어온 지 얼마 지나지 않아 피곤했는지 잠이 들었다. 은하가 이불을 갖다주며 소봄에게도 힘들 텐데 자라고 했지만 소봄은 잠이 안 오네요, 하면서 눕지 않았다.

"저…… 근데 돈은 받을 수 있겠죠?"

소봄이 자고 있는 지민을 슬쩍 보며 속삭이듯 물었다. 작가는 편당 작업료를 계산해 받기 때문에 다 찍은 뒤에도 방송이 불발되면 원고료가 지급되지 않기도 했다. 그런 불안과 의혹, 두려움은 은하에게도 체취처럼 익숙한 것들이었다.

"걱정 마, 요즘이 어떤 세상인데 그러겠어. 그리고 찍어 놓은 영상은 방송국에선 웬만하면 써먹게 되어 있어."

은하가 그렇게 말하자 소봄이 표정을 풀었다.

"아 정말, 오태만 그 새…… 그분 처음부터 마음에 안 들었어. 진짜 이상했어요. 작가님 아세요? 우현우 씨한테 연락한 거?"

"우현우가 누군데?"

"그…… 맛집 알파고요."

은하와 소봄이 동시에 지민 쪽을 바라보았다. 다행히 지민은 세상모르게 자고 있었다.

"그 사람은 섭외 안 하기로 정한 것 아니었어? 연락을 안 받는다고."

"그러니까 미쳤죠. 저한테 그러더라고요, 소봄씨, 맛집 알파고 그거 진짜던데요? 내가 여기 두부 사진 보내니까 답이 오던데?"

"정말? 사진만 보냈는데 산촌두부집을 맞혔다는 거야?"

은하는 자기도 모르게 그 사실에 솔깃해했는데, 소봄은 지금 그게 문제가 아니지 않느냐며 난처한 표정을 지었다.

"세상에는 별별 일들이 너무 많잖아요. 오늘만 해도 그렇고. 그런 거에 비하면 맛집 알파고야 신기하지도 않 아요."

소봄마저 잠이 들자 은하도 자기 위해 욕실에서 양치를 했다. 무표정한 얼굴로 칫솔대에 힘을 주어 닦다가 윗옷을 내려 가슴 부근의 흉터를 확인했다. 흉터는 이제 흐릿해져 거의 실금처럼 보였다. 그리고 욕실을 나와 충전기에 휴대전화를 꽂았을 때 겨레에게서 카카오톡 메시지가 와 있었다.

'고모 아까 전화 잘못 걸었어요?'

은하는 나중에 답해야지 생각했다가 날이 지나면 더이상 크리스마스가 아니라는 사실에 마음을 바꿨다.

'아니'

메시지를 보내고 침대로 와서 눈을 감았는데 겨레에게 바로 답이 왔다. 한시인데 아직도 안 자나, 잠이 깬 건가 싶어 은하는 다시 일어나 휴대전화를 들었다. 거기에는 'ㅋㅋㅋㅋ다행이다'라고 적혀 있었다. 은하는 그 다행이라는 말을 몇번 더 읽었다. 그리고 연이어 '고모 이제 안 아파요? 다 나았어요?' 하는 메시지가 왔을 때 은하는 어떤 답을 해야 할지 몰라 대화창을 물끄러미 보고 있어야했다. 그렇게 해서 정말 어떠한지를 곰곰이 따져보는 이밤은 어떤 용서도 구원도 '수거'도 필요하지 않은 그저 흔한 은하의 크리스마스였다.

데이,
이브닝, 나이트

세상에는 끝내 해명되지 않는 장면들이 있다. 할머니가 나를 업고 동네 영화관에 갔던 기억들 같은 것. 할머니는 누아르에서 호러까지 참 다양한 영화를 봤는데, 그 자리에 어떻게 여섯살짜리 아이가 함께할 수 있었는지는 알 수가 없다.

낮이고 주말도 아니었으므로 영화관에는 사람이 많지 않았을 것이다. 스크린 빛이 일방향적으로 쏟아지는 가운데 어둡고 텅 빈 객석에 앉은 우리는 때로 우주를 표랑하는 사람들처럼 막막하게 상상된다. 어쩌면 할머니는 정말 그런 기분이었을지도 모른다. 엄마가 나를 데리고 와 사정이 나아질 때까지만 부탁한다고 했을 때 종신형을 선고받은 기분이었다고 했으니까. 하지만 다시 취직한 아빠가 ― 맡기고 나서는 코빼기도 비치지 않던 ― 사년 만에 나를 되찾아갔을 때도 크게 다르지 않은 기분이었다고 했다. 그뒤로는 함께했던 시간들을 아쉬워하는 '그리움의 종신형'에 빠지게 되었으니까.

영화를 보다 밖으로 나와도 해는 중천이었고, 그렇게 손잡고 가는 길에 할머니는 인생에 필요한 경계랄까 교훈이랄까 하는 것들을 진지하게 알려주기도 했다. 그중 기억에 남는 말은 "너무 상한 사람 곁에는 있지 말라"는 것이었다. 꿈을 잃지 마라, 거짓말하지 않는 사람이 돼라, 근면하라처럼 흔한 당부가 아니라서 인생의 아주 비밀스러운 경계를 품은 듯 느껴졌다.

그리고 대개 교훈들은 실천되지 않는다는 점에서 우리가 행할 수밖에 없는 불가피한 실수, 너무 상한 사람 곁을 지키고 말 것을 암시하고 있기도 했다. 정말 그럴까? 여러 번 의심했지만 영화를 보고 할머니와 돌아오던 그 한낮의 일들이 지금의 나를 만들었다고는 믿었다. 예술학교 학생으로 영화를 전공하게 되었으니까. 비록 휴학 중일지라도 말이다.

워낙 모종의 사유들로 휴학하는 애들이 많아 나 정도는 특이할 것도 없었지만 그래도 누가 물으면 "졸업 작품 찍을 돈이 필요해서"라고 답했다. 대화가 계속되다가 내가 정신건강의학과에서 아르바이트 중이라는 사실이 밝혀지면 "아, 시나리오 쓰려고 그런 일 하는구나" 하는 결론으로 이어졌다.

"아니야, 내가 찍으려는 건 전혀 다른 내용이야."

나는 그런 이야기들이 싫어 손까지 내저으며 부정하곤
했다. 하지만 한번 상대가 그런 짐작에 빠지면 교정은 어
려웠다.

"전혀 다른 거면 뭔데?"

"단편 스릴러 찍으려고."

"야, 스릴러야말로 그런 과들이 핵심 캐릭터지."

"그런 거 아니고 오컬트적인 거야."

"오컬트면 엑스트라 하나까지 다 그런 과 아닌가? 망상
이나 편집증 부류들."

처음 유석이 형에게 이 자리를 소개받았을 때 나도 그
생각을 하지 않은 건 아니었다.「사이코」「미저리」「멜랑
콜리아」 같은 영화에 나온 캐릭터를 발견할지도 모른다
는 기대. 하지만 첫 만남에서 유석이 형은 이 자리가 데
이, 이브닝, 나이트, 삼교대 근무이고 우리가 간호사는 아
니지만 병동을 24시간 운영하기 때문에 보호사도 같이 대
기해야 한다는 사실을 건조하게 알렸다. 그리고 밤에 시
간이 나면 책을 읽거나 잠깐씩 넷플릭스 같은 걸 볼 수는
있겠지만 정작 이 경험이 영화를 만드는 데는 그다지 도
움이 되지 않으리라고.

"왜요?"

그날 우리는 우육면집에서 만나 국수를 함께 먹는 중이었다. 유석이 형은 한동안 말없이 후룩후룩후룩 하면서 면을 연이어 욱여넣었다. 그리고 마지막 고기 한점까지 다 먹고 나서야 비로소 살 것 같다는 듯 하아, 하고 숨을 크게 몰아쉬며 답했다.

"너무 가까우면…… 차라리 눈을 감게 되니까."

나는 그 말을 이해하지 못하다가 일년쯤 되었을 때에야 어렴풋이 짐작할 수 있었다.

크리스마스를 열흘 앞둔 목요일 일찌감치 후암동으로 향했다. 경은 선배가 오픈한 푸드 스튜디오에 처음 방문하는 날이었고 병원 동료 안미진에게 선배를 소개해주는 날이기도 했다. 선배는 촬영 준비부터 지켜보고 싶으면 다섯시쯤 오라고 했다. 그 시간보다도 이르게 도착해 미리 동네를 돌아보았다. 후암동은 일제강점기의 적산가옥부터 칠팔십년대식 양옥과 다세대 연립까지 서로 다른 시간 층을 지닌 건물들이 부루퉁한 이웃들처럼 모여 있는 동네였다. 구불구불 이어진 좁은 골목들을 걷다보면 멀리 남산타워가 보였다. 선배를 처음 만난 삼년 전 봄, 남산을 올랐던 게 생각났다. 그때 선배는 작은 프로덕션의 팀장이었고 과 후배들에게는 일거리를 끊임없이 물어다주는 산타클로스 같은 존재였다.

촬영장 아르바이트가 끝나고 애들끼리 다 같이 남산을 오르기로 한 그날 선배가 나도 갈까? 하고 따라나섰다. 나 오늘 딱히 할 일이 없거든. 그렇게 간격을 두고 둘씩 셋씩 걸었던 화사한 벚꽃길은 선배와 관련해 내가 간직하고 있는 몇개의 미장센 중 하나였다. 그날 선배가 내내 노래를 흥얼거렸기 때문이다.

약속 시간이 되어 찾아가보니 스튜디오는 흰 벽돌로 된 삼층 단독주택이었다. 일층의 반은 필로티형으로 지어진 차고였고 꽤 규모 있어 보이는 이삼층에는 좁은 창이 불규칙적으로 나 있었다. 본래 창을 벽돌로 막아서 마감한 것 같았다. 사람은 없는데 현관문은 열려 있고 집 안 어디선가 남녀가 와르르 웃는 소리가 들렸다. 음식 재료가 담긴 트레이들이 입구를 막고 있어서 그냥 들어가기는 애매했다. 멀뚱히 기다리자 십분쯤 지났을까, 경은 선배가 나타났다. 얇은 터틀넥에 선배의 심벌 같은 베레모를 쓰고 있었다.

"왔어? 같이 온다던 친구는?"

일곱시에 늦지 않게 도착하리라고 하자 선배는 좋네, 하면서 트레이를 하나 들고 안으로 들어갔다. 나도 얼른 옆의 것을 들었다. 선배는 오픈 키친이 있는 룸을 지나 지하로 이어진 계단 입구에 트레이를 내려놓았다. 내가 든 트레이에는 레토르트 육개장과 수프 봉지가 들어 있었다.

"요리사도 이런 거 먹어요?"

선배는 응? 하고 눈으로 묻더니 스태프들이 먹는다고 설명했다. 그러고는 "가을아, 너 나중에 셰프 강 만나서 요리사라고 부르면 안 된다" 하고 당부했다. 그렇게 말하는 선배 얼굴이 진지해서 나는 내 이름이 가을이 아니라 한가을이라고 정정하지도 못했다. 선배가 내 이름을 틀리는 건 어제오늘 일도 아니니까.

경은 선배가 친한 셰프와 함께 연 푸드 스튜디오에서는 정기적으로 요리 영상을 촬영해 유튜브에 업로드하고 있었다. 테마는 그때그때 달랐고 오늘 같은 날에는 당연히 연말연시 파티였다. 음식을 맛볼 지인들도 부르는데 이번에는 나와 안미진을 초대한 것이었다.

"네가 몇번 말해서 나도 그 간호사 친구 보고 싶더라. 와서 괜찮으면 그쪽 사람들 얘기도 해주고."

선배는 맛있는 음식을 함께 먹고 근사한 와인을 마실 수 있는 시간으로 생각해달라고 부탁했다. 안미진과 나는 병원에서 같이 일하며 친해졌고 둘 다 수년간의 짝사랑에 진이 빠져 그 얘기를 공유하는 데 창피함도 머뭇거

림도 없었다. 같이 나이트 근무를 서는 날이면 긴긴 밤의 피로를 떨치기 위해서라도 그 고백의 헬게이트가 열렸다. 하지만 안미진에게 고민을 털어놓을 수 있었던 건 나와 같은 학교를 다니지도 않고 영화판에 아는 사람이 있거나, 생길 리도 없기 때문이었다. 나는 사흘 정도 고심하다가 그냥 안미진의 선택에 맡기기로 했다. 가보자고 설득하지도 않고, 부담스러우니 못 들은 걸로 하라고 빼지도 않았다. 미진은 유튜브 영상들을 확인하더니 지인들은 별로 역할이 없네, 하며 선선히 가겠다고 했다.

"드디어 남산길 코티야르를 보겠네. 한가을씨가 짝사랑한다던 그 사람 맞지? 마리옹 코티야르 닮았다는 그분."

"아니…… 맞아."

"그런데 뭐야, 마리옹 코티야르는 안 보이네."

경은 선배는 당연히 영상에 없었다. 감독을 맡고 있으니까.

"아 그래, 그럼 거기 가면 있다는 거지. 나 꼭 갈 거다. 궁금하거든."

그후 우리는 오늘의 촬영을 '파티'라고 이르며 종종 대화했는데, 그 얘기를 102호 병실 승미 환자가 듣는 바람에 난처해지기도 했다. 바이폴라* 증세를 가진 승미씨는 병원에서 크리스마스 파티를 계획했다고 자기 마음대로 결론을 냈고 거기에는 당연히 자신을 만나러 사람들이 오리라고 믿은 것이다.

병동생활이 단순하고 무료하니까 환자들은 병원 직원들에게 관심이 많았다. 우리도 그들을 관찰했지만 그들 역시 우리를 관찰했다. 간호 스테이션 앞에서 직원들만 보며 시간을 보내는 환자도 생기곤 했다. 그래서 직원들은 다른 병원처럼 스테이션을 폐쇄형으로 바꾸어야 한다고 불평하기도 했지만 안미진은 그런 건 별로라고 했다. 창문 하나만 남기고 벽을 친 채 CCTV로 관리하면 환자들 반감이 심해질 테고 결국 직접 부딪치는 사람들만 피곤해질 테니까.

"실내에만 있으니까 그 사람들한테는 우리가 그날의 계절이나 날씨 같은 풍경이겠지. 병원 밖 사람들도 다 그렇잖아, 날씨나 풍경 때문에 기분이 나쁘고 좋고. 난 심각해질 필요 없다고 생각해."

안미진은 이곳에서만 삼년 차였고 앞으로도 특별히 다른 곳으로 옮길 생각은 없다고 했다. 다른 과에 비해 몸이 편하고 사실 급여도 괜찮았으니까.

승미씨는 주변을 장악하려는 병증이 심했고 늘 병동의

---

* 흔히 '조울증'이라 불리는 양극성 장애(서울아산병원 누리집 참고).

리더처럼 굴었다. 의료진의 관심을 끌기 위해 이상행동을 하는 '쇼잉'도 잦아 피곤한 면이 있었다. 승미씨는 우리를 볼 때마다 파티에 대해 끈질기게 아는 척을 했다. 대체로 파티는 이러저러해야 한다는 지시였다. 특정 백화점을 언급하며 그곳 식품 매장의 과일을 꼭 사 와야 한다든가 크리스마스 케이크는 어느 호텔 것으로, 디저트는 강남의 어느 매장, 그리고 고기는 화곡동 어느 정육점에서 준비하라고 시키기도 했다.

"화곡동 거기 정육점 맛있어요? 나 화곡동 사는데."

안미진은 가만히 듣고 있다가 그 정도만 반응했다. 승미씨 부류의 환자들에게 가장 자극이 되는 말은 '아니다'였다. 망상에 불과한 주장이라도 그걸 부정하거나 고쳐놓으려는 행위는 금물이었다. 물론 쉽지는 않았다. 우리도 결국 사람이니까. 내게는 매일 왜 자신을 죽이려 하냐고 묻는 환자와 대통령인 자기를 왜 국무총리인 네가 잘보필하지 않느냐고 묻는 환자가 동시에 있었다. 죽이려는 것과 대통령, 이 두가지는 환자들에게 흔히 들을 수 있는 망상 반응이었다.

병동에서 일하는 건 사람들의 편견만큼 위험하지는 않았지만 마이너스가 되는 기분은 자주 들었다. 계속해서 밑으로 떨어지는 모래시계나, 손가락 사이를 하염없이 통과하는 물줄기 따위를 지켜보는 듯한 느낌. 처음에 나는 눈을 감게 된다는 유석이 형의 말을, 보고 싶지 않은 장면을 피하게 된다고 이해했다가 나중에는 그냥 흐르는 시간에 나 자신을 맡기게 된다는 의미로 받아들였다. 그렇게 해서 시간이 가고 있었다. 사람들이 인생이라고 거창하게 부르는 무언가가 병동 안팎으로 흐르고 있었다. 졸업 작품 찍을 돈을 모으겠다고 했지만 잔고는 늘지 않았고, 나는 적금계좌를 만들었다 헐고 만들었다 다시 헐어버렸다.

선배가 이층으로 올라가 잠깐만 기다리라고 했다. 촬영 준비 과정을 보려면 일층에 있어야 하지 않나 싶었지만 잠자코 나무계단으로 올라갔다. 이층 거실에는 긴 나무테이블이 놓였고 한 여자가 아이패드를 보며 앉아 있었다. 나는 묵례를 하고는 테이블 끝 쪽에 자리 잡았다. 그리고 정작 호스트들은 아무도 올라와보지 않는 시간이 흘렀다.
"제가 아이스브레이킹 좀 해야겠네요."
침묵을 깨더니 여자가 옆에 놓인 자기 코트를 치우고 내 쪽으로 엉덩이를 밀어 다가왔다. 말투가 빨라서 약간 공격적으로 느껴졌는데 동작은 느려서 어딘가 허술한 사람처럼도 느껴졌다.
"학생이에요?"

"네, 아니…… 휴학생이요. 학생인 줄 어떻게 아셨어요? 마스크 써서 얼굴도 안 보이는데."

"옷차림이 그렇잖아요."

나는 고개를 숙여 내 차림새를 확인했다. 맨투맨 티셔츠에 면바지를 입고 있었다.

"단추가 없는 옷이잖아요."

여자가 다시 지적했고 나는 내가 불쾌해해야 하는 건가 잠시 헷갈렸다.

"저는 음반 쪽 일 해요. 기획사."

여자는 자신을 장 배우라 부르면 된다고 했다. 기획사 사장을 왜 배우라고 불러야 하나 싶었는데 아직도 뮤지컬 무대에 서는 현역이라 그 호칭을 더 좋아한다고 덧붙였다. 그리고 우리는 날씨 이야기를 했다. 올겨울이 예보만큼 춥지 않다는 말과 내년에는 팬데믹이 끝나리라는 희망 같은 것. 빌 게이츠가 예상했으니 어느 정도는 들어맞을 거라며 장 배우가 기대를 실었다.

"빌 게이츠에게 그런 능력이 있을까요? 이 바이러스가 컴퓨터 바이러스도 아닌데."

딱히 할 말이 없어 그렇게 대꾸했더니 장 배우가 "아 지금…… 농담한 건가?" 하고 깔깔깔 웃었다. 얼결에 따라 피식거리다가 그럴 상황이 아닌 듯해 표정을 굳혔다.

"셰프 강을 안 지는 얼마나 되었어요?"

"저는 셰프 강님은 모르고요, 경은 선배가 초대해서,"

장 배우는 잠시 생각하다가 아, 은 감독, 하고는 고개를 끄덕였다.

"그렇구나. 하기는 셰프 강은 골프로만 사람을 만나는데 어떻게 학생을 아나 했잖아, 내가."

그리고 연이은 대화를 통해 나는 선배가 스튜디오 오픈 멤버가 아니고 채용되었으며 그간 여러 감독이 셰프 강 곁을 떠나갔다는 걸 알게 되었다. 그러고 보니 선배랑 연락하면서도 정작 셰프 강에 대해서는 들은 게 얼마 없다는 생각이 들었다. 남자인지 여자인지도 모르고 있었다. 너는 디테일에 너무 무심하다고 안미진이 했던 말이 떠올랐다. 좋아한다면서 그게 삼년이나 되었다면서도 정작 그 사람에 대해서 아는 게 없나봐? 했던. 심지어 지금 사는 집도 모르잖아? 그러면 나는 그런 건 몰라도 선배가 가장 좋아하는 감독과 영화는 안다고 항변했다. 입으로 내뱉지는 않았지만 아바스 키아로스타미였고 「올리브 나무 사이로」라는 작품이었다.

안미진은 그런 대화는 오늘 아침 전철에서 우연히 만난 옆 사람과도 나눌 수 있다는 반응이었다. 아르바이트 구할 때 자기소개서에도 적을 만한 정보라는 거였다. 하지만 그건 안미진이 영화인들을 몰라서 하는 얘기였다. 그건 '좋아하는'이 아니라 '가장 좋아하는'이었으니까. 가장 좋아하는 영화가 뭐냐고 물으면 가장은 아니고…… 하며 최대한 방어적으로 답하는 것이 영화인들이었다. 경은 선배 역시 그날밤 내게 그렇게 답하고는 다른 사람들한테는 말하지 말고,라고 덧붙였다. 그날밤의 많은 것들은 그렇게 어느 한 컷도 덜어낼 수 없이 중요하게 남아 있었다. 함께 타고 갔던 부천행 택시나 비디오테이프들이 몇 겹으로 쌓여 있던 작은 방 그리고 아바스 키아로스타미까지.

그날은 아르바이트비를 받기 위해 만난 자리였다. 프로덕션이 망하고 대표가 도망간 뒤 반년 만이었다. 선배는 살이 내려 몸도 마음도 바싹 마른 낙엽 같았다. 봉투를 하나하나씩 내밀고 "열심히 영화하자. 졸업 상영회 때 봐"하며 선배가 돌아섰고 봉투를 확인해봤더니 거기에는 평소와 달리 3.3프로 세금이 제해지지 않은 금액이 들어 있었다. 선배가 자비로 마련한 게 아닐까 싶은 생각이 들었다.

선배는 학교 건물 밖으로 나갔다가 다시 돌아와 "혹시 저녁 먹을 사람?" 하고 물었다. 따라나선 사람은 나 혼자였다. 그렇게 해서 밥을 먹고 거리를 걷다가 같이 부천으로 내려간 밤의 이야기는 안미진만 알고 있었다. 맥줏집에서 나와 선배가 혼잣말처럼 "문이 열릴까? 오늘은 아파트 문을 열 힘이 없네" 하고 중얼거렸고 "그깟 문을 못 열어서 걱정이에요?" 하고 내가 따라나섰다는 걸.

"같이 자자는 말도 참 너네는 멋지게 한다."

"그런 거 아니야!"

나는 안미진에게 그런 뉘앙스로 말하지 말라고 경고했다. 선배가 문 걱정을 한 건 사실이었으니까. 그 오래된 아파트에는 복도에 창이 없어서 눈이 오고 한파가 몰아치면 정말 현관문이 얼었다. 그날도 추웠고 십오층 아파트에는 나뭇가지가 휠 만큼 잔설이 남아 있었다. 나는 선배를 옆에 세워놓고 문을 열기 위해 애썼다. 철제문은 벽에 붙박인 듯 꿈적도 않는데 손잡이는 돌아가서 나는 잠깐잠깐씩 그게 열렸다는 착각에 빠졌다. 그런 기대가 아닌 것으로 판명되는 몇분을 겪는 동안 선배는 내가 할까? 내가 해볼까? 하고 묻다가 이윽고 팔이 떨어질 것 같은 힘을 주어 마침내 문이 열렸을 때는 "컷" 하고 조용히 말했다.

"누구한테 부탁하고 그냥 퇴근하면 안 되나봐요? 내가 병원을 몰라서 그러는 건가."

왜 안미진이 이렇게 늦느냐는 말을 셰프 강이 돌려서

꺼냈다. 그러면서 벽시계를 힐끔 바라봤고 양 손바닥을 맞잡아 초조하게 비볐다.

"죄송합니다."

"아니요, 죄송할 거야 없죠. 우리가 초대한 입장인데."

장 배우와 나는 조리대를 겸하는 아일랜드 식탁의 맨 끝에 나란히 앉아 있었고 셰프 강은 정중앙에 서서 스튜디오를 지켜보고 있었다. 선배는 촬영감독과 계속 대화 중이었다. 카메라 세팅은 진즉에 끝났는데 눈길 한번 주지 않는 걸 보면 화가 난 걸까. 그렇게 생각하자 마음이 조였다.

안미진에게서는 더이상 연락이 없었다. 이브닝 근무자가 코로나 검사를 받게 됐고 평소보다 일찍 출근하겠다던 나이트 근무자는 늦고 있다고 알려온 게 두시간 전이었다. 나이트 근무자가 원래 근무시간대로 열한시에나 나타나면 촬영은 물 건너가는 것이었다. 파티도 끝이고 신뢰도 끝이고 일방적으로 송구하기만 한 상황만 남겠지. 그럴 수는 없었다.

"일단 시작하시면 안 될까요? 제가 이인분 활약을 해보겠습니다."

"그래, 강 셰프, 시작을 해요. 영상은 편집하면 되잖아. 나중에 그분 오면 영상으로 붙여드려."

이미 와인을 따서 홀짝홀짝 마시기 시작한 장 배우가 고맙게도 도와주었다. 셰프 강이 "얘들아, 가져와라, 그거!" 하고 지하층을 향해 소리쳤다. 이윽고 두 남자애가 크고 두꺼운 주물 사각팬과 함께 계단을 올라오는 것이 보였다. 한명은 팬을 들었고 다른 한명은 한발 한발 계단을 디디며 그걸 핸디캠으로 찍고 있었다. 팬을 너무 소중하게 다뤄서 메인 디시인가 했더니 구운 웨지감자만 가득했다. 스태프까지 다 먹기에도 많은 양이었다. 감자로 배를 다 채우게 할 셈인가 하는 생각마저 들었다.

남자애들은 쌍둥이처럼 닮은 얼굴이었다. 비슷한 무늬의 하와이안셔츠를 입고 양쪽 다 노란 머리를 하고 있어서 더 그렇게 보이는 듯했다. 둘 다 생글생글 잘 웃는 편이라 그런지 아니면 공간에 사람이 찬 덕분인지 분위기가 한결 누그러졌다.

"리키, 노래 좀 듣자." 셰프 강이 허리춤에 앞치마를 매면서 일렀다.

"뮤직, 오케이."

리키라고 불린 남자애가 휴대전화를 꺼내 블루투스 오디오를 연결했고 나른한 해변을 연상시키는 서핑음악이 흘러나왔다.

"곧 있으면 크리스마스인데 여름 음악이네."

장 배우가 고개를 살짝 기울여 팔로 괴며 중얼거렸다. 그리고 나를 보며 "한가을씨는 크리스마스 계획 있어요?" 하고 물었다.

"네, 뭐 글쎄 잘 모르겠네요."

나도 모르게 대답이 약간 퉁명스럽게 나왔다. 장 배우가 아니라 셰프 강 때문이었다. 내가 미안해해야 하는 상황인데도 셰프 강에게 묘한 불쾌감을 느끼고 있었던 것이다. 일단 인상부터가 그랬다. 두꺼비처럼 두둑한 눈꺼풀에 처진 눈이 일견 생각이 깊고 진중해 보이기도 했지만, 말투가 새침하고 입매에는 찬 기운이 돌았다. 가르마를 8대 2로 갈라 포마드를 번들번들하게 바른 헤어스타일도 내 취향은 아니었다. 처음 본 사람을 앞에 두고도 자기 촬영과 스튜디오 얘기만 줄곧 해서 스스로에게 굉장히 몰두해 있는 사람이구나 싶었다.

가장 불쾌한 건 경은 선배가 감정노동에 가까워 보일 정도로 셰프 강의 비위를 맞춰주고 있다는 점이었다. 아까만 해도 셰프 강이 채소가 시들하다며 제자인지 보조인지 알 수 없는 여자애를 들볶았는데 선배는 그의 어깨에 손까지 올리며 "시래기로 샐러드도 만들어내면서 뭘 걱정해" 하고 달랬다. 그렇게 부드럽게 어르는 경은 선배의 눈빛에는 적어도 내가 읽기에는 한 점의 호감도 없었지만 어쨌든 그 선의의 말이 한 인간의 자기애를 충족시켰을 걸 생각하니 언짢았다.

"이제 감자 좀 먹자. 자, 모두들 오고."

셰프 강이 부르자 스태프들이 하나둘 모여들었다. 정말 감자를 먹는 일이 그렇게 기쁜 건지 아니면 내 눈에만 셰프 강이 이상해 보이고 스튜디오에서는 존경받는 대표님인 건지 다들 웃었고 대화도 끊이지 않았다.

경은 선배도 식탁으로 와 감자 한 조각을 집어 입에 넣었다. 촬영을 위해 조명이 인위적으로 조정된 탓인지 선배 모습이 평소와 달라 보였다. 하기는 종종 선배는 그렇게 낯선 사람처럼 보이곤 했다. 아르바이트 나온 후배들을 불러 그날의 작업을 설명할 때가 달랐고 술을 마실 때가 달랐고 조용히 노래할 때가 달랐다. 그리고 부천의 아파트를 팔고 서울 어디에 집을 얻었다며 더는 오지 말라고 내게 말할 때 가장 달랐다.

그때 "그 집은 문 잘 열려요? 확인했어요?" 같은, 지금 생각해도 한심한 말을 했던 사람이 나다. 정말 하고픈 말은 당연히 그게 아니었지만 진지하게 굴었다가는 관계의 종료를 통보받을지도 몰랐다. 오지 말라고 하는 것과 찾아오지 말라고 하는 것은 다르니까, 그렇게 애써 합리화하며 나는 적당한 선 뒤로 물러났다. 그냥 이제 부천에서는 보지 말자는 뜻이겠지, 하고 스스로를 안심시키면서.

하지만 선배에게서는 한동안 연락이 없었고 대체 내 미래가 영화판에 있을까 싶던 나는 결국 휴학을 선택했다. 처음에는 술도 꽤 마셨지만 간경화로 세상을 떠난 아빠를 떠올리며 나중에는 꾹 참았다. 안 그래도 한살 터울의 누나가 매일같이 술을 마셔대는데 나까지 그럴 수는 없었다. 누나 소봄은 방송국 막내 작가로 일하는데 미친 놈들을 너무 많이 만나 술 한잔 없이는 스트레스를 풀 수가 없다고 했다. 우리 집에 또 알코올 문제가 생겨나면 사람들, 이를테면 친척들이 뭐라고 생각할까. 그건 무엇보다 엄마에게 너무 잔인한 일이었다.

그런 막막한 날들을 보내다 유석이 형의 전화를 받았을 때 나는 이게 날 살릴 휘슬이구나, 하고 생각했다. "형, 저 할게요. 무조건 할게요" 하며 우육면집으로 달려갔고 첫 월급을 타자마자 시나리오 개요를 봐달라며 경은 선배에게 문자메시지를 보냈다.

촬영이 본격적으로 시작되자 지하층에서 끊임없이 재료들이 올라왔다. 그걸 삶고 튀기고 요리용 토치로 그슬리면서 조리대는 정신없이 바빠졌다. 셰프 강은 주로 지시만 하다가 카메라가 풀숏을 잡으면 뭐이나 후추병 따위를 흔들었다. 촬영에 아주 이골이 난 것 같았다. 간간이 나와 장 배우에게도 질문을 던졌다. 내가 영화를 전공한다고 하자 셰프 강은 "오스카 미래주가 여기 있네요" 하고 치켜세웠다.

"그건 아니고요……"

"안이 아니면 밖인가?"

셰프 강이 믿을 수 없이 한심한 농담을 하며 입매를 지그시 올렸다. 그 모습을 보며 나는 한가지를 깨달았는데, 자기 프라이드에 취한 저런 외골수에게는 겸양을 갖춰 대해봤자 힘만 빠진다는 것이었다. 자기애에는 자기애로, 과시에는 더 불같은 과시로, 교만에는 교만으로 응수해야 한다는 생각이 들었다. 지금은 더구나 선배 앞이니까.

나는 편집이 되든 말든 최대한 길게 영화에 대한 이야기들을 주워섬겼고, 그러다 준비 중인 단편영화가 프리프로덕션 단계라는 거짓말까지 나왔다.

"아, 그러면 나한테 시나리오 한번 보내줘봐요."

장 배우가 엄지와 검지로 감자를 들며 말했다. 그러고 보니 아까부터 전투적으로 완성한 음식들은 모두 스태프들이 끼고 앉아 스틸 사진을 촬영하는 중이었다. 오직 감자만 우리 앞에 있었다.

"내가 인싸라서 발이 꽤 넓어요. 내가 봐줘서 천만 든 영화도 있어."

처음에는 인사성 멘트이겠거니 싶었는데 다시 듣자 비로소 그 말이 지닌 어떤 가능성에 귀가 열렸다. 인맥이 일맥이자 돈맥이니까. 나는 감사하다며 전화번호를 주고받았다. 너무 허겁지겁 달려들면 배고파 보이니까 "아직 수정을 좀 해야 하긴 합니다" 하고 약간 보류의 제스처를 취하기는 했다.

"장 배우야, 미래의 오스카가 여기 한둘이 아니야."

셰프 강은 경은 선배를 소개하려는 듯했다. 선배도 언제나 영화를 찍고 싶어했다. 시나리오 각색이나 프로덕션 피디 같은 부업도 했지만 선배의 최종 목적지는 당연히 영화였다. 가끔은 자기 작품에 대한 아무런 야망도 계획도 내보이지 않는 선배를 두고 포기했나보다 여기는 사람들도 있었지만 전혀 그렇지 않았다. 부천 집에서도 선배는 시나리오를 고쳐 쓰고 있었으니까. 영화라는 미래 앞에서는 사실 자기도 나와 다를 바 없는 처지라고 선배는 얘기하곤 했다. 아직 출발하지 않은 버스 안에 함께 서 있는 거라고.

"리키, 브라이언, 이리 와봐."

하지만 셰프 강이 부른 건 아까 그 남자애들이었다.

"자가격리 어젠가 다 끝났지? 들어오면 의무적으로 하

는 거."

"네, 네, 끝."

리키가 양 손바닥을 펼쳐 보이며 답했다.

"이 친구들 뉴욕대 영화과 다니다 얼마 전에야 한국 들어왔어."

소개를 받자 둘은 고개를 약간 숙이며 인사했다. 아까부터 짓던 미소가 가시지 않은 건지 여전히 웃음기 띤 얼굴이었다.

"그럼 두분도 영화 만들려고 한국 온 거예요?"

장 배우가 한명씩 손으로 가리키며 물었다. 그렇게 장 배우의 관심이 둘에게 흘러가자 마음에 긴장이 일었다. 나 자신에게 실망스러울 정도로 못난 모습이었다. 그 뉴욕대 출신 쌍둥이는 서로 마주 보며 웃을 뿐 대답이 없었다.

"그런 거예요?"

장 배우가 다시 재촉하자 브라이언이라 불리던 한쪽이 "네, 영화 뭐 그런 느낌적 느낌" 하고 대답했다. 사람들이 와락 웃었고 오 하는 감탄도 나왔다. 그 가볍고 쿨한 대답은 겸양까지 갖추고 있어서, 과장과 거짓까지 든 내 내레이션과는 차원이 달랐다. 그때 인터폰 소리가 들려 스태프가 허둥지둥 나가 문을 열었고, 발등을 덮을 정도로 깊숙이 들어선 찬바람과 함께 안미진이 나타났다.

내가 할머니와 영화를 보곤 했다는 건 선배만 아는 얘기였다. 가족들에게도 말한 적이 없었으니까. 갑자기 아빠 손에 붙들려 본가로 돌아온 것은 어린 내게도 혼란스러운 일이었다. 할머니 못지않게 나도 상실감에 시달렸고 적응이 어려웠다. 하지만 또 그게 순간순간 의식되면 여기서 또다시 열외되는 느낌이었다. 자연스레 나는 할머니에 대해 잘 얘기하지 않는, 어떻게 보면 정 없는 손주가 되었다.

우리가 그 얘기를 나눈 건 48시간 동안 꼬박 돌아가던 촬영 현장에서였다. 어느 새벽 고카페인 에너지음료를 들이켜며 같이 대기하고 있는데 선배가 "잠 깨게 무슨 얘기 좀 해볼래?" 하고 말했다. 선배는 영화관에 가는 나와 할머니 이야기를 좋아했다. 뭐가 그렇게 좋은데요? 하고 약간 쑥스러워 물었더니 너무너무 영화적이잖아, 하고 감탄했다. 그러면서 영화에 대해 이런 자기 생각을 들려주었다.

"영화가 빛의 예술이라는 건 반만 맞는 말이야. 이미지가 움직이려면 영화는 프레임당 두번 이상 빛을 차단하거든. 두시간짜리 영화라면 우린 영화관에서 사십분 정도는 어둠만 바라봐야 하는 거지. 어쩌면 막막하고 두려운 순간들이잖아? 학교 수업 때 그 말 듣고 영화관에 가까운 사람이랑 같이 가는 건 그 때문이구나 하고 나 혼자 생각했다. 그래서 영화가 더 좋아졌고."

그 말에 내가 저는 맨날 혼자 영화관 가는데요,라고 농담하자 선배는 그러더라도 아마 순간순간 누군가를 떠올리며 영화를 보고 있을걸, 하고 말했다.

돌아보니 사실이었다. 나는 주로 아침에 멀티플렉스에 들어가 시간대를 바꿔가며 종일 영화를 봤는데, 언젠가부터 보는 내내 옆에 선배가 있는 듯 느껴졌다. 나중에는 영화를 보니까 선배 생각이 나는 건가, 선배 생각을 하고 싶어서 영화를 보는 건가 헷갈리기도 했다. 안미진은 그 말을 잠자코 듣고 있더니 사실은 자신도 짝사랑 상대인 그 사람을 보기 위해 성당에 더욱 자주 갔다고 했다. 나중에는 잘못을 고하러 성당에 가는 건지 성당에 가기 위해 잘못을 하는 건지 잘 모르겠다는 생각이 들었다고. 물론 안미진의 짝사랑 상대가 신부님은 아니었고 성당의 청년부 회장이었다. 지금은 아프리카로 의료봉사를 가서 우리는 그를 화곡동 슈바이처라고 불렀다.

안미진은 사과도 하고 자기소개도 하면서 셰프 강과 그럭저럭 대화를 잘 나누었다. 하지만 곧 분위기는 얼어

붙었다. 셰프 강의 입 때문이었다. 신상 토크 중에 아직 나이가 어린데 안미진 씨는 어떻게 벌써 삼년 차 경력자냐고 셰프가 물었고 미진이 "저는 대학을 안 갔으니까요"라고 답해야 했던 것이었다. 나는 미진이 언제고 다시 간호대학에 갈 생각인 걸 알았기 때문에 바로 그 얘기를 덧붙였는데 그게 더 나쁜 상황을 만들었다. 셰프 강이 "미진 씨는 계획이 다 있구나. 다행이네" 했던 것이다.

"뭐가 다행인데요?"

안미진이 미간을 찌푸리며 셰프 강에게 물었다.

"아 이거 영화 대사 패러디한 건데? 오스카 받은 영화 알죠?"

셰프 강은 제 잘못은 깨닫지 못했는지 핀트가 어긋난 해명을 했다. 안미진은 이 한심한 인간을 어쩔까 하는 표정으로 대답을 기다리더니 포크를 내려놓으며 "토마토를 좀 무른 걸 쓰셨네요" 했다. 그리고 안미진은 어떤 음식이든 몇입만 먹고 말았다. 아무리 화려하고 군침이 도는 음식이 나와도 마찬가지였다. 그러자 촬영이 안 풀린다 싶었는지 셰프 강이 주변 눈치를 보며 잠깐 쉬자고 했다. 그렇게 지하층으로 내려간 셰프 강을 선배가 따라갔고 미진은 "여기 화장실이 어디 있죠?" 하고 뉴욕 쌍둥이에게 물었다. 쌍둥이는 지하층에 있는 여자 화장실을 쓰면 된다고 했다. 삼층에도 있는데 거기는 셰프 강의 집이라고.

화장실에 다녀온 미진은 핸드백에서 핸드크림을 꺼내 바르며 뭔가를 생각하는 듯했다. 오늘 병원 많이 바빴냐고 말을 꺼내려는데 경은 선배가 올라왔다. 그리고 식탁으로 다가와 미진에게 "찍고 있는데 먹으려니까 많이 불편하죠? 혹시 음식이 입맛에 안 맞아요?" 하고 물었다.

"아니요, 맛있어요."

"이게 그림이 나와야 해서 그러는데 조금만 반응해줄래요? 와, 맛있어요. 좋아요, 뭐 이런 거."

안미진은 표정을 바로 굳혔다. 마음에 없는 말을 억지로 하는 것이야말로 안미진이 가장 기분 나빠하는 일이었다. 바꿔 말하면 마음에 있는 말을 하는 것이야말로 안미진이 가장 즐겨하는 일이라는 것이었다.

"아니면 그냥 음식 사진을 휴대폰으로 찍는 동작으로도 충분할 것 같아. 그렇게 해서 사진으로 간직하는 거 엄청 좋다는 뜻이잖아."

선배가 잔잔한 웃음을 띠면서 다시 부탁했다. 그리고 새로운 와인을 따서 잔까지 바꿔 앞에 놓아주었다. 장 배우가 "은 감독, 나는 이제 더는 안 할래요. 차 가져왔거든" 하고 거절했다. 나는 그 말을 듣고 흠칫 놀랐다. 운전을 할 건데 아까부터 왜 와인을 들이켰던 걸까 싶어서였다. 하

지만 장 배우는 지금부터 안 마시면 불어도 안 나온다고
장담했다.

"가을아, 이제 굴요리 나올 건데 거기에는 백포도주가
어울려."

선배가 내게 새 잔을 내밀었다.

"어, 그래요?"

나는 조금 남은 레드와인을 홀짝 들이켰다.

"저기…… 가을 아니고 한가을인데,"

안미진이 자기 앞머리를 손으로 천천히 쓸어올리며 그
렇게 말했다. 화를 내거나 항의하는 어조는 아니었지만
생선 가시 같은 뾰족함이 말투에 있었다. 선배는 좀처럼
말이 없던 사람이 뭐라고 하나 듣고 있다가 당황했다.

"아, 미안. 이름을 두 글자로 부르는 게 버릇이 돼서."

선배가 나와 안미진을 번갈아 보며 해명했다. 나는 안
미진이 왜 그런 지적을 굳이 하는지 이해가 안 갔다.

"알게 된 지 삼년인데 이름까지 틀리는 건 좀 그렇지요.
자주 그러신다면서요."

안미진이 다시 조곤조곤하게 지적했다. 그런데 안미진
이 그렇게 말하면 그건 뭘 뜻하게 되나. 내가 줄곧 불평해
온 셈이 되지 않는가. 얘는 정말 내 사랑을 물먹이려고 온
걸까. 너무 놀라 심장이 펌프질 하는 것이 느껴졌다.

"특이한 이름이라 까먹기도 쉽지 않는데 은 감독이 너무했네. 이분께 신경 좀 써."

그 상황에 장 배우까지 말을 얹고 나섰다.

"한가을이나 가을이나 뭐가 다르겠어요. 미진씨 갑자기 왜 나 위하는 척을 해. 다른 분들한테 좋은 사람으로 보이고 싶어서 그래? 하하하하하⋯⋯"

그렇게 웃는 나를 누구도 따라 웃지 않았고 선배도 표정을 풀지는 않았다.

"아니지, 다르지. 한가을은 가을이 한창일 땐데 그게 어떻게 같아? 그냥 가을 정도를 원했으면 부모님이 가을이라고 했겠지, 그런데 한가을이잖아, 가장 가을인 거잖아."

그 말에서 선배는 뭔가를 짐작하지 않았을까. 부천에서의 그 밤이 타인에게 노출되었다는 것을. 아니면 그 순간 갑자기 조명 하나가 나가면서 그 편이 어둑해졌기 때문에 그렇게 차가운 인상으로 보였는지도 모르겠다. 아무튼 선배는 잠깐 적막한 표정을 지어 보이더니 "조심할게" 하고 살짝 웃어 보이며 돌아갔다.

"미진씨, 병원에서 뭔 일 있었어? 신환자 들어와서 병원 또 난리였니? 왜 그래?"

안미진은 나를 조용히 곁눈으로 훑어보더니 "타당한 지적을 일시적 히스테리 정도로 폄훼하지 마" 하고 대꾸

했다. 그렇게 손쓸 수 없이 나빠지는 타이밍에 셰프 강이 직접 요리들을 들고 나타났다. 그중에는 선배가 언급한 굴요리가 레몬과 함께 껍질째 놓여 있었다.

"자기들, 타!"

스튜디오에서 나오는데 장 배우가 자꾸 우리를 태워다 주겠다고 고집을 부렸다. 경사진 언덕 골목에 스튜디오가 있어서 조금 걸어야 대로가 나오긴 했다. 밤이 깊어서 추웠고 안미진이 부츠 신은 발로 아스팔트 위를 동동 구르고 있었다. 그제야 나는 안미진이 오늘 무척 예외적으로 차려입고 왔다는 사실을 알게 되었다. 나처럼 단추 없는 맨투맨 쪼가리가 아니라 호두 같은 단추가 달린 투피스 차림이었다.

안미진이 앞좌석 문을 열어 장 배우 차에 올라탔다. 곳곳에 라이트가 설치되어 있어서 차내는 기괴하게 밝았다. 쌍둥이 아닌 쌍둥이들이 자전거를 타고 손을 흔들며 우리 곁을 지났다. 춥지도 않은지 하와이안셔츠 위로 가벼운 윈드점퍼만 입은 채였다. 다른 스태프들은 밴에 짐을 싣느라 바빴고 나는 몸을 돌려 선배에게 "선배는 안 가요?" 하고 물었다. 웃옷을 걸치지 않고 나온 선배는 추워서 어깨를 살짝 떨었다.

"응, 나는 안 가."

선배는 두 손을 맞잡고 자기 손에 입김을 불어넣으며 말했다.

"나 여기 살아."

*

나는 안미진과의 관계를 복원하겠다고 다짐했다. 내일은 크리스마스이고 오늘은 안미진과 나의 나이트 근무였으니까. 촬영 이후 안미진은 나와 점심을 같이하지 않고 데스크에서도 다른 동료들과만 대화했다. 인사를 하면 고개를 끄덕이기는 했지만 도저히 의식하지 않을 수 없는 냉랭함이 흘렀다. 정작 우리는 그날에 대해 더이상 얘기하지 않는데 승미씨에게는 그날이 아직도 진행 중이었다. 크리스마스 파티에 왜 자기만 빼놓느냐고 우리를 탓하고 의심했다. 다른 환자들에게 우리가 여는 파티에 절대 가지 말 것을 약속받기도 했다.

"승미 언니한테는 안 간다고 했는데 저 꼭 껴줘요. 어디예요? 강당으로 가면 돼요?"

환자들 몇몇은 조용히 다가와서 그렇게 물었다. 어쨌든 그 파티라는 것이 여럿에게 나쁜 영향을 주고 있어서 나

는 크리스마스가 얼른 지나갔으면 싶었다. 무수한 손자국
이 남은 유리컵을 씻어두듯 그날의 모든 기억을 지우고
다음을 도모할 수 있었으면 했다.

근무시간보다 이르게 도착했는데도 안미진은 이미 출
근해 인계를 받고 있었다. 환자들의 특이사항과 투약 정
보를 확인하고 필요한 물품을 준비했다. 수간호사가 오늘
순환은 보호사와 간호 담당 둘이서 함께 돌라고 했다. 원
래는 주의 환자가 있는 병실에만 두명의 인력이 투입되었
지만 오늘은 전체적으로 분위기가 좋지 않으니까 그렇게
하라는 거였다.

"승미 환자 안정실 갔네."

안미진이 차트를 보며 말했다. 뒤돌아 있어서 내게 하
는 말인지는 확실하지 않았다. 주위를 둘러보자 다른 직
원들은 거리가 멀었고 아무리 봐도 나에게 한 말 같았다.

"아티반까지 맞을 정도였어요?"

며칠 만이라 그런지 나도 모르게 존댓말이 나왔다. 탕
비실에서 포트 끓는 소리가 들렸다. 기포 소리가 우르르
르 몰려들 듯 커지더니 잦아들었고 누군가 찬장에서 잔을
꺼내 테이블에 탁 하고 내려놓았다.

"갑자기 왜 말을 높이고 그래, 기억상실인 건가."

안미진이 계속 뒤돌아선 채 혼잣말처럼 중얼거렸다. 머

쓱해진 나는 더 할 말이 없었고 대화는 이어지지 않다가 이내 순환 돌 시간이 되었다. 우리는 환자들이 만든 크리스마스카드가 붙어 있는 복도를 같이 지났다. 미술치료 시간에 한 작업들이었다. 대체로 가족들에게 보내는 카드였고 대부분 괜찮다는 인사를 전하고 있었다. 걱정 마라, 곧 나갈 거야, 나는 아주 편히 잘 지내.

사실 병원에서는 승미씨 말처럼 크리스마스 파티가 마련될 예정이었다. 식당에서는 조각케이크를 메뉴에 올리겠다고 했고 음악치료 담당자들은 음악회도 준비하고 있었다. 색종이로 만든 종이 트리도 출입구에 장식되어 있었다. 다만 승미씨가 생각하는 '그런' 크리스마스 파티가 아닐 뿐이었다. 자기 인식으로는 분명 아닌데 그에 대한 인정과 수용을 강요받는 것, 그 좌절이 얼마나 깊을지는 나 같은 사람이 상상할 정도가 아닐 것이었다.

병실 몇개를 돌고 나서 나는 마침내 그날에 대해 얘기를 꺼냈다. 주로 셰프 강이 얼마나 못돼 처먹은 인간인가, 그 과시는 얼마나 혐오스러우며 돈 좀 있다는 거 말고는 별로 주목받을 만한 점도 없는 주제에 그런 관종으로 늙고 있다니 한심하다는 얘기들이었다.

"한가을씨, 이제 그만해."

안미진이 냉랭하게 말했다. 그러고 보니 대화가 아니라

나만 떠들고 있었다.

"그럴까. 좋은 얘기도 아닌데."

"아니, 그 남산길이랑 이제 그만하라고. 이미 한가을씨도 알고 있겠지만."

나는 나도 모르게 어금니를 꽉 깨물었다. 안미진이 뭘 알고 있는 건가 궁금했다. 혹시 그날 지하층으로 내려갔다가 뭔가를 들은 것일까, 아니면 차에 타기 전 내가 들었던 선배의 그 비수 같은 말을 안미진도 들은 걸까. 내가 그렇게 묻자 안미진은 그게 왜 중요하냐고 반문했다.

"왜긴, 알 권리가 있잖아. 내 일이잖아. 나한테 일어난 일이고 미진씨는 그냥 거기 갔다가 안 거잖아. 내 일이잖아."

안미진은 고개를 외로 돌렸다. 나도 울컥해놓고는 누가 들을까봐 조심스러워 입을 닫았다. 밤에는 잠들지 못하는 환자들이 많았다. 병실 문을 열면 어둠 속에 우두커니 앉아 있는 사람들의 실루엣이 보였다. 복도 미등과 내 손전등 빛이 흘러들면 잠 못 든 채 밤을 보내고 있는 사람은 더 뚜렷해졌고 나는 그렇게 해서 실루엣들이 인화되는 것 같다고 생각했다. 이렇게 한 컷 한 컷을 완성한다면 그건 세상에서 가장 슬픈 영화가 될 것이었다. 순환을 다 돌 때까지 안미진은 아무 답도 하지 않았다. 그러다 마지막으로 안정실을 열기 위해 계단을 내려가고 있을 때에야

"그게 한가을씨한테 왜 그렇게 중요한지는 알아?" 하고 물었다.

"그거야 선배가 내게 중요한,"

"수치심 때문이겠지."

안미진이 내 말을 잘랐다.

"내가 이 일을 하면서 배운 게 하나 있어. 사람들이 여기 오는 데도 나름의 힘이 필요하다? 용기가 없으면 병원에 올 수가 없어. 수치심을 이기고 여기로 오는 거야. 다르게 살고 싶어서."

안미진은 나도 그쯤은 이기고 살았으면 한다고 말을 맺었다. 다들 그렇게 사니까. 얼굴을 들 수가 없다는 생각이 들었다. 안정실 문을 열자 승미씨는 잠에서 깬 채로 침대에 기대 있었다. 안미진은 링거 상태를 살피면서 괜히 밥 굶고 그러니까 수액 맞을 일이 생기잖아요, 하고 타일렀다.

"나 잠이 안 와."

"배고파서 그런 거 아녜요."

"당신들은 나빠. 환자를 이렇게 따돌리면 되냐고. 고쳐준다고 가뒀으면 평등하게 다뤄야 하잖아. 거짓말이나 하고."

안미진은 아무 말 없이 병실 바닥에 떨어진 베개를 주

워 올려주었다.

"좀 있으면 아침이에요. 이제 세시간 남았네, 크리스마스라 어머님 면회 오신대요."

"하나도 안 반가워."

안미진이 나가면서 아침밥은 미음으로 신청하겠다고 하자 승미씨는 엄마가 김장김치 가져온대? 하고 물었다. 지금 김장 다 끝냈을 텐데. 그러자 안미진은 그럼 김장김치도 어머님께 신청할게요,라며 불을 껐다. 오늘 밤 처음으로 웃고 있었다.

근무가 끝나고 우리는 으레 아침을 같이 먹곤 했다. 주로 병원 근처 가르마분식에서였다. 우리는 여기서 가르마는 사실 카르마, 우리의 업보라고 킬킬거리곤 했다. 밤새 우리의 사랑, 우리 인생의 구원자들에 대해 얘기하다가 나가서 먹는 김밥과 라면은 실제야 어떻든 더할 나위 없이 잘 차려진 정찬처럼 느껴졌다. 어쩌면 우리는 그 밤들 내내 영화를 찍고 있었는지도 몰랐다. 서로가 서로의 영화에 관객이 되어, 이 사랑이 가망 없는 것이라도 어떻게든 그것이 지닌 일말의 빛을 지켜주면서. 나이트 근무를 끝내고 돌아가는 길에는 당연히 다른 이들의 아침이 시작되고 있었다. 우리는 전철역에서 쏟아져나오는 인파를 거슬러가며 걸었다. 가르마분식 앞에서 내가 아침이라도 하고 갈래? 하고 물었는데 안미진은 싫다고 했다. 크리스마스를 그렇게 시작하고 싶지는 않다고.

"그러면 나중에 차라도 한잔할까? 저녁쯤 내가 화곡동으로 갈게."

"신한가을 씨가 왜 우리 동네로 오는데?"

순간 말문이 막혔다. 나도 확실히는 말할 수 없었다. 왜 오늘 안미진과 이렇게 헤어지면 안 될 것 같은지, 왜 오늘 마쳐야 하는 이야기가 있는 것처럼 느껴지는지.

"그냥, 그런 느낌적 느낌이 있네."

그러자 안미진이 뭐야, 하면서 어이가 없다는 듯 실소했다. 그리고 확답은 하지 않고 화곡동에는 고기가 유명하다, 소고기, 하며 돌아섰다. 공중으로 내려오는 눈송이들을 이따금 잡아채보면서 역으로 들어갔다.

나는 전철역과 반대로 내처 걸었다. 밤을 꼬박 새운 피로로 심장이 빠르게 뛰었지만 그렇게 오래 걸어야 어떤 것들과 결별할 수 있을 것 같았다. 안미진이 말했듯 그건 수치심일 수도 있고 나를 누르고 있던 열패감의 다른 이름들일 수도 있었다. 영화관을 나와 할머니와 손을 잡고 걸었을 때는 상상조차 할 수 없었던 마음의 국면들이었다. 사람이 그렇게 상할 수도 있다는 것을 내가 알게 될까봐 할머니는 내 손을 꼭 붙들고 걸었을까. 가능하지 않으리라는 걸 알면서도 바랄 수 있는 가장 절실한 축원이기에 그런 말을 해준 걸까. 다리가 무거워 이제 그만 버스를 타야겠다고 생각했을 때 안미진에게서 아무 설명 없이 사진 파일 하나가 문자메시지로 날아들었다. 그날 선배를 향해 서서 "안 가요?" 하고 묻고 있는 내 모습, 안미진이 찍어 가지고 있던 그 밤의 사진이었다.

월계동月溪洞 옥주

크리스마스이브에 중국에서 사과를 주고받는다는 걸 처음 알려준 사람은 예후이였다. 빛난다는 뜻의 한자를 두 자나 이름에 가지고 있던 사람. 예후이를 우리식 한자로 읽으면 엽휘(曄輝), 빛나고 빛난다는 뜻이었다.

옥주가 예후이를 만난 건 중국으로 건너가 어학연수를 했을 때였다. 젊은 시절 내내 돌아다닌 나라들 중에 사실 중국은 가장 짧게 머문 곳이었지만 옥주는 거기서 자신이 변했다고 생각하고 있었다. 어떤 점이 어떻게 변했는지를 물으면 설명은 어려웠다. 그런 변화는 셀 수 있는 게 아니니까. 계절처럼 전체를 휩쓸며 오는 변화만이 누군가를 바꿔놓았고 옥주의 경우에는 바로 거기에 예후이가 있었다.

옥주가 그 당시 머문 대학의 기숙사는 동마다 방 크기와 컨디션이 달랐다. 가장 인기가 많은 건 1동이었다. 침대, 싱크대, 책상과 옷장 등의 집기는 다른 동과 같았지만 마룻바닥이었기 때문이다. 미리 유학을 다녀온 사람들은 학기가 시작되기 전 가능한 한 빨리 가서 1동을 선점해야 한다고 조언했다. 다른 동들은 타일 바닥인데 겨울이면 추워도 너무 춥다고. 실내에서도 추위를 양말처럼 신고 살게 될 거라고. 하지만 옥주는 정작 마음의 여력이 없어서 가장 나중에야 베이징에 도착했다.

그즈음 옥주의 상태가 좋지 않았던 건 비슷한 시기에 가까운 이들이 옥주의 곁을 떠나갔기 때문이었다. 마음으로 따르던 지도교수가 세상을 떠났고, 늘 사이가 좋지 않았던 부모는 막내까지 성인이 되자 각자의 길을 갔다. 대학 시절 잠깐 연인이었지만 헤어진 이후 '베프'로 지냈던 현우와의 결별이 최악이었다고 옥주는 생각했는데, 시간이 흐른 뒤에도 왜 그렇게 됐는지를 이해할 수 없었기 때문이었다.

"선배, 세상은 선배가 내키는 대로 낙서해도 되는 백지장이 아니야."

마지막으로 만난 중랑천 징검다리 위에서 현우는 여름 달빛을 얼굴에 하얗게 받으며 그렇게 말했다.

봄 학기부터 베이징에 머문 옥주는 어떻게든 같이 간 사람들이 하는 것을 하려 했다. 수업을 가면 수업을 들었고 과제를 하면 과제를 했다. 조촐한 파티가 열리면 와인 같은 술을 들고 가 늦게까지 앉아 있었고 다 같이 노래방을 가면 따라가서 아무 노래나 불러댔다. 하지만 자기 자신이 아니라 허깨비 같은 것이 베이징 생활을 하고 있다는 느낌은 지울 수가 없었다. 실제 자신은 아직 서울의 월계동에 있는데 자기 비슷한 것이 여기까지 와 옥주를 흉내 내고 있는 듯한 일종의 자아상실감 같은 거였다.

그런 느낌이 들면 옥주는 거기서 벗어나기 위해 어디든 쏘다니거나 잔뜩 취했다. 사람들을 만나고 약속을 잡고 마구 일을 벌이고 돈을 쓰며 어떻든 완전히 혼자가 되는 순간만은 피했다. 물론 그런다고 해결되지는 않았다.

예후이를 만난 날도 그런 날이었다. 같은 반 외국인들과 어울려 클럽에 있다가 새벽에야 돌아온 옥주는 기숙사 문이 열릴 때까지 벤치에서 기다리고 있었다. 베이징의 봄은 폭설도 종종 오는 날씨라 새벽에는 정말 추웠다. 옥주는 코트를 최대한 팽팽하게 당겨 몸을 감싸고는 고개를 푹 숙이고 눈을 감았다. 오늘은 퍽이나 즐겁지 않았나? 하는 생각을 했다. 클럽에서 만난 중국인 중에는 무려 다펑, 다프트 펑크 팬도 있었다. 세계적인 하우스 뮤직 듀오인 다프트 펑크는 십대 때부터 옥주의 우상이었다.

옥주는 술에 꽤 취한 상태에서도 다펑 팬과 연락처를

교환했고, 또 만나자고 약속했다. 그러는 동안 내내 중국어를 썼으니 오늘은 정말 가치 있는 날이었다. 비록 지금은 너무 춥고 속도 좋지 않고 눈꺼풀과 함께 몸도 무겁지만 어쨌든 오늘은 노력한 날 아닌가. 노력이 중요하다. 어떻든 살려고 하는 노력이 중요해.

"쉬 야오 방 망 마?"

그때 어느 동에서 나왔는지 학생 하나가 지나다가 말을 걸었다. 도와줄지 묻는 말이었다. 기숙사동에는 누구든 들어갈 수도 나올 수도 없는 시간대인데 누굴까 싶어 고개를 들었더니 하얀 점퍼를 목까지 꼭 채워 입은 여자애가 서 있었다. 옥주는 괜찮다고 말하기 위해 입술을 뗐다.

"하……이 하……오."

그런데도 여자애는 가지 않고 서서 다시 한번 괜찮으냐고 물었다. 옥주는 자기 말을 안 믿나 싶어서 몸에 힘을 주어 똑바로 앉으며 같은 대답을 했다. 스스로는 똑바로 세웠다고 생각했지만 숙취로 머리가 돌고 있어서 어쩌면 자기 몸 한쪽이 무너져 있는지도 모른다는 불안이 들었다. 여자애는 잠시 주위를 둘러보더니 여기에 계속 있으면 안 된다고 했다. 그러면서 빠른 중국어로 말을 이었다. 옥주는 알아들을 수가 없었다. 아마 취한 상황이 아니더라도 매한가지였을 것이다. 유학에 필요한 HSK 점수를 간신히 따기는 했지만 현지인들과 대화하는 건 전혀 다른 문제였으니까. 옥주는 다시 한번 손을 휘이휘이 내저으며 그만 가보라는 표시를 했다. 자기는 괜찮다고, 내버려두라고.

얼어죽게 될 텐데.

여자애가 다시 말했다. 그 말만은 알아들을 수 있었다.

죽어도 괜찮아요?

하……이 하……오.

나중에 친해지고 나서 예후이는 그때 옥주가 "하오"라고 대답했으면 자기가 그렇게 챙기지는 않았을 거라고 농담했다. 100퍼센트 괜찮다가 아니라 하이하오, 그럭저럭 괜찮다고 자꾸 답해서 자리를 뜰 수 없었다는 거였다. 옥주는 그 말을 듣고 "다행이네, 가끔은 그렇게 서로를 오해하는 게 낫기도 해"라고 했지만 예후이는 거기에 동의하지는 않았다.

예후이가 그 새벽에 기숙사에서 나올 수 있었던 건 학교식당에서 근로장학생으로 일했기 때문이었다. 예후이의 도움을 받아 엽차가 끓는 식당 부엌에서 추위를 피할 수 있었던 옥주는 아침 배식이 시작되는 시간에 비몽사몽 상태로 일어났다. 가기 전 연락처를 알려달라고 하자 예후이는 와플을 바쁘게 굽고 있어서였는지 아니면 옥주 인상이 별로여서였는지 잠깐 망설였다.

"나도 되게 바쁜 사람이에요."

옥주는 다 잠긴 목에서 겨우 소리를 내며 말했다.

"귀찮게 굴지 않을게."

그것은 사실이었다. 옥주는 그저 자신을 동사의 위험에서 구해낸 은인에게 맨정신으로 고마움을 전하고 싶었을 뿐이니까. 예후이가 프라이팬을 닦다가 그런 게 아니라며 손을 휘이휘이 저었다. 그리고 목소리를 높여, 'X'로 시작하는 자신의 위챗 아이디를 알려주었다.

방으로 돌아온 옥주는 컵라면에다 물을 붓고 냉장고에서 꺼낸 다진 마늘을 한 숟가락 넣었다. 생각해보니 그런 해장법은 현우가 가르쳐준 것이었다. 언제나 찾아와 자기 고민만 늘어놓고 갔던 것 같은데 알려준 것도 있네, 하는 생각이 들었다. 현우는 대개 옥주에게 뭔가를 묻고 답을 기다리는 편이었다. 둘의 연애가 얼마 가지 않아 흐지부지된 것도 그 때문이었을 것이다. 뜨거운 국물이 들어가자 비로소 몸이 풀렸다. 그러고 잠이 들었던 옥주는 오후 늦게 눈을 떴다. 수업이 끝나 교정은 소란스러웠다. 대학생이나 대학원생이나 학생인 건 마찬가지인데 이상하게도 일단 학부 밖으로 나오면 대개는 저런 활기를 잃어갔다. 옥주 같은 대학원생들은 어딘가 어두웠고 맥이 빠

져 있었다. 듣자니 중국 학생들도 다르지 않다고 했다. 생
명줄을 줄여서 가방줄을 늘이고 있다는 웃기도 애매한 농
담은 여기에도 있었다.

어쩌면 현우와 자신은 거기서부터 어긋났는지도 몰랐
다. 옥주는 서른을 앞둔 지금까지 학생이지만 졸업한 현
우는 어느덧 직장을 잡아 다른 궤도로 진입해 나아가고
있는 것. 거기서 둘은 이제 서로를 이해하지 않기로 결정
을 내린 것이었다. 연인 사이로 헤어졌을 때보다 옥주는
더 아픈 마음이라고 생각했다. 이제는 볼 수 없게 되었으
니까. 그러면 죽은 것이나 다름없었다.

하교하는 학생들의 소리를 더 듣고 있다가 옥주는 일
어나 위챗을 켰다. 어제 만난 다평 팬이 남긴 인사가 남아
있었다. 나중에 자신이 있는 상하이로 한번 놀러 오라는
내용이었다. 그 창에 너무 좋다는 이모티콘을 띄우다가
옥주는 예후이가 알려준 아이디를 떠올렸다. 잊어버리지
않게 방으로 돌아오자마자 탁상달력에 적어놓은 것이었
다. 친구로 등록하자 예후이의 정보가 떴다. 프로필 사진
은 우산을 쓰고 있는 토토로였고 닉네임은 '이안거사(易
安居士)', 편안한 사람이었다.

옥주는 그후로 세번 더 예후이를 만났다. 학교 안 카페
에서, 기숙사 세탁실에서, 베이징역 근처의 KFC에서 점

심을 함께 먹었다. 예후이는 이학부(理學部) 삼학년생이었고 전공은 수학이었다. '편안한 사람'이라는 위챗 닉네임과는 달리 옥주가 아는 어느 중국 학생보다도 아르바이트를 많이 하고 있었다. 학교 식당에서 일하는 것 말고도 입시학원에서 아이들을 가르쳤고 주말에는 왕푸징의 카페에서 아르바이트를 했다.

학업 성적이 좋고 동기들에게 인기가 있어서 예후이가 삼호학생(三好學生)으로 자주 뽑힌다는 건, 한국에서 같이 유학 온 윤슬이 전해주었다. 옥주와 예후이가 세탁실에서 반갑게 인사하는 모습을 보고 한 얘기였다. 윤슬은 옥주처럼 어학이 아니라 전공 유학을 왔기 때문에 대학에 관심이 많았고 잘 알았다. 학업뿐 아니라 학생들을 대상으로 한 설문 평가까지 합쳐 삼호학생을 선정하는데, 지덕체를 두루 갖춘 전인적 인간을 뽑는 취지라고 했다. 그렇다면 '체'는 어떻게 측정한다는 것인가 옥주는 생각했다. 공부를 잘하면 그만큼 정력적으로 살아왔다는 뜻이니까 그것이 인간 육체의 완전성을 말해주는 건가. 윤슬은 삼호학생이 아주 중요한 스펙이라며 "언니, 세탁실에서 만난 학생이랑 많이 친해요?" 하고 관심을 보였다.

점심을 먹던 날, 옥주는 예후이에게 중국어 강습을 해달라고 부탁했다. 물론 옥주가 윤슬의 얘기를 듣고 과외를 부탁한 건 아니었다. 그저 말을 하고 싶게 만드는 사람이기 때문이었다. 무슨 얘기를 하고 싶은지는 모르겠지만 그래도 입을 열어 지금과는 다른 숨을 쉬어보고 싶게 하는 사람. 그런데 옥주에 관해서는 과거도 현재도 알지 못해서 지금부터 새롭게 시작하면 되는 사람. 옥주의 제안을 들은 예후이는 의외라는 듯이 눈을 동그랗게 떴고 입안에 씹고 있던 햄버거를 얼른 삼켰다. 그러고는 엉뚱하게도 "괜찮겠어요?" 하고 물었다.

"뭐가 괜찮아요?"

옥주가 의아해서 되묻자 예후이는 음…… 하고 말을 끌더니 아니라고 또 버릇처럼 손을 내저었다.

"가르치는 일은 자신 있어요. 내일 도서관에 가서 어떤 교재들이 좋을지 찾아볼게요."

옥주가 강습비는 어느 정도로 할지 묻자 예후이는 누군가와 통화했고 시간당 50위안이면 좋겠다고 말했다. 그런 예후이의 얼굴에 활기가 차 있어서 옥주의 기분도 모처럼 맑아졌다. KFC에서 나온 그들은 버스를 타기 위해 광장을 가로질렀다. 역 근처라 광장은 무척 붐볐다. 시계탑을 중심으로 다양한 인종의 백패커와 현지인들이 캐리어와 보따리를 들고 끊임없이 이동했다. 예후이는 마주오는 자전거며 사람들을 다람쥐처럼 잘 피해 갔다. 그러다 갑자기 발을 멈추고 "우리 여기서 기도하고 가요" 하고 말했다. 예후이가 멈춘 곳은 기념품 가게였다.

"여기서 기도를 하자고요?"

"간단해요. 학업진전, 신체건강 하면서 잠깐 손을 착."

예후이가 기도를 올리자고 하는 건 벽면을 다 채울 정도로 큰 와불상 사진을 향해서였다. 베이징 외곽의 절에 실제로 있는 와불상인데 유학을 준비하거나 취업을 앞둔 사람들이 몰려가 기도를 드린다고 했다. 사람이 많을 때는 꽤 오래 차례를 기다려야 한다고. 왜 하필이면 그곳일까 했더니 사찰의 이름인 워포(臥佛)가 제안을 뜻하는 영어의 오퍼(offer)와 비슷해서였다.

남의 눈치를 별로 보지 않는 옥주였지만 붐비는 거리에서 갑자기 기도를 하고 싶지는 않았다. 기도는 이런 시장 바닥에서 해치우는 것이 아니라 홀리한 공간에서 하는 경건한 행위이니까. 더구나 옥주는 딱히 기도할 일이 없었다. 학업을 진전하고 싶지도 않았고 심지어 그다지 오래 살고 싶지도 않았다. 어느 날은 자신의 상처를 들여다보며 복수의 힘으로 더 나은 미래로 나아가자고 다짐했지만 얼마 지나지 않아 그런 마음의 부력은 미약해지고 상심의 파도가 밀려오곤 했다. 하지만 예후이의 표정이 진지해서 안 한다고 버티기에도 애매했다. 특히 유학과 관련해서 행운을 가져다준다고, 그러니까 옥주 같은 유학생은 꼭 해야 한다고 강조했으니까. 옥주도 하는 수 없이 예후이를 따라 손을 모으고 허리를 약간 숙였다.

예후이는 여기를 지나칠 때마다 기도를 하며 공양을 쌓는다고 했다. 얼마 있으면 천번 정도 기도를 한 셈일 거라고.

"직접 가본 적도 있고요?"

버스에 앉아 옥주가 묻자 예후이는 고개를 저었다.

"직접 보지 않아도 상관없어요. 나는 꿈에도 와불상이 찾아오곤 하거든요."

예후이의 그 말에는 자신만만하다 싶을 정도의 낙관이 엿보였다. 옥주와 예후이 사이에는 잠시 말이 끊겼다. 옥주는 버스가 신호에 정차하고 커브를 돌 때마다 자기 몸이 이리저리 기우는 것을 맥없이 느껴보았다. 유리창 편으로 붙었다가 다시 예후이 쪽으로 기울어지면서 아무 생각 없이 마음이 평온하게 텅 비어가는 순간을. 옥주는 오늘이 뭔가 기념할 만한 날이라고 생각했다. 처음으로 기도라는 것을 해봤기 때문이었다.

이후 베이징의 날들은 옥주에게 한층 괜찮게 흘러갔다. 마냥 외롭고 고립될 듯했던 옥주의 생활에도 새로운 사람들이 스며들었고 바로 그들이 옥주의 생활을 좀더 단단하게 붙들어주었다. 어학원의 같은 반 학생들끼리 친해지면서 옥주가 원했던, 과거는 없고 미래는 가능한 관계들이 많아졌던 것이다.

옥주가 예후이와 과외를 시작하자 다른 친구들도 합류했다. 유학생들은 대체로 중국어 과외 선생이 있었다. 수업료가 저렴했기 때문에 한 학생이 여러명의 중국인과 수업하는 경우도 흔했다. 윤슬이 예후이와 과외를 시작했고 뒤이어 같은 반의 노르웨이인 야콥이, 같은 학교에서 오지는 않았지만 현지에서 만난 한국인 상훈과 영국인 레이철이 예후이에게 개인 과외를 받았다.

예후이가 인맥을 그렇게 넓혀나간 건 적극적이고 성실한 성격 덕분이었지만 옥주가 사람을 사귀는 방식 때문이기도 했다. 옥주는 일단 누군가를 가까이하면 최선을 다해 그를 좋아했으니까. 실제 어떤가보다 자신이 어떻게 생각하는가가 더 중요한 사람들이 있고 옥주가 바로 그런 경우였다. 친구들이 예후이에 대해 물으면 언제나 "하오 하오, 헌 하오" 하고 어떤 열의를 담아 정말 좋다고 칭찬했다.

수업은 일주일에 두번이었지만 옥주는 예후이를 더 자주 만났다. 물론 예후이와만 그렇게 한 것은 아니었다. 친구들은 서로의 일상에 느슨하게 들어와 있었고 오늘은 누가 누구와 시간이 맞아 점심이나 저녁을 먹었다는 시시콜콜한 얘기들도 위챗 그룹방에 올라왔다. 옥주는 마치 식구를 되찾은 기분이라고 생각했다. 일부러 날짜를 잡고 장소를 정하지 않아도 하루 중 어느 시간은 자연스레 일상이 겹치는 사이, 특별한 이슈가 아닌 먹고 자고 입고 하는 가장 사소한 일이 화제로 공유될 수 있는 사이. 옥주는 더이상 자신의 가족들이 흩어지고 말았다는, 형태로라도 남아 있었던 가족이 완전히 끝장나고 말았다는 상실감에만 젖어 있지 않았다.

여름이 시작되자 다 같이 호우하이에 가는 날이 잦아졌다. 큰 호수가 있는 그 동네는 산책하기 좋았고 외국 음식을 파는 레스토랑과 재즈바가 있어 놀기에도 적당했다. 연꽃이 무더기로 떠 있는 호수를 가장 오래오래 바라보는 건 야콥이었다. 자기 고향이 그런 호수들을 끼고 있다고 말했다. 그리고 메모지를 꺼내 두개의 산 사이에 마치 별자리처럼 자리한 호수들의 위치를 표시해 보여주었다.

"야콥, 너는 우리 고향도 분명히 좋아하겠다!"

예후이가 선착장 나무덱에 앉아 수면으로 발을 늘어뜨리고 있다가 소리쳤다. 후난성의 자기 고향 마을에도 아름다운 호수가 있는데 그 물결의 빛깔은 이것과는 비교도 되지 않을 정도라고 자랑했다.

"호수 빛깔이 다르면 얼마나 달라?"

윤슬이 초콜릿을 입안에 넣으며 물었다.

"바다라면 모를까. 호수는 다들 비슷비슷하지 않나?"

"아니, 정말 달라."

예후이는 웃었지만 단호한 투로 말했다.

"한때는 호숫물을 떠다가 등잔을 밝혔을 정도로 특별하거든."

그러자 대화는, 그러면 호수가 아니라 유전이 아니냐는 둥 불까지 붙을 정도면 수질은 나쁘지 않겠냐는 둥 하는 농담으로 흘렀다. 야콥만이 예후이의 말을 진지하게 듣고 있었다.

"혹시 여름방학 때 내가 그 호수에 가볼 수 있을까?"

"우리 고향에?"

잠깐의 정적이 흐르고 윤슬이 자기도 현지인의 집에 방문해보고 싶다고 했다. 이어서 레이철이, 상훈이, 그리고 마지막으로 옥주가 그 아이디어에 동참했다. 예후이는 갑작스러운 요청에 당황한 듯했지만 곧 얼굴에 미소를 지으며 좋다고 대답했다.

기말고사 기간이 되자 예후이는 시험 기간 내내 마치

한국의 고3들처럼 공부했다. 성적이 좋아야 취업에 성공할 수 있으니까. 중국의 대학 진학률은 그해 다시 사상 최대치를 경신해서 '펑도 대학에 간다'라는 말이 뉴스에 나올 정도였다. 예후이는 도서관에서 살다시피 했고 계산기 숫자판의 숫자가 지워질 만큼 열심히 두드리며 교재를 풀었다. 그러면서도 과외는 계속했는데 옥주가 괜찮다고 좀 미루자고 해도 듣지 않았다.

시험 기간에 예후이를 만난 옥주는 그러면 시험 범위의 아무 페이지나 읽어달라고 했다. 중국어로 듣기만 해도 공부는 공부이니까. 처음에는 안 된다고 하다가 예후이는 알겠다며 이런저런 교재들을 읽어주었다. 어려서부터 낭송을 배운다는 중국인답게 예후이가 읽는 글들은 소리 자체가 살아 흐르는 듯 들렸다.

"예후이, 너는 말을 어떻게 배웠어? 누가 너한테 말을 가르쳐줬어?"

기숙사 앞 벤치에 누워 예후이의 목소리를 듣던 옥주가 물었다. 예후이는 교재에서 눈을 떼더니 한동안 뭔가를 생각했다.

"그건 왜 물어요?"

"중국어를 너무 잘해서."

예후이가 허리를 숙이고 웃더니 옥주 머리카락에 붙은

날벌레들을 손가락으로 떼어주었다.

"엄마가 이혼하고 떠나서 할머니한테 말을 배웠는데, 할머니는 맨날 노래를 흥얼흥얼했어요. 이런 노래 같은 거."

그렇게 해서 그 밤 예후이가 가르쳐준 노래를 옥주는 지금도 기억하고 있었다. 어학연수를 다녀왔다고 어디 가서 말조차 할 수 없을 정도로 중국어를 다 잊어버렸지만 이상하게도 그 동요만은 잊히지가 않았다. 아이들에게 사성을 가르쳐주기 위한 단순한 단어들로 이루어진 그 노래는 작은 쥐 한마리가 등잔 위에 올라갔어, 하는 가사로 시작했다. 기름을 훔쳐 먹었는데 내려올 수가 없네, 엄마 엄마 어디에 있어요, 작은 쥐는 불렀지만 엄마는 오지 않고 데굴데굴 굴러떨어져버렸네.

드디어 여름방학이 되어 여행 준비가 시작되자 각자의 취향이 문제를 일으켰다. 누구는 길어도 일주일만 다녀오고 싶어했고 누구는 적어도 보름은 있어야 여행이라고 했다. 예후이의 고향집은 후난성 창사(長沙)시에서도 버스로 한시간 이상을 더 들어가야 하는 시골 마을이었다. 베이징에서 창사까지 급행기차를 타면 열세시간 반이 걸렸다. 그 얘기를 듣자 윤슬은 차라리 비행기를 타자고 했다. 아무리 침대칸이라도 자기는 그렇게 오랜 시간 갇혀서는 편하지가 않다고. 옥주도 폐쇄된 공간에 오래 있지 못했지만 비행기를 타자는 데 동의할 수는 없었다. 예후이가 그 정도 돈은 못 쓴다고 말했기 때문이었다.

"어차피 창사역에서 만나기만 하면 되니까 나는 기차를 탈게. 모두들 비행기를 타고 와. 비행기는 영 꺼려지기도 하고. 우리 할머니가 위험하니까 절대 타지 말라고 했거든."

"예후이, 그러면 넌 평생 비행기를 탈 생각이 없니?" 레이철이 물었다. 예후이는 잠시 생각하다 그렇지는 않다고 했다. 신혼여행은 중국 밖으로 가고 싶으니까.

"물론 나중에 신랑한테도 의견은 물어봐야지. 어차피 내 마음대로 할 거지만."

예후이가 농담하자 어색했던 분위기가 나아졌다. 그런데 며칠 지나지 않아 모두는 기차를 타기로 결정했다. 비행기를 고집했던 윤슬이 의견을 바꿨기 때문이었다. 야콥이 예후이를 따라 밤기차를 타겠다고 하자 윤슬은 그러면 모두 기차를 타자고 했다. 레이철은 변경된 계획을 옥주에게 알리면서 러브, 러브, 러브,라고 노래를 흥얼거렸다. 윤슬이 야콥을, 야콥이 예후이를 마음에 두고 있다는 말이었다. 하지만 야콥은 스스로 설명한 대로 야간기차를 타고 싶었을 수 있고 윤슬 역시 친구들끼리 그렇게 갈리는 게 부담일 수 있지 않은가. 옥주가 그렇게 말하자 레이철은 "여행이 끝나고 나면 결과도 나와 있겠죠" 하고 웃었다. 원래 여행과 사랑은 함께라며 레이철은 농담했지만 옥주는 잔잔한 불안을 느꼈다. 그런 관계들에 승자는 없고 언제나 패자들만 있게 마련이라는 사실을 잘 알기 때문이었다.

마침내 여행을 떠나는 7월의 어느 날, 옥주와 친구들은 기차를 탔다. 삼층 침대가 양편에 놓여 있고 객실과 복도가 분리되어 있지 않은 이등석 칸이었다. 예후이는 자기가 이층을 쓰겠다고 먼저 말했다. 가장 답답하고 불편한 층이니까. 그러자 야콥이 반대했다. 모두들 똑같은 운임을 냈으니 공평하게 자리를 정해야 한다는 거였다.

"그렇지? 모두 기차 비용을 냈지?"

이번 여행의 총무인 상훈에게 야콥이 확인했다. 예후이는 집을 제공하니까 식비나 유흥비는 일절 없이 교통비만 내기로 합의했었다.

"양보할 수도 있잖아. 손님에게 그만한 양보는 중국인에게는 좋은 거야."

예후이는 자기 배낭을 이층에 넣고 두 손바닥을 펼쳐 보이며 이제 됐다는 제스처를 했다. 흐릿한 기차 조명 아래 밝게 웃어 보이는 예후이의 표정은 그래서 더 앳되고 갸륵한 느낌을 주었다.

"아니, 그런 자발적 희생은 이상한 것 같아."

야콥은 답답했는지 일행을 둘러보며 영어로 대답했다. 옥주의 시선은 자연스레 야콥에게 옮겨 갔다. 얼굴형이 갸름하고 이목구비의 선이 가늘어서 감정도 섬세하게 드러나는 듯한 얼굴이었다. 지금은 실제 사안보다 조금은 과해 보이는 어떤 맹목이 엿보였다. 객실에 사람들이 들어차자 더이상 좁은 복도에 버티고 서 있기가 어려웠다.

"그래, 야콥 네 말이 맞아. 그런데 아시아인들은 그런 친절이나 예의, 네 말대로라면 자발적 희생이 뒤범벅된 기쁨으로 살아가기도 해. 그것에 대해선 나중에 얘기하고 우리 앉을까?"

그렇게 말하며 옥주도 배낭을 들어 이층 자리에 던져 넣었다. 그런 옥주의 배낭을 삼층으로 올려버린 건 상훈이었다.

"누나는 폐소공포 있으면서 어떻게 위아래 꽉 막힌 여기를 쓴다는 거예요?"

결국 예후이와 상훈이 이층을 쓰고 레이철과 옥주는 삼층에, 야콥과 윤슬이 일층에 짐을 풀었다. 옥주는 거의 잠을 잘 수가 없었다. 진동으로 몸이 계속 흔들렸고 침대가 딱딱해 등이 아파왔기 때문이었다. 뒤척이다가 아래를 내려다보면 침대 밖으로 비죽 나와 있는 친구들의 손이나 발이 보였다. 키가 큰 상훈은 난간에 비스듬히 다리를 걸쳐놔야 겨우 누울 수 있었다. 도피 유학을 왔다고 자기 스스로 말하고 다니는 상훈을 보면 옥주는 자기 막냇동생이 떠오르곤 했다. 마음이 약한 아이였다.

설핏 잠이 들었다가 깨보니 예후이가 일어나 있었다. 옥주에게 나오라는 손짓을 하고는 자기가 먼저 복도를 빠져나갔다. 옥주가 사다리를 밟고 내려가자 야쿱이 일어나 따라왔다. 다른 친구들은 용케 잠이 들었는지 그저 일어나는 게 귀찮은지 미동이 없었다. 밖으로 나간 셋은 객실 연결 통로에 섰다. 예후이가 밖을 가리키며 이제 곧 강을 건넌다고 했다. 창문으로 보니 폭이 큰 물길이 흐르고 있었다. 아주 짙고 탁한 물이었다.

"이 강을 지나면 이제 집이 멀지 않았다는 거예요. 류양 강 저 탁한 물 끝에 우리 고향 물인 샹강이 있거든. 아주 맑디맑은."

달리는 기차의 소음을 뚫느라 예후이의 말소리는 점점 커져갔다. 지난 춘절에도 고향에 오지 못했다는 예후이는 들떠 있는 것 같았다. 웅장한 강의 풍경을 보니 옥주도 피로가 가시면서 오기를 잘했다는 생각이 들었다. 옥주가 집에 가져갈 선물을 준비했느냐고 묻자 예후이가 고개를 끄덕였다. 여름 홑이불과 피클도 있다고.

"피클?"

야콥이 잘못 들었나 싶은지 큰 키를 굽혀 예후이에게 되물었다.

"웅, 우리 할머니는 멀리 나가기 힘들어. 피클 같은 건 시골에서는 귀한 거야."

언젠가 시내에서 예후이와 먹어본 뒤로 할머니는 입맛이 없는 여름이 되면 종종 피클을 찾는다고 했다. 그것은 피클, 그저 작고 가벼운 한 음식에 대한 언급일 뿐인데도 야콥의 표정에는 무언가가 천천히 번지고 있었다. 애틋함과 매혹, 선망이 뒤섞인, 타인이 특별하게 다가올 때 누구나 지니게 되는 어떤 당혹감 같은 것. 야콥이 피클은 집에서도 얼마든지 만들 수 있다고 했다. 그것은 마치 채소의 물기를 털어내듯 아주 쉬운 일이라고. 시간이 좀더 흐르자 밖은 완전히 환해졌다. 도착 시간이 남았는데도 사람들이 모두 일어나 짐을 챙기기 시작했다.

그때 그 여행을 회상해보면 옥주는 첫날 도착해 몸을 씻었던 예후이네 좁은 부엌부터 떠올리곤 했다. 욕실이 없어서 샤워를 하려면 작은 수도와 화덕과 플라스틱 양동이 여러개가 어지러이 놓인 부엌을 써야 했다. 윤슬과 레이철은 공간을 보더니 아직은 괜찮다며 돌아섰지만 오는 내내 땀을 흘린 옥주는 안 씻을 수 없었다. 옥주가 퍼프에 비누거품을 내어 씻는 동안 바로 옆에서는 예후이와 할머니가 옥주의 곤란함과는 아무 상관 없는 일상적 대화를 나누며 식사를 준비했다. 아무렇지 않다는 듯. 그 순간의 무안함은 모두 옥주의 일일 뿐이라는 듯. 그 무심한 태도가 옥주의 긴장을 누그러뜨렸다.

할머니 앞에서 예후이는 북경어와는 다른 말을 썼다. 콩을 볶고 두부를 조리는 할머니 옆에서 깔깔 웃었고 할머니는 무슨 얘기를 흥분해 전하다 눈물을 훔치기도 했다. 오랜만에 만나서 그러겠거니 싶으면서 옥주도 애잔한 마음이 들었다. 식사는 마당에 간이 테이블을 놓고 먹었다. 마당에서는 예후이 집 상태가 한눈에 들어왔다. 지붕에 깐 검은 기와는 처마 끝이 우르르 일어나 있고 벽돌담에도 균열이 가 있었다.

밥을 먹고 동네를 한바퀴 도는데 친구들 모두 별말이 없었다. 피곤해서였겠지만 난감하기도 했을 거였다. 열흘 동안 여기서 지낼 수 있을까 하는 생각은 어느새 옥주도 하고 있었으니까. 밤이 되자 옥주와 윤슬과 레이철은 예후이의 방에, 상훈과 야콥은 출입구 쪽 방에, 예후이는 할머니 방으로 자러 들어갔다. 옥주는 중간에 눈을 떠 서까래가 다 드러난 천장을 올려다보았다. 밖에서는 야콥인지 상훈인지가 긴 한숨을 쉬었다. 잠자리가 많이 불편한 모양이었다.

옥주는 뒤척이다 아예 일어나 앉았다. 어스름한 달빛이 들어오는 책상 위에 몇권의 책이 놓여 있었다. 옥주는 한권을 뽑아 읽었다. 송나라 때 여성 시인 이청조의 시선집이었다. 이제 보니 예후이의 닉네임인 이안거사는 그 시인의 호였다. 예후이는 마음에 드는 구절에 작은 별표 여러개를 해놓았는데 시선집을 자주 들여다본 듯 별마다 펜색과 종류가 달랐다.

이튿날부터 관광지를 도는 일정이 시작되었다. 중국의 4대 서원이라는 악록서원, 박물관, 시를 내려다볼 수 있는 페리스휠, 귤자주섬 등지를 누볐다. 셋째날 찾아간 귤자주섬은 샹강에 조성된 작은 퇴적섬으로 귤나무 군락지였다. 예후이는 관광 일정에도 모두 따라와 일행에게 최대한 많은 것을 알려주고 싶어했다. 친구들이 나른해지고 흥미를 잃어도 열의는 사그라들지 않았다. 마오 쩌둥과 관련한 유명 관광지인 귤자주섬은 입구부터 무척 붐볐다. 옥주 일행은 내리쬐는 태양, 습한 대기 속에 긴 줄을 서서 섬을 둘러보았다. 귤나무 수천그루가 자리한 귤원에는 무게가 2000톤에 달한다는, 웬만한 빌딩만 한 마오 쩌둥 청년조소상이 우뚝 솟아 있었다.

"젊어서 그런지 우리가 아는 그 얼굴이 아닌 것 같네."

레이철이 가지고 다니던 여행 책자로 이마에 손차양을 만들며 말했다.

"그래도 꽤 잘 만들었네. 아련한 눈이며 힘을 준 입이며."

야콥이 그렇게 평하며 카메라로 조각상을 담았다.

"예후이, 우리 이 섬에서는 언제 나갈 거야?"

아까부터 다리가 아프던 윤슬이 계단에 앉아 있다가 물었다. 땀 때문에 선글라스가 콧방울 근처까지 내려와 있었다. 예후이는 더 기다리면 저녁놀이 질 거라고 했다.

"시내로 가서 그냥 마라룽샤 먹으면 안 돼?"

"윤슬, 여기 와서 노을을 안 본다는 건 강에 보석을 빠뜨리는 것이나 다름없어."

하는 수 없이 옥주 일행은 해가 지기를 끈질기게 기다렸다. 해변 공원에서는 사람들이 수영을 즐기고 있었다. 상훈도 수영이 하고 싶다며 근처로 가보더니 입장료가 있다며 돌아왔다. 이윽고 문득 하늘이 깨어난 것처럼 붉은 빛이 번지기 시작했다. 저무는 해가 비치면서 구름의 부피가 도드라졌고 그렇게 짙어진 층적운들은 마치 누군가가 느슨하게 늘려 잡은 비단천 같았다. 노을이 정말로 아름다웠으므로 일행은 잠시 말이 없었다.

"사실 이 섬은 겨울 풍경이 유명하기는 해. 강 하늘에 내리는 저녁 눈이 소상팔경(瀟湘八景) 중 하나거든."

"그러면 겨울에 또 와야겠네. 진짜를 보려면." 상훈이 운동화에서 모래를 털며 말했다.

"상훈이 너, 겨울에는 한국 간다고 하지 않았어?"

옥주가 묻자 상훈은 대답을 피했다. 계획이 또 틀어진 모양이었다.

"우리 겨울에는 모두 뭘 하고 있을까?"

"겨울에는…… 크리스마스 파티를 하고 있겠지."

야콥의 말에 예후이가 그렇게 대답한 뒤 크리스마스에 중국인들은 사과를 주고받는다고 설명했다. 크리스마스이브가 중국어로 '핑안예(平安夜)'이고 사과는 '핑궈(苹果)'로 발음이 유사해서인데, 또 사과는 예부터 중국에서 평안의 과일이라 불렸다고. 크리스마스이브에 그 사과 껍질을 최대한 얇게 깎으며 거울을 보면 연인의 얼굴이 보인다는 얘기를 하자 일행이 웃었다. 예후이는 한술 더 떠서 자기도 그렇게 해서 연인의 얼굴을 봤다고 농담을 했다.

"그래서 정말 현실에 그가 나타났니?"

레이철이 묻자 예후이는 고개를 끄덕였다. 모두들 웃었고 그 말을 믿는 사람은 아무도 없었다. 하지만 분명 분위기는 들뜨고 있었다. 그것은 사랑에 관한 이야기였기 때문이다.

"저기 봐, 백로가 난다!"

야콥이 모래밭을 가리키며 왜 그렇게 환호했는지, 레이철이 왜 자신에게 눈짓을 하며 크게 웃었는지 옥주는 잘 알고 있었다. 달려나가는 마음을 멈추지 못하는 스물네살의 야콥과 그 다가섬을 마다할 이유가 없는 스물셋의 예후이, 비슷한 이유로 포기라는 걸 고려하지 않는 동갑의 윤슬까지. 그 모든 건 자연스러운 일이었다. 상강의 수천 그루 귤나무가 해를 거듭해 자라고 노을이 강물을 물들이며 바람이 새들의 작은 머리를 쓰다듬고 지나가는 것처럼. 돌아오는 버스에서 예후이와 야콥은 나란히 앞뒤로 앉았고 끊임없이 대화를 이어나갔다. 야콥이 앞좌석 손잡이에 턱을 바짝 기댔고 예후이는 이따금 몸을 돌리는 대신 이마를 뒤로 완전히 젖힌 채 얘기했다. 자연스레 둘의 얼굴이 매우 가까워졌다. 열어놓은 버스 창으로 들어오는 바람을 맞으며 둘은 정말 여름 여행에 어울리는 환한 빛을 보여주고 있었다.

그날밤도 친구들은 술을 준비해 마당에 모였다. 옥주도 불렸지만 밀린 일기를 쓰겠다며 방에 남았다. 한창 떠드는 소리가 나더니 한 사람 한 사람 지쳐 방으로 들어가

고 이윽고 마당에는 야콥과 윤슬만 남았다. 둘은 중국어
와 영어를 섞어 대화했는데 감정이 격해지면 윤슬이 한국
어를 썼으므로 옥주는 그 모든 사정을 알 수 있었다. 야콥
이 자기가 윤슬을 좋아한다고 오해하게 했다면 미안하다
고 하자 윤슬은 "오해?" 하고 소리쳤다.

　대화가 파국으로 끝나고 윤슬이 들어오는 소리가 나서
옥주는 헤드폰을 쓴 채 침대에 누웠다. 윤슬이 휴지를 뽑
아 눈물을 닦고 생수병에 담긴 물로 얼굴과 손발을 씻은
뒤 모기기피제를 종아리에 거칠게 뿌려대는 소리가 들렸
다. 얼마나 지났을까, 윤슬이 언니 하고 불렀다. 옥주는 음
악을 끄고 응? 하고 대답했다. 야콥의 일을 상의해 오면
뭐라고 말해주나 걱정하면서.

　"언니, 예후이한테 강습비 아직도 50위안씩 줘요?"

　예상한 화제가 아니라서 옥주는 당황했다. 옥주의 답을
오래 기다리지 않고 윤슬이 잠긴 목소리로 말을 이었다.

　"언니, 예후이 중국어에 사투리 많은 거 잘 모르죠? 원
래 중국어 잘 못하는 사람들은 못 느껴. 언니, 50위안이면
전문 어학원 선생한테 과외 받아도 되는 돈이에요. 나는
듣자마자 안 된다고 잘랐잖아, 자기도 알더라고요."

　옥주는 윤슬이 왜 지금 이 얘기를 할까 생각했다. 그렇
게 해서 자신이 예후이에게 주는 돈은 시간당 20위안이라

는 이야기를. 이 밤과 전혀 상관없는 일을.

"원래 초보자 가르치는 게 더 힘들잖아?"

옥주가 가까스로 답할 말을 찾아내자 윤슬은 말이 안 된다는 듯 짧게 코웃음 쳤다.

"언니, 언니가 생초보도 아닌데 힘들면 얼마나 힘들다고요. 그리고 원래는 고급자 과정이 돈은 더 받죠."

"그래……"

윤슬은 자기가 느낀 나쁜 감정을 누구에게든 옮기고 싶은 듯했다. 자기만 들고 있을 수는 없으니까 너무 힘드니까. 그뒤로도 한동안 예후이가 이 친분을 '이용해' 얻는 것들에 대해 불평하던 윤슬은 새벽 공기 냄새가 스며들 즈음에야 겨우 잠이 들었다.

문제의 밤 이후 일행은 대놓고 말할 수는 없는 불편한 기류를 참아내야 했다. 하지만 어느 밤 취한 레이철이 "나는 남자 하나 두고 이렇게 여자들끼리 경쟁하는 거 너무 별로야"라고 소리 질렀고 이후 야콥은 노르웨이에서 친구가 왔다며 일정을 바꿔 베이징으로 돌아갔다. 그러자 윤슬도 비행기를 타고 창사시를 떠났다. 예후이는 표정이 좋지 않았다. 시작도 되기 전에 자신의 감정이 부정당하는 건 당연히 괴로운 일이었다. 옥주도 마음이 무너져내리고 있었다. 믿었던 관계가 이렇게 쉽게 어그러지는 것에. 시간이 돌고 돌아 또다시 혼자 덩그러니 남겨진 듯했다. 상훈과 레이철은 옥주에게 일정보다 먼저 장자제로 가자고 했다. 지내기도 불편하니까.

하지만 옥주는 둘의 제안을 거절하고 예후이네 집에 남았다. 마지막 일행마저 떠나고 난 뒤 옥주는 자기가 쓰는 방을 오래오래 청소했다. 예후이의 할머니는 친구들이 바빠서 갔느냐고 옥주에게 물었고 젊은 사람이 바쁜 건 아주 복된 일이라고 말했다.

결국 호수에 간 건 옥주와 예후이뿐이었다. 집을 나서는데 머무는 동안 종종 찾아왔던 예후이의 사촌이 어디를 가느냐고 물었다. 옥주가 호수에 간다고 하자 사촌은 물뱀을 꼭 조심하라고 일렀다. 호수로 가는 길은 덤불이 무성하고 진창이 계속되는 험로였다. 비가 온 직후라 더 그런 듯했다. 버드나무들이 가지를 무겁게 늘어뜨린 오솔길을 따라가자 폭포가 등장했다. 예후이와 옥주는 잠시 멈춰 물살을 지켜보았다. 층층의 돌들에 폭포물이 부딪히면서 이는 물거품은 마치 아래로 아래로 빠르게 뛰어드는 수천의 투명한 새들 같았다.

"쉬 야오 방 망 마?"

옥주가 배낭에서 물병을 꺼내며 슬쩍 물었다. 어느 추운 밤 예후이가 옥주를 처음 만나 건넨 그 말. 예후이도 기억했는지 조용히 웃었고 물줄기를 잡아보려는 듯 긴 팔을 그쪽으로 내밀었다. 그리고 아주 느리게 "하이…… 하오" 하고 답했다.

둘은 호수를 향해 계속 걸었다. 이제 거의 다 왔다고 예후이가 말한 순간 옥주는 아, 하고 탄성을 내질렀다. 호수는 더이상 연마할 수 없을 정도로 잘 세공된 금속처럼 빛나고 있었다. 세상의 어떤 것도 되비출 수 있을 것처럼. 나무가 담기면 나무가 되살아나고 새가 담기면 새가 그대로 되살아나 가지를 옮겨 다니며 날갯짓할 수 있는, 물이 지녔다고는 믿을 수 없을 정도의 양감(量感)이었다.

*

옥주는 그후 가을 학기의 대부분을 결석생으로 보냈다. 등록만 해놓고 어학원에 나가는 둥 마는 둥 하다가 나중에는 아예 긴 여행을 떠났다. 상하이에서 다펑 팬과 잠깐 어울린 일정을 빼고는 서쪽 끝의 둔황까지 내내 혼자 다닌 여정이었다. 옥주는 여행하면서 많은 것들을 애도했다. 이제 식구들이 월계동에 다 같이 모일 날은 없고 자신의 스무살 시절과 관련된 많은 이들도 떠나버렸다는 것을. 잃어버린 사람들을 다른 사람으로 채울 수 없다는 사실을 받아들이자 비로소 상실은 견딜 만해졌다.

12월이 되어서야 베이징으로 돌아온 옥주는 한국으로 갈 준비를 했다. 짐을 거의 싸놓고는 탈퇴를 할 생각으로 위챗에 접속했다. 그룹 대화방에는 상훈이 여행비를 정산하면서 올린 글이 마지막이었다. 옥주는 그렇게 멈춘 대화방을 묵묵히 살펴보다가 "니먼 하오" 하고 글자를 찍었다. 그리고 돌아오는 토요일에 모든 유학생의 소원을 들어준다는 와불을 보러 가자고 적었다.

와불사가 있는 베이징 식물원까지는 대중교통으로 한 시간이 넘게 걸렸다. 지하철과 버스를 갈아타고 정류장에서 내려 걷는데 상훈이 영화 「마지막 황제」에 식물원이 나왔다고 알려주었다. 인생의 모든 풍파를 겪은 푸이가 식물원 관리인으로 여생을 보낸 곳이 바로 여기라고. 겨울인데도 주차장은 만원이었고 안내문에는 이곳에 아시아 최대의 온실이 있다고 쓰여 있었다.

"중국에는 '최대'가 참 많은 것 같아요."

상훈이 그렇게 말했고 옥주가 맞아, 하고 동의했다. 와불은 열반에 든 자세 그대로 옆으로 누워 있었다. 상훈은 향을 피우고는 평소답지 않은 진지한 얼굴로 자기 앞날의 축복을 빌었다. 옥주보다 더 오래, 더 정성을 다해서. 그렇게 자기 삶이 중요해진 걸 보면 상훈도 이제 한국으로 돌아갈 때가 되지 않았을까 싶었다. 와불사에서 나와 다시 시내로 돌아가면서 상훈과 옥주는 친구들의 근황에 대해 이야기했다. 야콥과 윤슬은 연인이 되었다가 그새 헤어졌고 레이철은 취직이 되어 베이징을 떠났으며 예후이는 입시학원 아르바이트가 너무 바빠 오늘 올 수가 없었다는 얘기.

"그래, 대화방에 그렇게 남겼더라."

"저 아직도 예후이랑 과외 해요. 많이 늘었어."

"너무 잘된 일이다."

"누나는 여행하면서 중국어 거의 안 했나봐. 실력이 느는 것 같지가 않은데."

"묵언수행 하느라 한국말도 다 까먹었다."

"멋있네."

"뭐가 멋있는데?"

"모르겠어. 그냥 누나는 좀 멋있어요."

그 밤 기숙사 문이 닫히는 열한시에 겨우 맞춰 돌아와 보니 옥주 방 문손잡이에 뭔가 걸려 있었다. 종이백에 담긴 커다란 사과였다. 붉은 껍질에 금색 안료로 쓴 "平安"이라는 한자가 보였다. 동봉된 쪽지는 잘 지냈느냐는 안부로 시작해 홀리데이를 잘 보내라는 인사로 끝을 맺었다. 출국하기 전, 옥주도 예후이의 기숙사방에 크리스마스 선물을 걸어두었다. 베이징에서 제일 큰 식료품 가게에서 열심히 찾은, 가장 맛있어 보이고 양도 넉넉한 피클이었다.

베이징에서 돌아온 뒤로도 옥주의 날들은 그리 평안하지는 않았다. 자기 자신이 완전히 볼품없는 인간이 된 듯해 좌절했고 사람들과는 늘 가까워졌다 멀어지며 오해를 쌓아갔다. 그래도 그해 예후이와 함께 보았던 호수를 생각하면, 세상 어디에서는 호숫물로 등잔을 밝힐 수도 있다는 얘기를 기꺼이 믿었다는 사실을 떠올리면 상심이 아물면서 옥주는 옥주 자신으로 돌아갈 수 있었다. 다시금 월계동 옥주로, 속상한 일이 있으면 언제든 바람막이를 꺼내 입고 못난 자신이 갸륵해질 때까지 걷는 중랑천의 흔하디흔한 사람으로.

2

눈 파티

하바나
눈사람 클럽

세상에는 이해할 수 없는 것들이 많다. 이를테면 눈의 결정 같은 것. 똑같은 모양은 하나도 없는 그것이 속수무책으로 쏟아져내리는 풍경을 어떻게 설명해야 할까. 그 다르고 다른 것들이 초속 30센티미터로 떨어져내리는 데는 어딘가 초월적인 부분이 있다. 초월이라고 하면 뭔가 대단한 듯 느껴지지만 창밖을 보기 위해 발꿈치를 드는 행동에도 있다고, 주찬성이 말했던 것처럼.

주찬성을 처음 본 건 아홉살 되던 해의 크리스마스이브였다. 그날 아빠는 축사에 문제가 있어 당장 나를 어디에든 맡겨야 했다. 평소라면 몇시간쯤 혼자 두었겠지만 그날은 돌아올 시간을 예상할 수 없었기 때문이다. 귀농 초기라 아는 사람도 없던 아빠는 그때 교회를 떠올렸다. '종교'라고 하면 탐사고발 프로그램에 등장하는 탐욕에 눈이 먼 간악한 자들만 알고 있던 아빠가 나를 거기다 맡긴 걸 보면 급하긴 급했던 모양이었다. 어쩌면 눈이 많이 와서 축사 지붕이 무너졌는지도 모르겠다, 아니면 예정보다 너무 일찍 송아지가 태어났는지도 모르지, 그도 아니면 전기가 끊겨 소들이 위험해졌는지도. 그 모든 것은 아빠가 축산업을 작파할 때까지 반복되던 불행들이었다.

처음으로 들어가본 교회에는 애들이 우글거렸다. 그동안 나를 빼고 다들 신앙생활을 해왔는지 성탄절이라 교회를 찾았는지는 모르지만 평소에 보던 얼굴들이 그대로 있었고 나는 꼭 휴일에 등교한 기분이라고 생각했다. 다시 말하면 별로였다는 얘기다. 자꾸 우악스러운 손길로 나를 붙들고 챙기는 통장 아주머니를 피해, 나는 가장 구석에 있는 의자에 가서 앉았다. 창밖을 보니 눈이 빗금을 치듯 내리고 있었다. 그냥 눈이 오고 있을 뿐인데, 그 눈의 어느 한송이도 이 안까지 들어서지는 않는데 마음이 춥고 콧날이 시큰해졌다. 나는 옷소매를 손등까지 끌어내려 손가락으로 움켜쥐었다.

"나 니 아는데 삼반이잖아."

아가일 체크무늬 스웨터를 입은 남자애가 말을 걸었다. 스웨터는 따뜻해 보이기는 했지만 그 정도가 지나친지 남자애 이마에 땀이 방울방울 맺혀 있었다. 그렇게 더우면 옷을 벗든가 하지 미련하게 견디고 있다니, 나는 왠지 새

초롬해져 고개를 돌렸다.

"우리 교회 다녔나?"

남자애는 다시 물었는데 나는 시선을 창에 고정한 채 대답하지 않았다. '우리'라는 말에 미약한 경계심이 생겼다.

"달란트 받았어? 이런 거."

남자애가 손바닥을 펼쳐 지폐처럼 생긴 걸 보여주었다. 두 팔을 활짝 펼친 예수님이 그려진 가짜 돈이었다. 남자애는 오늘 시장이 열리는데 달란트로 뭐든지 살 수 있다고 했다. 먹을 것도 있다고. 둘러보니 정말 떡볶이가 끓고 철제 틀에서는 분홍 솜사탕이 안개처럼 일어나 나무젓가락에 몽실몽실 감기고 있었다. 하지만 나는 돈이 없었고 남자애가 내밀며 자랑한 달란트도 없었다. 남자애는 한 젊은 여자를 가리키면서 오늘 처음 왔다고 하면 전도사님께 달란트를 얻을 수 있다고 조언했다. 나는 아이들에게 둘러싸인 그를 바라봤다가 다시 창문으로 시선을 돌렸다. 아이들 사이를 비집고 들어가 손을 내밀어 돈을 얻는 건 이 눈을 뚫고 아빠가 한시간 거리를 달려가 이미 심각해졌을지도 모를, 농장의 어떤 불행을 막는 일만큼이나 불가능하게 느껴졌다.

남자애는 내가 움직이지 않자 그러면 자기 달란트를 나눠주겠다고 했다. 일년 내내 훌륭한 일을 해서 여기 물건을 다 살 수 있을 정도로 달란트를 많이 모았다면서.

"뭘 했는데?"

나는 처음으로 입을 열었다. 여태껏 말을 걸고는 막상 내가 입을 떼자 남자애는 마치 동물이나 사물 같은 것이 말을 걸어온 양 흠칫 놀랐다.

"새벽예배를 안 빠졌다."

나는 예배가 무언지는 정확히 몰랐지만 새벽이라는 단어가 들어간다는 이유만으로 상당히 피곤한 일이겠구나 짐작했다.

"마태복음이랑 어린이 전도서도 읽었다."

그 또한 내가 모르는 책들이었지만 읽었다는 말 자체에서 충분히 지루함을 유추할 수 있었다. 나는 이후 이어지는, 걔가 일년간 해왔다는 착한 일에 대해 더 듣다가 "나는," 하고 말을 잘랐다. 결국 학교에서 늘 시키는 것과 다름없는 걸 했으면서 뭐 특별히 훌륭한 일이라고 이렇게 자랑스러워하나 생각하면서.

"혼자 라면 끓여봤다."

남자애는 눈을 둥그렇게 뜨며 놀랐다. 입까지 약간 벌어진 걸로 봐서 얘는 가스 불 한번 켜본 적 없는 그런 애구나 싶었다. 불이라고 하면 텔레비전이나 그림으로만 보고 라이터나 성냥 같은 걸 만져본 적도 없는 애. 그 소읍의 사람들은 늘 불 걱정을 했다. 수시로 화재가 일어났으니까. 쓰레기를 소각하다가 내년 농사를 위해 논두렁을 태우다가 화목 보일러를 때다가 삽시간에 불이 번지면 며칠이나 타곤 했다. 자연히 어른들은 애들의 불장난을 단속했고 반대로 애들 사이에서는 불을 다뤄본 일이 대단한 모험이 되었다. 물론 나는 자랑하거나 으스대기 위해 가스 불을 켠 것은 아니었다.

아빠가 밥을 챙겨 먹으라며 돈을 주고 나가면 나는 '비밀 상자'에 넣어두고 라면을 끓여 먹었다. 다 먹고 나서는 설거지와 환기를 해놓았기 때문에 아빠는 눈치채지 못했다. 건초 더미처럼 수북한 자기 불행과 부채를 근심하느라 집안을 살필 여유가 거의 없었으니까. 하루하루 어떻게든 버티다가 이따금 휘몰아치듯 집을 치우며 내 생활습관을 타박하고 자기 신세를 한탄하는 것이 아빠가 겨우 유지할 수 있는 돌봄의 정도였다. "그래도 나는 어떻게든 고아원에는 안 보낸다" 따위의 말을 하면서. 그 말은 처음에는 막연한 공포였다가 나중에는 반감이 들게 했고 이내 오기를 불러일으켰다. 버림받느니 먼저 떠나는 사람이 되겠다는 결심 같은 것. 나중에 서울로 전학을 가면서 나는 부분적으로 그걸 실행에 옮겼다.

라면 이야기가 마음에 들었는지 아니면 또 착한 일을

추가할 셈인지 남자애는 자기 달란트를 몇장 나누어주었다. 그걸 쥔 나는 곧장 떡볶이를 향해 갔다. 사실은 배가 고파서 머리가 핑글 돌 정도였다. 하루 종일 아무것도 못 먹었으니까. 하지만 떡볶이는 고추장 푼 물에 흰떡이 동동 떠 있는 준비 단계였고 예배가 끝나야 먹을 수 있다고 했다. 나는 도마 위에 네모나게 잘린 어묵을 보면서도 침을 삼켰다. 저걸 기름에 튀기면 얼마나 맛있을까. 허기에다 낙담이 더해지자 더 배고팠고 다리까지 후들거렸다.

나는 당장은 소용없는 달란트를 든 채 가장 끝 테이블에 기대어 섰다. 유산지로 덮인 쟁반이 있었고 약간 어둑한 그림자로 드러난 도넛의 형체가 보였다. 나는 종이에 배어나온 기름 자국을 물끄러미 바라보다가 근처에 떨어진 설탕가루를 찍어 입안에 넣어보았다. 그때의 단맛이란 손등에 떨어지는 눈처럼 아주 미미하고 짧았다.

"니 배고프나?"

언제 나타났는지 남자애가 물었고 나는 얼른 손을 뒤로 감췄다.

"전도사님, 이거 먹으면 안 돼요?"

여자는 우리 쪽을 보더니 "예배 끝나고 먹는 건데" 하고 상냥하게 대답했다. 나는 기가 죽고 창피했는데 스스로가 불청객처럼 굴고 있다는 느낌 때문이었다. 남자애는 이번에는 또다른 사람에게 도움을 청했다. 그는 한술 더 떠서 "목사님 아덜이 찬양도 안 하고 믄저 먹으면 우야노"하고 핀잔을 주었다.

"배고프면 내가 집에 가서 뭐 갖꼬 올까? 바로 위층이다."

남자애가 물었을 때 내가 고맙다고 하거나 기다릴 수 있다고 선선히 사양했다면 이후 모든 일들은 일어나지 않았을 거였다. 매듭이 순하게 풀리듯 각자의 곤란이 그렇게 해결되었다면 한 아이가 다른 아이에게 지나치게 마음을 쓰는 일은 없었을 거라고. 하지만 나는 왈칵 화를 냈다. 주먹을 쥐어 보이면서 가만 놔두라고, 꺼지라고. 그런 공격적인 반응에 그 애가 얼마나 놀랐을지를 생각하면 나중에 길을 걷다가도 불현듯 사과하고 싶은 마음이 들곤 했다. 일년 내내 착한 일을 너무 많이 해서 달란트 재벌이 되었다는 아이가 상대의 그 돌연한 적의를 어떻게 해석했을지를 떠올려보면.

예배가 시작되자 나는 더이상 거기에 있고 싶지 않았다. 언제 빠져나갈까 틈을 보는데 단상 쪽으로 사람들이 올라가 뭔가를 분주하게 설치했다. 밀짚을 깔고 가벽을 세우고 검은 천에 노란 별을 달아 밤하늘도 붙였다. 염소와 말과 소 모형도 등장했는데 작아도 너무 작은 인형들이어서 말이 안 된다고 생각했다. 그런 동물들은 저렇게 귀엽거나 앙증맞지 않았다. 마을에서 우리와 가장 가까이 사는 안주댁 아주머니는 축사를 치우다가 소 뒷발에 차여 갈비뼈가 부러졌으니까. 무대가 어두워지고 공연이 시작되자 나는 천천히 의자에서 일어서 계단으로 줄행랑쳤다.

밖으로 나와서야 교회 안에 두고 온 외투가 생각났지만 그 순간에는 최대한 빨리 사라지는 일이 더 중요했다.

"야, 니 어디 가나?"

막 길을 건너려는 순간 남자애가 나를 불렀다. 돌아보니 종이수염을 달고 이불보 같은 천으로 만든 흰옷을 입고 있었다. 지금 생각해보면 아기 예수의 탄생을 축하하러 온 동방 박사였다.

"가려고, 집에."

"혼자 가면 안 되지. 다시 들어가자."

"싫다."

남자애를 떼어놓고 싶어서 마음이 초조했다. 가뜩이나 길이 미끄러워 빨리 도망치지 못할까봐 불안한데 애는 왜 발길을 잡나. 왜 자꾸 귀찮게 하나. 남자애는 곧 자기 차례라 얼른 들어가봐야 한다며 재촉했다. 안에서 기다리라고, 떡볶이를 먹고 가라고. 거의 울 듯한 표정으로 흰 눈밭에 서 있는 그 흰옷의 아이는 그 순간 정말 눈사람 같았다.

그때 교회 문이 열리고 누군가 계단을 내려왔으므로

나는 바로 달리기 시작했다. 자꾸 미끄러지는 발바닥에
힘을 주면서. 평소에도 잘 넘어져서 정강이뼈에 늘 멍이
들어 있었지만 미끄러지고 싶지 않다고 생각했다. 남자애
가 보고 있을 테니까. 힐끔 돌아보자 남자애는 여전히 거
기 우두커니 서 있었다. 그렇게 뒷모습을 바라보는 누군
가가 있다는 건 몸이 오징어처럼 늘어나고 늘어나 아무리
달려나가도 그 자리에 나풀거리는 촉수 하나쯤은 남아 있
는 일 같다고 상상했다. 그러니까 나는 아주 긴 다리를 가
진 대왕오징어인 셈이라고. 마을의 유일한 버스정류장인
하바나 나이트클럽 앞에서 돌아보니 남자애는 들어가고
없었다. 어지러이 내리는 눈이 평소 보던 풍경들을 뒤덮
었고 나는 아무도 기다리지 않는 그 밤의 거리를 멀거니
지켜보았다.

　개학식 날, 남자애는 우리 반에 찾아와 "니 그때 라면
먹으러 뛰어갔나?" 하고 대뜸 물었다. 마치 그것이 겨울
내내 끝내고 싶던 숙제였던 것처럼. 그러면서 자기 이름
은 주찬성이라고 묻기도 전에 알려주었고 내게 니는 양진
희지? 하고 확인했다.

*

현지씨가 여러번 말한 소개팅에 나가기로 한 건 바로 그 이름 때문이었다. 주찬성이라는 이름을 들었을 때 동명이인이리라 생각하면서도 마음 한편이 일렁였으니까. 만나기를 기대하는 건지 피하고 싶은 건지 알 수 없는 가운데에서도 그랬다. 살면서 같은 이름의 사람을 여러번 만날 확률이 얼마나 될까. 게다가 그 이름은 그렇게 흔하지도 않은데. 그 희박한 가능성을 실현해보는 것만으로도 만남은 해볼 만하게 느껴졌다.

미용실의 단골손님인 현지씨는 그 시절 안주댁 아주머니를 떠올리게 했다. 몸이 아프면서도 마음은 굳센 사람, 받는 것보다 주는 것에 더 열의가 있는 사람, 여럿을 불러 모아 밥 먹는 일을 중요하게 여기는 사람.

혼자 라면을 끓이는 행동이 멈춘 건 안주댁 아주머니한테 들켰기 때문이었다. 아주머니 집과 우리 집 사이에는 오래된 돌담이 있었고 거기로 아주머니네 닭들이 드나들었다. 어느 저녁 도무지 돌아올 줄 모르는 닭을 찾아 아주머니는 우리 집까지 왔고 시퍼런 가스 불 앞에서 있는 아홉살의 나를 발견했다.

그날 아빠에게 사정없이 혼난 나는 받은 돈은 어쨌는

지를 설명하기 위해 비밀 상자를 열어 보여야 했다. 아빠는 거기에 칠십만원이나 들어 있었다고 지금도 이야기한다. 그 쪼그만 게 얼마나 독하게 모았는지 그 큰돈이 거기 있었다고. 대체 돈을 어디에 쓰려 했냐고 추궁당했지만 나는 답하지 않았다. 이십대 중반, 막내이모의 주선으로 미국에 가 엄마를 만났을 때에야 지나가듯 말했을 뿐이었다. 비행기표를 살 셈으로 운동화 박스에 돈을 모았었다고. 블랙 프라이데이를 맞아 쇼핑몰에 산더미처럼 쌓아놓은 운동화들을 보고 나서였다.

그뒤로 안주댁 아주머니는 내 저녁을 책임지다시피 했다. 붉은 노을이 비닐하우스 위로 번지기 시작하면 "희야, 니 밥 먹어라" 하는 소리가 들렸다. 얼른 일어나 가지 않으면 그 집 언니나 오빠가 귀찮아 죽겠다는 표정으로 직접 부르러 왔으므로 안 갈 도리가 없었다. 상에는 내가 그간 보지 못했던 반찬들이 올라와 있었다. 아줌마 이게 뭐예요? 하고 물으면 안주댁 아주머니는 우무 콩국, 땅콩나물, 풀치조림 같은 이름들을 알려주었다.

늘 몸이 퉁퉁하게 부어 있던 아주머니는 남들보다 동작이 느리고 굼떠 남들에게 "안주까지 안 했나!" 하는 타박을 듣곤 했다. 안주댁이라는 별칭은 거기서 온 거였다. 그런 아주머니의 모습은 꼭 어른이 되고 나서의 내 미래 같았는데 그게 싫거나 꺼려지지는 않았다. 아주머니는 외로운 나를 불러 밥을 먹여준 사람, 기대조차 않은 선의를 먼저 베풀어준, 이를테면 나와 실체적으로 가장 가까운 곳에 있는 '부자'였기 때문이다.

부산으로 돌아오기로 했을 때 혹시 그때 그 마을에 미용실을 차릴 수 있을까 알아봤다. 하지만 거기에는 머리를 할 사람들이 남아 있지 않았다. 군내에 신도시가 생기면서 마을은 더 빠르게 공동화되었다고 했다. 그래서 나 역시 여기로 돌아와 신도시 주민이 되었다.

개업한 지 얼마 되지 않아 코로나19가 번지고 미용실 월세도 못 낼 정도로 상황이 어려워졌지만 동네 단골들이 생겨 그래도 이년을 버틸 수 있었다. 현지씨만 해도 아버지와 남동생 그리고 중학생 딸까지 네 사람이나 우리 미용실에 다녔으니까. 면역 질환이 있는 현지씨는 신장이 좋지 않았고 탈모와 피부염을 앓고 있었다. 그렇게 빠진 머리를 정리하러 오면서도 과일이나 빵 같은 간식거리를 챙겨 오곤 했다.

"인자 외로움을 못 견뎌가 결혼정보업체에 등록할지도 모른다고 현우가 카던데. 그러니까 쌤요, 조만간 만나라."

현지씨 얼굴이 너무 진지해서 나는 웃음이 났다. 대체 그 주찬성은 어떤 주찬성이기에 현지씨에게 아픈 몸을 잊고 연애 걱정을 하게 만들까 싶었다.

"결혼정보업체가 어때서요? 요즘 많이들 가입하던데요, 남한테 아쉬운 소리 안 해도 되고."

"아이다, 사람과 사람이 다 기적처럼 만내는 긴데 그런 데서 사람 새기믄 쪼매 그릏다."

나는 가르마를 전보다 더 왼편으로 타서 빈 곳을 감추고는 현지씨의 가운을 풀어주었다.

"다음에는 그냥 아윤이랑 같이 주말에 오세요. 아윤이도 혼자 오면 심심해하고."

현지씨는 미용실 매상에 지장 있다며 언제나 손님이 없는 시간대를 골라 머리를 하러 왔다. 손님이 모처럼 마음먹고 머리를 하러 왔는데 자기 같은 환자를 만나면 곤란해한다는 이유에서였다.

"쌤요, 십만원짜리 파마하려다가 내 보면 만원짜리 컷으로 끝날 수도 있데이. 아프고 슬픈 사람 보면 암만 해도 마음이 그래 된다, 내사 잘 안다."

현지씨는 이십대 때 수원에서 간호사로 일했다는 말을 꺼냈다. 연차가 쌓일수록 환자들을 미워하는 마음이 들어 더 못 견디게 되었다고. 누군가를 싫어하고 미워하지 못해 안달인 현지씨는 상상이 잘 안 갔지만 성당에서 고해성사를 할 정도로 심각한 문제였다고 했다.

"혼났겠네요, 교회에서는 그렇게들 하잖아요."

내가 말하자 현지씨는 고개를 저었다.

"미워하지 말고 더 분노하라 카던데. 수난받는 자를 탓하지 말고 그 수난에 대해 분노하라꼬. 참 알 듯 말 듯한 말 아이가."

집으로 가면서 나는 '기적'과 '분노'라는 말에 대해 생각했다. 액셀러레이터로 가속하면서는 기적을, 브레이크를 밟으면서는 분노를. 그렇게 가다가 서고 가다가 서면서 어디론가 하염없이 흐르는 기분, 그건 그때 그 소읍에서도 느끼던 것이었다. 어려서 인상적으로 만나 서로를 변별하게 된 주찬성과 나는 상대를 분명히 의식하지만 왜 그런지는 잘 모르는 채 초등학생 시절을 보냈다. 그저 말없이 만나 인사도 없이 헤어지는 동네 친구 정도로. 그러다 중학생이 되면서 우리는 더 많이 가까워졌다.

그 학교에서 우리는 책을 읽는 거의 유일한 아이들이었다. 백일장에 자주 동원됐고 가끔 상을 받기도 했다. 선생님들은 모범생과는 거리가 먼 내가 글 쓰는 일에는 흥미와 끈기를 보이는 걸 신기하게 생각했다. 백일장이 예고되면 방과 후 문예반 교실에 모여 글짓기 연습을 했고 며칠이 지나보면 주찬성과 나만 남아 있곤 했다. 주찬성은 글짓기 연습을 한다며 단테의 『신곡』이나 헤세의 『데

미안』 같은 세계명작들을 뭣하러 그러는지 줄을 하나하
나 그으며 읽었고, 나는 노트에 일기와 편지 중간 즈음의
글들을 길게 길게 써내려갔다. 아무리 많은 시간을 주어
도 완성되지 않을, 사랑의 기적을 바라면서도 그 기대만
큼이나 맹렬한 분노를 품은 글들이었다.

　어느 날인가 둘이 남아 있는데 같은 반 친구인 남희가
찾아왔다. 마가렛 한 박스를 내밀고는 나와 자기 이름
을 색색의 볼펜으로 써서 완성한 장미 그림을 주고 갔다.
자리로 돌아와 앉는데 주찬성이 "선물이가?" 하고 물었
다. 나는 그 장미가 아름답고 마음에 들었으므로 펼쳐서
보여주었다. 주찬성은 가만히 보더니 약간 코웃음을 쳤고
읽던 책으로 시선을 돌렸다.

　어느 겨울, 대구의 한 대학에 가서 백일장을 치르고 돌
아오던 우리는 시외버스터미널에 갇혔다. 마을로 들어가
는 버스가 폭설로 출발하지 않았던 것이다. 하는 수 없이
마침 시내에 나와 있다는 교회 사람이 우리를 태우고 갈
때까지 기다려야 했다. 사람들 신발에 묻은 눈이 터미널
까지 들어와 검은 땟물로 녹는 과정을 몇시간이나 지켜봤
다. 퍼붓는 눈의 속도가 느려질 때쯤 주찬성이 게임을 하
자고 말을 걸었다. 눈송이에 이름을 붙이고 낙하까지의
시간을 잰 다음, 더 오래 공중에 머문 쪽이 이기는 게임이

었다.

"호빵."

주찬성이 신호등 위로 하늘하늘 떨어지는 눈송이를 가리키면서 말했다. 그리고 눈송이가 바닥으로 떨어지기까지 7초를 시계로 쟀다.

"제비."

나는 창틀 가장 가까이로 착륙하고 있는 눈을 짚었고 6초를 쟀다.

"바람."

"안경."

"김밥."

"떡볶이."

"크리스마스."

"도넛."

그렇게 한 단어씩 더할 때마다 우리는 우리가 과거의 어느 날을 향해 가고 있는지를 깨달았다. 처음 만났던 크리스마스이브의 밤이었다. 그때는 해명할 수 없었지만 늘 녹진하게 달라붙어 있던 어떤 감정들을 처음으로 공유한 듯한 기분이 들었다. 그때의 서글픔, 애석함, 손 내밀어보고 싶던 충동들을. 어색해진 나는 온다던 사람에게서는 연락이 없냐며 채근했다.

"일 다 봐야 오신다니까 걍 초월하고 기대리라. 초조해 말고."

"아 씨, 이렇게 춥고 구린데 무슨 초월, 집에 가고파 죽 겠는데."

"저거 니 도넛 아이가?"

그때 주찬성이 공중을 거슬러 올라가는 눈 한송이를 손가락으로 가리켰다. 행선지 표지판 너머로 사라지는 그 눈송이를 보려고 나는 발꿈치를 들었고, 주찬성은 그렇게 창밖을 보는 내 모습에도 초월이 있다고 밝은 목소리로 말했다.

그 밤 봉고를 타고 가는데 차 안에서 주찬성이 말없이 손을 내밀었다. 앞자리 아저씨는 핸들에 몸을 거의 붙이 고 앞을 주시한 채 운전 중이었다. 나는 끼고 있던 장갑을 벗고 그 손을 잡았고 주찬성은 내 손을 가져가 자기 양손 으로 감싼 다음 기도하듯 고개를 숙였다.

"아이고요, 하바나 간판 보이 집에 다 왔다. 눈이 이래 많이 왔는데 술 먹는 인간들이 있능가 불을 새빨갛게 키 놓고. 우리 목사님 아드님요, 술 묵고 탐식하는 자는 가난 뱅이가 되고 잠자기를 즐겨하는 자는 헌누디기 입는다, 성경에 그런 말씀 있지요?"

아저씨가 크고 붉은 네온사인을 단 하바나를 가리키며

말했다. 차 옆으로는 취객들이 눈 속을 걷고 있었다.

"잠언에 있습니더."

"아이고, 똑띠라. 우리 목사님 아드님도 난중에 우리 주 목사님맨크로 훌륭한 목회자가 틀림없이 될 끼구만."

주찬성은 잠깐 웃을 뿐 그 말에는 대답하지 않았고 다시 손을 내게 돌려주었다.

주찬성은 계절로 치자면 겨울이 지나고 봄볕이 막 의식될 무렵의 아이 같았다. 아직은 굳은 몸과 땅이 풀리지 않고 겨울에 얻은 혹독한 기억들도 잊히지는 않았는데 자연히 손가락이 꼼지락거리고 어깨가 펴지는 타이밍의 아이. 나는 주찬성이 그토록 희미하게 웃는 애라는 데 놀랐고 주찬성은 내가 그 정도로 말이 많다는 데 놀랐다. 같이 만나 종일 이야기하다보면 뭔가에 짓눌리고 긴장돼 보이던 주찬성의 얼굴도 점점 펴졌는데, 그러다가도 커튼이 쳐지듯 갑자기 웃음이 사라지기도 했다.

"내가 그렇게 재미없나?"

그 무렵 인기 있었던 「개그콘서트」의 어느 대목을 흉내내도 멀뚱히 바라보기만 하는 개에게 나는 진지하게 묻곤 했다. 사귄 지 한달쯤 지나 주찬성은 한번도 「개그콘서트」를 못 봤다고 고백했다.

"뻥치지 마라, 그럴 리가."

텔레비전이라고는 아홉시 뉴스와 「제5공화국」 같은 정치 드라마만 보는 아빠도 그런 것에 대해서는 알고 있었다. 긴 무릎 앞니로 가는 갈갈이나 빼빼 마른 인간들을 구원하러 온 출산드라, 짓궂군요, 하며 열연하는 강유미에 대해서는. 한발 더 다가가본 주찬성의 일상은 버거운 루틴 속에 흐르고 있었다. 무슨 일이 있어도 교회 행사에 모두 참석해야 했고 성인에게도 어려운 종교 서적을 정해진 스케줄에 따라 읽어야 했다. 성적도 아버지가 정해놓은 수준을 유지해야 했다. 교회 신도들이 지켜보고 있으니까. 마치 종교생활의 일부처럼 그 아이의 일거수일투족을 신실하게 지켜봐온 신도들의 평가가 주찬성에게는 달라붙어 있었다.

"빡세다."

나는 달리 할 말이 없어 그렇게 위로했다. 그리고 그 아무것도 아닌 말이 주찬성의 얼굴을 밝히는 것을 바라보았다.

하바나 클럽 정류장에서 한시간 정도 버스를 타고 송정해수욕장에 가는 건 우리가 누릴 수 있는 가장 큰 행복이었다. 거기에는 목사님 아들이 저 믿음도 없고 공부도 못하는 염색머리 여자애와 언제까지 사귀나 싶어 지켜보는 시선도 없고, 연애를 시작한 아이들만 보면 괜히 괴롭

히고 싶어하는 상급생들도 없고, 우리가 좋아하는 것만 있었다. 서핑보드를 든 사람들과 한낮의 미풍, 어떤 움츠린 어깨도 펼 수 있을 것처럼 충분하게 쏟아지는 햇볕이.

"나 너랑 자지는 않으려고."

어느 날 모래밭에 앉아 내가 말했다. 그때까지 이어폰을 한쪽씩 나눠 끼고 함께 음악을 듣고 있던 주찬성은 놀라 자리에서 일어섰다.

"그게 무슨 소리고?"

나는 미리 조심해두자는 취지로 말했을 뿐인데 기겁하는 주찬성을 의아하게 올려다보았다. 주찬성은 가방을 챙기더니 모래를 푹푹 밟으며 바닷가를 벗어나기 시작했다. 나는 얘가 내 말을 잘못 들었나 싶어 그 뒤를 따라가면서 하자는 게 아니라 하지 말자는 거였다고, 그러니까 나는 너랑 안 잘 거라고 소리를 질렀다. 주찬성은 뒤를 힐끔 돌아보더니 이번에는 아예 뛰기 시작했다. 무엇으로부터, 누구로부터 뛰는지 과연 알고나 있었을까. 가끔 아주 높은 하늘에서 송정바닷가를 내려다보고 있는 어떤 시선을 상상해보곤 했다. 이를테면 별의 시점 같은 것. 그렇게 아득한 위치에서 내려다보면 그 한낮의 달리기는 얼마나 무구하게 그려질까 궁금해하면서.

일요일에 한바탕 손님을 치르고 수건을 빨고 있는데 안녕하세요, 하는 문자메시지가 도착했다. 현지씨가 알려준 번호였다. 나는 탈수기에 수건을 집어넣다 말고 휴대전화 메시지를 잠시 바라보고 있었다. 더 들여다본다고 해서 다른 정보가 하나 나올 것 없는 문자를.

네, 안녕하세요.

답을 천천히 찍어 보낸 뒤에도 한동안 상대는 답이 없었다. 나는 약제통을 모아 수거함으로 던지고 트레이들을 괜히 닦아냈다.

언제 시간이 되실까요? 주일에 시간이 안 돼 죄썽하네요.

답을 하려는데 금세 문자 하나가 더 도착했다.

아, 죄썽은 죄송의 오타입니다.

주말에는 나도 시간이 안 된다고 주중 저녁에 만나자고 했다. 상대는 뭘 하는지 또 답이 없었고 미용실 문을 벌컥 열고 아윤이가 들어왔을 때에야 "잘됐습니다" 하는 말이 도착했다. 좀 어수선한 사람인가 싶었다.

"앞머리 똑같이 뱅으로 할 거지?"

"네."

아윤이는 휴대전화 스피커로 음악을 틀었다. 자기는 음악이 없으면 머리 자를 때 긴장해서 안 된다고 미리 양해를 구한 일이었다. 거울로 얼굴을 보는데 아윤이 표정이 그새 또 달라진 게 느껴졌다. 저번에는 무슨 좋은 일이 있는지 환하고 뭐라도 할 수 있을 것처럼 기운찼는데 오늘은 완전히 구겨져 있었다.

"쌤, 소개팅한다 카던데? 삼촌 친구랑."

나는 가위질을 하며 그냥 웃어 보였다.

"와 그랬어요. 삼촌 친구들 다 이상한데."

"그래? 진작 알려주지."

"그걸 알려줘야 알아요? 우리 삼촌 자체가 이상하잖아요. 저번에는 알파고 부캐로 방송 나간다고 해쌓다가 난리가 나고. 컴퓨터 너무 오래 해서 멍충이 된 거 같아요."

나는 오늘 연락 온 주찬성 역시 그쪽 전공이겠구나 생각했다. 그렇다면 더더욱 그 주찬성일 리는 없었다. 주일에 바쁘다는 말을 들었을 때 자기 아버지처럼 목사가 되었을까 잠깐 상상했지만, 종교와 상관없는 나 같은 자영업자에게도 주말은 하루도 쉴 수 없는 대목이었다. 우연과 기적도 평소에 그런 걸 느껴온 사람들이나 겪는 것 아닐까. 나는 신경 쓰지 말자고 마음을 다잡았다.

"왜 저래 웃어쌓노."

삼촌을 타박하는 데 열을 올리던 아윤이가 이번에는 창밖을 보며 말했다. 가게 앞으로 행인들이 와르르 웃으며 지나고 있었다.

"뭐가 재밌다고 저래 웃어요, 나는 웃는 사람 싫더라."

"아윤이 뭐 안 좋은 일 있니?"

나는 가위를 내려놓았다. 남자친구와 함께 자전거를 타고 동네를 돌아다니더니 요즘 그 남자애는 다른 애랑 다녔다. 서로를 좋아했던 아이들이 더이상 그 마음을 이어가지 못할 때 세상은 어디로 튈지 모를 동력을 갖게 되는 것 아닐까. 그때 아이들은 미래를 전혀 다른 눈으로 바라보게 되니까. 나는 양편의 길이를 맞춰보는 체하면서 아윤이의 머리를 가만가만히 쓸어내려주었다. 그리고 도움이 될 만한 말을 해야지 싶어 다시 입을 여는데 아윤이가 고개를 숙이고 스피커 볼륨을 높였다. 우는가 싶어 걱정했더니 고개를 이내 들었고 "쌤, 소개팅하는 그 삼촌 친구 잘생기긴 했다" 하고 아까와는 결이 완전히 다른 말을 했다.

"그래? 그럼 단디 꾸며야 될까?"

내가 묻자 아윤이는 고개를 힘차게 끄덕였다.

"이 정도면 괜찮지 않을까. 어디 나가도 내가 그리 뒤지진 않을 긴데."

그러자 아윤이는 고개를 단호하게 저어 보였다. 표정이 너무 진지해서 장난인데도 좀 난처하게 느껴졌다. 미용실 문이 열리고 같은 아파트에 사는 아윤이 친구가 들어왔다. 평소에 늘 붙어다니는 단짝이었다. 친구를 보자 아윤이 표정이 나아졌고 나갈 때쯤에는 노래를 흥얼거릴 만큼 풀려 있었다.

우리에게 해변의 여름날처럼 늘 좋은 날들이 계속되지는 않았다. 중학교 졸업반이 되어 입시가 다가오자 주찬성은 곧 떨어질 낙엽처럼 예민하고 불안해했다. 일반고를 지원한 나와 특수목적고를 반드시 가야 하는 주찬성은 여러 면에서 긴장의 강도가 달랐다. 이윽고 외고 시험이 코앞까지 다가온 어느 날, 우리는 정류장에서 만났다. 아마 간신히 시간을 내어 피자를 먹으러 가던 참이었을 것이다. 하지만 우리는 싸우느라, 도착한 버스를 몇번이나 타지 않았다. 싸울 일은 도처에 있었다. 말투가 맘에 들지 않아서, 중요한 말을 하고 있는데 폰만 봐서, 친구들이랑 밤늦게까지 놀아서, 가방에 담배가 있어서 문제는 발생했다.

그날은 내 빨간 머리가 도화선이었다. 머리라도 단정히 할 순 없냐고, 어른들 눈에 띄지 않으면 안 되냐고 주찬성이 불만스럽게 말했다. 나는 주찬성이 그렇게 '범생이'처럼 굴 때마다 비아냥거리고 재수 없게 굴고 싶은 마음이 들곤 했다. 그날도 "고마 지껄여라" 하며 무시했고 곧 딴청을 피웠다. 그러자 주찬성은 자기는 애쓰는데 너는 왜 노력하지 않느냐고 진지하게 화를 냈다.

"내가 뭘 안 했어?"

"니는 머리카락 색깔 하나도 포기하지 않잖아. 니는 니 친구들 하나 안 잃을라 카고 부모님한테 만날 볶이는 내 사정은 알 거 없고."

깊은 가을밤, 찬바람이 몰아치는 정류장에서 그 가시 돋친 원망들을 듣던 나는 마침 도착한 버스에 말도 없이 타버렸다. 당황한 주찬성이 몇걸음 따라왔지만 고개를 돌려 앞만 바라봤다.

그날 서면 젊음의 거리까지 가서 머리를 검게 염색하고 돌아오는 길은 길고 멀었다. 나는 내가 사랑하는 사람들은 왜 별안간 차갑게 구는가, 하고 생각했다. 왜 결국 내 탓인 것처럼 느끼게 하는가. 엄마는 이혼을 결심하면서 내게 한번도 그 선택에 대해 설명하지 않았다. 사는 게 힘들어서 그랬겠지만 늘 화가 나 있었고 그 모습 그대로 떠나갔다. 이런 일들은 누구나 겪는 걸까. 창을 열어 손을 내밀자 밤바람이 불었고 순간순간 세기가 다른 그 바람들은 나를 자꾸 붙드는 찬 손들처럼 느껴졌다.

다음 날 학교에서 나는 가능하면 야구모자를 쓰고 있었다. 네 말대로 머리를 바꿨다는 걸 알려주고 싶으면서도 자존심 때문에 또 선선히 그러고 싶지는 않았다. 점심

시간마다 우리 반에 와서 보고 가던 주찬성은 그날따라 오지 않았다. 화가 나서 그런가보다 생각했는데 그다음 날에도 오지 않았다. 자기 전마다 기도해주던 문자메시지도 오지 않았다. 친구들이 그 반에 몰려가 내 얘기를, 까만 개미대가리처럼 된 내 머리 스타일의 변화를 신나게 떠들었지만 주찬성은 오지 않았다. 사흘쯤 지났을까, 그때도 같은 반이었던 남희가 가만히 말했다.

"니 머리 어디서 했나? 집에서 염색약 사다 했나?"

그때 나는 며칠 밤을 지새운 터라 완전히 지쳐 있었다. 기다리는 마음은 나 자신을 아주 근원에서부터 갉아먹는 힘이기도 하다는 사실을 깨달은 것도 그때였다. 나는 고개를 저었다.

"니 피부에 염색물 들었어, 검게."

거울을 봤더니 진짜였다. 푸르스름한 멍처럼 두피에서 뺨까지 얼룩이 져 있었다. 나는 정말 울고 싶은 기분이었다.

그날 남희는 나를 데리고 젊음의 거리까지 다시 갔다. 화장을 했더니 대학생이라고 해도 될 정도로 성숙해 보였다. 남희는 내 머리를 한 미용사를 찾아 조목조목 따진 후에 사례비를 얻어냈다. 돌아오는 길에는 광안리에 가서 겨울 바다를 보며 떡볶이와 오징어튀김을 사 먹었다. 맥주 한잔할까? 남희가 물었지만 나는 고개를 저었다.

　남희는 처음부터 주찬성과 내가 어울리지 않았다고 얘기했다. 사실 걔한테는 네가 첫사랑도 아니었다고 교회에서 주찬성과 사귄 애들을 알고 있다고. 그리고 걔가 공부를 얼마나 잘하냐고, 언젠가는 서울로 갈 텐데 너랑 그때까지 만나겠냐고, 어제도 아무렇지 않게 독서실에서 공부하던데 너랑 이렇게 된 게 괴로우면 그럴 수가 있냐고. 나는 그 말들에 대답하지 않고 어묵국물만 자꾸 떠먹었다. 그리고 집으로 돌아가는 버스에서 남희에게 "나 너 싫어" 하고 말했다.

　"너랑 친구 되고 싶지 않아."

　남희는 눈을 끔벅대더니 눈물을 터뜨렸고 나는 창문으로 시선을 돌리고 있다가 미안하다고 사과했다.

　약속 날짜로 잡은 건 10월이었지만 기약 없이 미뤄졌다. 처음에는 내가 그다음에는 주찬성이 코로나바이러스에 걸렸기 때문이었다. 먼저 그 병을 앓은 나는 냉찜질팩을 꼭 하라든가, 인후 스프레이를 쓰라든가 하는 조언을 해주었다. 그사이 뭔가 단서가 될 만한 걸 물어보고 싶었지만 뭐가 꺼려지는지 말이 입 밖으로 나오지 않았다. 저한테 뭐 궁금한 거 없습니까? 하고 상대가 이상하게 생각할 만큼.

주찬성은 샛별이라는 내 이름이 정말 근사하다고 했다. 처음으로 손님 머리를 만지게 됐을 때 세련되고 기억하기 좋은 이름으로 내가 지은 것이었다. 샛별씨는 취미가 뭡니까, 어느 날에는 그런 메시지가 오기도 했다. 독서라고 하려다가 스쿼시라고 답하자 자기는 책을 좋아한다는 말이 돌아왔다. 내가 망설이다 물은 건 종교는 있느냐는 질문이었다. 안 좋아하실 수도 있지만 저는 교회를 다닙니다, 냉담자였다가 돌아왔어요, 하는 말이 어색한 웃음 이모티콘과 함께 도착했다. 어딘가 조심스럽고 겸연쩍어하지만 그간 했던 많은 고민들을 짐작게 하는 말이었다. 당장 대답할 말이 생각나지 않아 돌아오기도 하는군요, 하고 보내자 주찬성은 신은 영원히 기다려주는 존재거든요, 하고 답했다. 그리고 너무 진지해서 죄송하네요, 하고 다시 오자를 냈다.

소읍을 떠난 건 고등학교 일학년의 겨울방학 때였다. 나는 입시공부에 적응하지 못했고 집에서 벗어나고 싶은 마음도 견뎌내지 못했다. 서울로 갈 방법을 알아본 끝에 결원이 생겨 전학생을 받을 수 있는 한 특성화 고등학교를 찾아냈다.

"대학에 안 가겠다는 말이가?" 아빠는 당황해했다.

"안 가겠다는 건 아니고. 봐서 갈 수 있으면 가고 아니면 안 가."

이틀 동안 답이 없던 아빠는 전학 서류들을 떼러 다니는 나를 보더니 현실을 받아들였다. 같이 살지는 않아도 서울에 아는 사람 정도는 있어야 한다며 십년 만에 막내이모에게 연락하기도 했다. 양육권을 가져온 뒤 엄마와 연락도 몇번 해주지 않았던 아빠는 그렇게 나를 끊어져 있던 관계 속으로 돌려보냈다.

떠나기 전날 밤, 나는 하바나 나이트클럽 앞에서 교회 건물을 올려다보았다. 도로에 면한 삼층이 주찬성의 방이었다. 앞을 지날 때마다 "찬성이!" 하고 부르면 창문을 열고 팔을 흔들던 모습이 눈에 선했다. 시내로 자취를 나가 그 방에 없을 걸 알면서도 나는 안녕이라고 손을 흔들었다. 마치 할 줄 아는 게 그렇게 손을 들어 보이는 것밖에 없는 눈사람처럼. 그리고 우리는 스무살이 되던 겨울에 마지막으로 재회했다. 대학 원서를 쓰러 올라왔다며 주찬성이 먼저 연락을 해온 것이다. 영등포에서 만난 주찬성은 깜짝 놀랄 만큼 키가 자라 있었다.

"춥나?"

그렇게 추운 날씨가 아닌데도 머플러를 칭칭 감고 있

어서 내가 물었다. "따뜻한 남쪽나라에서 왔더니 억수로 춥다" 하고 주찬성이 답했다.

우리는 일상적인 얘기들을 했다. 근황이 그리 궁금하지 않은 중학교 때 아이들이나 선생님들에 대해, 부산에 새로 생긴 멀티플렉스 극장과 해변 카페들에 대해. 내가 원서는 어디어디에 썼냐고 묻자 주찬성은 서울대라고 알려주었다. 한군데만 썼냐고 묻자 그렇다고 했다.

"용기 있네."

"원서 넣으러 갔더니 접수 받는 사람이, 조교인지 학교 직원인지는 모르겠는데 그 사람이 내 수능 점수를 보고 내신 성적이 아주 좋은가봐요? 그 카더라."

주찬성은 잠깐 웃더니 서울대에 가지 못하면 아마도 동남아 어디의 미션스쿨로 가게 될 거라고 했다. 아버지는 이미 거기로 건너가서 개척교회를 세웠고 자기가 오기를 기다리고 있다고. 그 말을 하는 주찬성의 얼굴이 너무 담담해서 나는 문득 걔 손을 잡고 엉엉 울고 싶은 마음이 들었다. 하지만 그러고 싶은 마음과 그럴 수 있는 자격은 다른 거니까 나는 다 익은 고기를 한번 뒤집었다.

"붙으면 같은 서울 시민 되겠네."

나는 스태프에게도 명함을 만들어주는 통 큰 원장 덕분에 갖게 된 미용실 명함을 주찬성에게 건넸다. 그리고

서울 스타일이 필요해지면 연락하라고 농담했다. 명함을
두 손으로 받은 주찬성은 그걸 한참이나 들여다보았고
"알았어, 스타가 되고 싶으면 연락할게" 하고 이젠 시시
해져버린 유행어로 내게 답했다. 요즘에야 그 프로그램을
찾아보며 그때 내가 했던 농담을 이해하고 있다고.

"너무 늦었나?"

주찬성이 물었고 우리는 말이 끊겼다. 그런 것에 답하
기에는 아직도 너무 어린 나이였다.

*

약속한 날, 만나기로 한 기장 해변으로 차를 몰고 나갔
다. 그곳에 새로 생긴 대형 카페가 목적지였다. 시간이 남
아 근처를 걸었는데 성당이 보였다. 가보니 진짜 성당이
아니라 드라마 세트장으로 지어진 것이었다. 드라마가 끝
나고 난 뒤에도 사람들이 자주 찾아 관광명소가 된 곳이
었다.

성당 입구에는 성탄 구유가 만들어져 있었다. 아주 작
은 아기인 예수와 성모와 성요셉, 네 다리를 순하게 구부
리고 있는 말과 양들이 촛불들에 둘러싸여 있었다. 구유
앞에서 사람들이 사진을 찍었고 나도 그 안을 들여다보며

어린 시절의 사람들을 떠올렸다. 주찬성과 나와 지금보다 훨씬 더 젊었던 아빠와 안주댁 아주머니, 남희와 연락이 다 끊긴 친구들 그리고 하바나 클럽 근처를 서성이던 가엾은 술꾼들에 대해서. 그 모든 것이 지금 여기 없는데 이상하게도 이 도시에는 내가 있었다. 상처받은 마음으로 떠났던 내가, 돌아오지 않겠다고 겨울에 먼 길을 갔던 내가. 내 이름으로 된 미용실을 열겠다고 결심했을 때 나는 당연히 부산을 떠올렸다. 어쩌면 서울에서 사는 내내 돌아오고 싶은 마음을 조금씩 저축해두었는지도 모를 일이었다. 여기는 내가 어른이 되고 나서도 늘 일용한 삶의 기준들이 만들어진 곳이기 때문이다.

카페 주차장은 언덕 위쪽에 있었다. 차에서 내려 카페까지 걷는 길은 제법 가팔랐고 나무덱이 깔려 있었다. 저녁 시간이 지나 그런지 홀에는 손님들이 거의 없었다. 나는 점원이 놓고 간 메뉴판을 들여다보았다. 차를 가져오긴 했지만 대리기사를 부를 생각으로 칵테일을 한잔해도 될지 아니면 커피 정도로 끝낼지 고민스러웠다. 여덟시가 되었는데도 들어오는 사람이 없었다. 어제까지만 해도 잠까지 설쳤던 나는 약속 시간이 되자 의외로 전혀 떨리지 않았다. 약속한 시간에 약속한 사람이 나타나지 않는데도 덤덤한 마음에는 변화가 없었다. 오히려 이럴 줄 알았다는 생각이 들었다. 이런 것이 내게 더 어울리거나 심지어는 옳다는 느낌.

십육년 만에 엄마를 만났을 때도 비슷한 생각을 했다. 어려서부터 손꼽아왔던 재회였지만 막상 만나보니 그다지 운명적이지도 벅차지도 않았다. 한달 동안 LA에 머물면서 우리는 많은 얘기를 했지만 거기에는 이상하게도 우리의 과거와 미래가 빠져 있었다. 나는 왜 나를 만나러 오지 않았냐고 묻지 않았고 엄마도 이제 만났으니 앞으로 어떻게 지내자고 제안하지 않았다. 엄마는 자기가 아는 사람도 없는 미국에서 어떻게 옷장사로 성공했는지에 대해서만 얘기했다. 지금 자기가 얼마나 부자이며 안정적으로 살고 있는지를. 내내 그렇게 옛이야기를 하지 않던 내가 돈 모으던 일을 얘기한 건 쇼핑몰에 쌓여 있던 운동화들 때문이었다. 무시무시하게 평균적이고 몰개성적인 그 생김새가 마음 어딘가를 건드렸고 나는 이렇게 잠깐 미국에 놀러 온 것처럼 끝낼 수는 없는 해후에 대해 무언가를 주장하고 싶었다. 하지만 비행기표를 사기 위해 돈을 모았다는 말을 들은 엄마는 난감하고 어색한 표정을 지었을 뿐이었다. 내가 지녔던 슬픔을 세상에 흔하고 평균적인 기성의 슬픔으로 만들기에 충분한 반응이었다.

십분만 더 기다리고 가기로 결심했을 때쯤 입구로 한

남자가 들어왔다. 내가 기억하는 주찬성보다 키가 작아서 역시 아니었구나 싶었다. 예상대로인데도 어쩐지 고개를 떨구게 됐다. 바란 적 없는데도, 기다린 적 없는데도.

"선생님, 안녕하세요?"

남자가 앉더니 고개를 꾸벅 숙였다. 자세히 보니 현지 씨 동생 현우였다.

"어쩐 일이세요? 친구분은요?"

내가 묻자 그는 난처한 얼굴로 정말 미안하다고 전했다. 지금 가게에 가벼운 화재가 나서 끄고 오느라 늦는다는 거였다. 이미 약속이 여러번 미뤄졌는데 불이 났다고 하면 믿기야 믿겠지만 다시는 못 만날 것 같다며 찬성이가 부탁해 자기가 먼저 왔다고. 나는 상대에게 불이 났다는데 이상하게 웃음이 나서 좀 웃어버렸다.

"그분이 가게를 해요?"

내가 묻자 그는 몰랐느냐고 되물었다. 연락처를 주고받고 서로에 대해 조금 알아간 것 아니었냐고. 자기 친구가 한 이십년은 알고 지낸 사람처럼 말해서 만나지는 않았어도 꽤 얘기를 한 줄 알았다고. 나는 이때까지의 일들을 다 말할 수는 없어 그렇게 만나면 하나도 궁금하지가 않잖아요,라고만 했다. 내내 마스크를 쓰고 머리를 잘라서 사실 현우 얼굴도 오늘 처음 보는 것이었다. 짐작보다는 얼굴

형이 각이 져 있어서 나는 양옆의 숱을 덜 쳐내야겠다고
생각했다.

"그때 서울 가신다는 일은 잘됐어요?"

그는 고개를 저었다.

"해명이랑 사과하러 갔는데 해명은 듣고 사과는 안 듣
더라고요. 사과받을 일 없다고 하던데요."

"그러면 된 것 아닐까요. 왜 굳이 사과하고 싶어해요?"

현우는 뭔가 말을 하려다가 난처한 듯 말문을 닫고 최
근에 뭐 맛있는 거 드신 적 있으세요? 하고 물었다. 무슨
말인가 의아했는데 음식 사진을 아무거나 한장 주면 자기
가 어디 음식인지 알아맞힐 수 있다고 했다. 자신을 알파
고라고 주장하는 삼촌을 비롯해 그 친구들 모두 이상한
사람들이라고 했던 아윤이 말이 생각났다. 하지만 일단
사진을 달라니까 나는 얼마 전 친구와 다녀온 낙곱새집
사진을 보내주었다.

"매미집."

그는 휴대전화로 사진을 받더니 단번에 맞혔다. 사실
이건 너무 쉬운 문제였다. 부산에서 가장 유명한 집이니
까. 나는 이번에는 밀면 사진을 보냈다. 이번에도 정확히
맞혔고 그쯤 되자 신기해졌다. 중요한 사진들을 모아놓은
폴더를 뒤져 전화기를 바꿀 때마다 챙겨서 간직해온, 안

주택 아주머니네 반찬 사진을 몇장 보냈다. 하지만 전송하자마자 그런 사진은 알 리가 없다는 걸 바로 깨달았다. 알파고가 아니라 감마, 베타고라도 알 리가 없었다. 그 이미지의 정체는 이야기를 아는 사람만의 것이니까.

"아, 이런 집밥은 안 되지만 맛있어 보이네요. 콩국수인가?"

"우무 콩국이요. 설마 기억력으로 맞히는 건가요?"

현우는 처음에는 그렇다고 하더니 곧 겸연쩍어하며 아니라고 정정했다. 그러면서 자기가 데이터 분석을 담당하는 사이트 중에 외식 관련 앱이 있다고 설명했다. 하루 접속자 수가 백만명이 넘는 맛집 리뷰 앱인데, 그곳 데이터를 이용해서 찾은 거라고.

"아,"

"시시하죠?"

현우는 쓸쓸하게 웃었다.

"아니죠, 당연하지. 인간이 그걸 뭣하러 다 기억했다 맞혀요? 인간이 하늘한테 받은 몇 안 되는 선물이 망각인데, 그 능력이 얼마나 중요한데. 그 덕분에 지나고 나면 어쨌든 견딜 만해지잖아요, 얼마나 다행이야."

한시간이 지나도 주찬성은 오지 않았다. 주찬성의 예상대로 현우가 오지 않았더라면 어떤 양해와 사과에도 다시 만남을 계획하지는 않았으리라는 생각이 들었다. 화려하게 빛나던 크리스마스트리 조명도 꺼졌을 즈음, 눈이 내리기 시작했다. 아홉살의 내가 하바나 클럽 앞에서 우두커니 맞고 있었던 눈이, 그뒤로 수십번 맞닥뜨렸지만 한번도 시시하지 않았던 그 작고 특별한 것들이. 집에 가야겠다 싶어 화장실을 다녀오는데 주차장 안으로 차 한대가 들어오는 것이 보였다. 가로등 아래 정차한 그 차에서 누군가 내려 서둘러 나무덱을 밟아 내려오는 것이. 나는 눈송이들을 통과해 오는 그 얼굴을 더 정확히 보고 싶은 마음에 발을 들었고 그가 가까이 왔을 때 오래전처럼 또 손을 들어 인사했다.

첫눈으로

회식

　MTN 예능국 피디들 사이에는 야근을 하더라도 사내 메신저는 꺼놓는 불문율이 있었다. 언제나 누구와 술 한잔하고 싶어 어슬렁대는 남 국장의 레이더망에 걸리지 않기 위해서였다. 술자리에 대한 국장의 열망은 대단해서 어느 날은 퇴근하는 경비용역업체 직원들 회식에 따라갔다는 일화까지 있었다. 그들은 그날 회사 로비를 지나면서 불행히도 국장이 있는 것을 눈치채지 못한 채 횟집에 전화를 걸어 약속한 대로 자연산 광어가 들어왔는지 복도가 쩌렁쩌렁 울리게 확인했고 통화를 마친 뒤 휴대전화를 점퍼 주머니에 넣기도 전에 아이고, 회식들 하시나봐? 하는 국장의 인사를 받았다고 했다. 국장이 그렇게 말하며 입맛을 다시자 당연히 그들은 예의상 그러면 같이 가시죠, 할 수밖에 없었고 이후에는 말할 것도 없는 결론이었다. 오늘 밤 비대면으로 열리는 예능국 회식은 그런 국장을 위한 것이었다. 봄 개편 때 못한 전체 회식이 이러다가는 영 요원하겠다는 명분이 있기는 했지만.

소봄이 보기에 남 국장은 자신과 코드가 영 안 맞는 인물이었다. 일단 술을 너무 좋아한다는 사실 자체가 그랬다. 원래 술꾼은 술꾼을 척 알아보고 그래서 술꾼은 술꾼을 좋아하지 않는다. 뭐랄까, 스스로를 들킨 듯하달까. 소봄 역시 소주 두병은 마셔야 혈관에 알코올이 좀 도는구나 싶은 주당이지만 국장과의 결정적 차이는 혼자 마신다는 점이었다. 소봄은 늘 자기 방에서 이런저런 유튜브 채널들을 옮겨 다니며 소주를 마셨고 어느 날은 아무것도 띄우지 않고 시간을 보내기도 했다.

소봄의 부친도 술을 아주 좋아했다. 간경화로 고생하는 중에도 편의점을 지날라 치면 거기 앉아 캔맥주를 즐기는 사람들을 부러워하느라 자리를 뜨지 못할 정도였다. "아빠, 정말 죽으려고 이러는 거야? 죽고 싶으면 마시는데 장례식장에는 나 부르지 마" 하고 소봄이 미리 경고하면 "내가 죽었는데 너를 어떻게 부르냐?" 하는 허랑한 답변이 돌아왔다. 아빠가 세상을 떠나고 소봄은 자신이 했던 그 말들을 울면서 후회했다. 그것은 대체로 바른 말이었으나 그래서 차가운 뉘앙스를 띠었으니까. 그뒤부터 소봄의 주사는 우는 것이 되었다.

같이 일하는 이지민 피디만이 그런 소봄을 알고 있었다. 지난겨울 문제의 '맛집 알파고'를 촬영하러 부산에 갔을 때 소봄이 만취했기 때문이다. 사실 소봄뿐 아니라 지민도 취한 터라 누가 더 창피하고 그럴 것도 없었지만 몇 십년 만에 눈이 내렸던 기적적인 화이트 크리스마스 날, 해운대 곰장어 골목에 주저앉아 우는 자신을 위로하던 지민의 손길을 소봄은 또렷이 기억했다.

지민은 소봄의 얘기를 다 듣고 나서 "그거언 소오봄씨 기억만큼 차가우운 말은 아니었을 거야"라고 말했다. 지민도 완전히 취해서 발음이 분명하지가 않았다. 그래도 소봄은 계속 울면서 "아니에요. 피디님이 몰라서 그렇지. 제가 못됐어요. 나쁘다고요, 제가" 하고 자책했다. 그러자 지민은 "아니라니깐!" 하고 소리 지르더니 소봄의 어깨를 양손으로 꽉 잡았다. 그리고 눈으로 젖어 들어가는 골목의 아스팔트에서 죽 뽑아내듯 소봄을 일으켜세웠다. 소봄은 머리가 팽글팽글 돌 정도로 취해 있었지만 지민의 팔 힘에 비틀거리며 겨우 섰다.

"소봄씨,"

"네."

"소봄씨, 막상 아빠가 돌아가실지 모른다고 생각하니까, 영영 이별이라고 생각하니까 두렵고 화가 나지 않았어?"

소봄이 대답을 않자 지민은 또 한번 두렵지 않았어? 다시는 볼 수 없다는 것이? 하고 다그치듯 물었다. 소봄은 그때까지 가까운 누군가를 잃어본 적이 없었다. 지민이 두렵지 않았어?라고 물을 때에야 그랬구나 싶은 생각이 들었다. 그래서 투병하는 아빠와 그렇게 싸웠구나. 싸울 수 있는 날이 기한도 없이 남은 듯 믿고 싶어서 그렇게 시간과 마음을 낭비했구나. 소봄이 고개를 끄덕이자 지민은 팔을 내리고 자기 주머니에 손을 넣었다.

"소봄씨가 했던 말들은 차갑거나 못됐거나 그런 말이 아니야, 그냥, 뭐어랄까, 그냥,"

지민이 말을 고르는 동안 골목의 곰장어집들이 폐점을 준비했다. 길고 긴 곰장어들이 들어찬 수조에 주인이 대나무로 된 발을 내렸다. 부지깽이로 숯을 두들겨 꺼뜨렸다. 희고 검은 재들이 공중으로 날아오르며 차양으로, 간판으로, 눈이 오는 밝은 밤하늘 위로 떠올랐다. 에취! 식당 주인이 골목이 텅 울리도록 재채기를 했다. 술이 깨는지 추위 때문인지 소봄은 몸이 으슬으슬 떨렸다. 이윽고 지민은 "그건 그냥 너어무 두려워서 움츠러든 사람이 하는 아주 작은 말일 뿐이었을 거야"라고 정리했다.

그리고 둘은 비틀거리며 숙소로 걸어갔다. 같이 촬영을 하러 간 신재형이 두 사람 어떻게 된 거냐고 문자메시지를 보내고 전화를 걸었지만 소봄도 지민도 받지는 않았다. 해수욕장 입구를 지날 즈음 소봄이 "피디님, 피디님도 그럼 그런 적 있어요?" 하고 묻자 지민이 패딩점퍼를 목까지 끌어올리며 고개를 힘 있게 끄덕였다. "그럼, 오늘도 여러번 그랬는걸."

*

여덟시가 되자 유 팀장이 링크를 보내왔다. 소봄은 오분 정도 기다렸다가 화상 회의에 접속했다. 다들 들어와 있을 줄 알았는데 화면에 보이는 건 국장과 유 팀장뿐이었다. 소봄은 들어가자마자 배경화면을 띄워서 방 안이 보이지 않게 했다. 사람들이 자기 방 물건의 어느 하나를 보는 것도 소봄은 싫었다. 아, 얘는 이런 애구나 하고 판단할 수 있는 단서를 주고 싶지 않았다.

"그래, 이름이? 신소봄 씨, 소봄씨는 우리 「명명백백한 승부」 작가님이시던가?"

"아닙니다, 「능력자」 막내작가예요."

화면 앞에 정좌하고 있던 국장이 아, 그렇구나, 하며 고개를 여러번 끄덕였다.

"「능력자」메인작가는 은하씨이고 병으로 좀 쉬었지. 요즘 코로나 때문에 촬영이 줄었다 해도 소봄씨 혼자 바쁘겠어."

"아닙니다, 괜찮습니다."

"그래요, 소봄씨. 그런데 소봄씨는 뭔가 뒤편에 보이는 인테리어가 특별하네."

소봄이 배경화면으로 선택한 건 활화산이었다. 아직 분출되지는 않고 산 정상에서 모락모락 연기가 올라오는 상황이었다.

"네, 제 마음을 한번 표현해보았습니다."

"아, 마음을, 마음을 그렇게 배경으로 쓸 수 있겠구나. 그래, 활화산은 어떤 마음일까?"

"저희 프로「능력자」가 프라임 꿰차고 시청률 삼십을 넘었으면 하는 활활 타는 마음입니다."

"좋다, 딱 좋다. 그러지 않아도 내가 언택트로라도 회식을 열어야겠다, 불편하고 어색한 설정이지만 그래야겠다는 데는 이유가 있었어. 회사의 중대 결정을 알려주려 했는데, 우리 작가가 활화산을 띄워서 기운을 보태네."

국장이 말하는 사이 직원들이 우르르 입장했고 서른명 가까운 얼굴들이 타일처럼 모니터를 채웠다. 지민도 들어왔지만 화면은 켜지 않고 "국장님, 중대 결정은 뭔가요?"
하고 목소리로만 물었다. 알레르기로 얼굴이 엉망이라 병
원을 다녀왔다고 했다. 국장은 회식 초장부터 일 얘기 하
면 매너가 아니라며 나중으로 미뤘다. 일단 건배사가 시
작되었다. 코로나를 이기자! 이기자!부터 지화자 등을 거
쳐 '마주 앉은 당신의 발전을 위하여'를 줄인 마당발! '오
직 바라는 대로 마음먹은 대로 이루어져라'는 뜻의 오바
마!처럼 억지로 갖다 붙인 삼행시까지. 소봄처럼 술과 자
기 자신만의 독대를 즐기는 사람이라면 눈살을 찌푸릴
만한 말들이 난무했다. 그리고 잠시간 근황 토크가 오갔
다. 어린이집을 가지 않는 아이와 씨름을 하느라 바쁘게
지내는 정 피디는 하다 하다 어제는 한복까지 만들었다고
했다. 사람들이 한복이요? 하고 놀라자 "그렇다니까!" 하
더니 자리에서 일어나 한지로 만든 색동저고리를 들어 보
였다.

"그게 애들 숙제예요?"

"애들 숙제지. 근데 엄마가 하지. 오늘 정말 스트레스
처리가 필요하다. 나 오늘 좀 마셔야 돼, 말리지 마."

"신 감독은 어떻게 지내나?"

재형은 건배도 없이 혼자 연태고량주를 홀짝홀짝 마시
다가 아 네, 하면서 바로 앉았다. 소봄은 자기만 보면 못

잡아먹어 안달인 재형이 집을 어떻게 하고 사나 싶어 재형만 화면에 띄워 확대했다.

"국장님, 저는 요즘 중고거래 활발히 하고 있습니다. 물건들 좀 싹 다 정리하려고요."

"정리 좋지, 그런데 중고 물건이 팔리긴 해?"

"잘 팔립니다. 가성비가 좋으니까요. 그래서 말씀인데요, 국장님. 제가 잠깐 요 앞에 나갔다 와야 할 듯합니다. 거래가 있는데 사기로 한 사람이 밤밖에 시간이 안 된다고 해서요."

"아니, 왜 밤밖에 안 돼, 흡혈귀인가?"

그 재미없는 농담에도 사람들은 취기 탓인지 크게 웃었다.

"그럴지도 모르겠어요. 진짜 흡혈귀면 섭외 한번 해보려고요. 「능력자」에 나올 만하잖아요."

"그렇지, 어디서 물건 걸릴지 몰라. 대한민국 국민 모두 알고 보면 섭외 대상이지. 그래, 오늘 밤 거래물품은 뭐야?"

"아 네, 제가 직접 제 동맥에서 뽑아낸 혈액인데요, 목의 경동맥에서 200시시 뽑았습니다."

그건 농담이었지만 재형의 선선한 말투 때문인지 어딘가 진지하게 들렸다. 아무도 되받지 못했고 정적이 흘렀다. 분위기를 가라앉혀놓고 정작 재형은 화면을 그대로

둔 채 박스를 챙겨 홀연히 일어섰다. 맥북 같았다. 그렇게 잠깐 열렸다 닫히는 문틈으로 "오늘도 *무사히*"라고 쓰인 거실의 큼지막한 편물 액자가 보였다. 바닥까지 내려간 분위기를 끌어올리기 위해 술게임이 시작되었고 한바탕 노래와 마셔라 마셔, 하는 구호가 이어진 뒤에야 국장이 "내 얘기 좀 할까?" 하고 말을 꺼냈다.

　"이 럼주가 헤밍웨이가 사랑한 술이에요. 내가 우리 가족들 있는 캐나다 갔다가, 알지? 우리 애들이랑 다들 거기 있는 거. 나만 홀쩍 쿠바로 여행을 갔거든, 그때 사 온 거야. 거기 가면 헤밍웨이가 『노인과 바다』를 썼던 아바나의 호텔이 있어. 당장 찾아갔지. 소년 시절부터 나는 헤밍웨이가 롤 모델이랄까 그랬거든. 요즘 사람들은 안 좋아할 거야, 마초라고 싫어할지도 모르겠어. 갔더니 원래는 구경도 할 수 있는데 그날은 공사 때문에 안 된대. 호텔 루프바에서 헤밍웨이가 생명수처럼 마셨던 모히토만 가능하대. 나는 여기서도 술로만 인연이 되는구나 싶으면서 엘리베이터를 타고 올라가는데 안내하는 벨보이가 헤밍웨이가 머물렀던 층을 알려주면서 여기가 헤밍웨이의 방이다, 이러는 거야. 그리고 뒷말이 기가 막혀. 그런데 지금 그는 잠들어 있지 않다. 아, 잠들어 있지 않아, 헤밍웨이는 잠들지 않는 거야. 왜냐, 예술을 남겼으니까."

피디들이 인생 명언을 들으셨네요, 벅차오르셨겠어요, 예술은 죽지 않죠, 하며 동의했다. 소봄은 지금 거기 잠들어 있지 않다,라는 건 그냥 죽었다는 정보의 다른 표현 아닌가 생각했지만 잠자코 고개를 끄덕였다. 국장은 영상의 시대였던 20세기를 거쳐 21세기에는 영상 중에서도 예능물의 시대라고 했다. 방송이며 인터넷이며 이렇듯 예능 콘텐츠가 넘쳐난 적이 없었다며. 그리고 그 말이 회사의 결정을 알리기 위한 포석이었다. 국장은 '맛집 알파고' 촬영분이 연말특집 프로그램으로 편성된다고 알렸다. 그건 소봄네 팀이 지난 크리스마스 때 부산에 내려가 촬영한 영상이었다. 조명감독이 먹태를 뜯다 말고 갑자기 가즈아! 하고 외쳤다.

"그건 어렵겠습니다."

마음이 급했는지 지민이 갑자기 화면을 켜고 나타났다. 얼굴에 마스크를 쓴 채였다.

"제가 말씀을 드렸잖아요? 맛집 알파고가 그때 사전촬영 하고 지난 연말 계폭했다고요. 연락도 안 되고요."

"이 피디, 맛집 알파고 아직 이슈야. 그렇게 사라져서 SNS에서 더 유명해졌어. 남겼던 말, 사진이 다 밈이 됐잖아. 사람들이 그렇게 패러디해서 놀기 시작하면 불이 더 붙거든."

유 팀장은 이 건에 「능력자」의 명운이 달렸다며 밀어붙이기 시작했다. 공동 연출인 정 피디도 달라붙었다.

"아니, 언론에서도 못 찾아 안달인 맛집 알파고를 어느 날 척 하니 섭외하고 사전촬영까지 하더니 대체 그건 왜 엎어진 거야? 안 그래도 나 너무 궁금했잖아. 자기, 내가 한잔한 김에 물을게. 만나고 보니 그 사람이 옛 남친이기라도 했던 거야? 집안 원수이기라도 한 거야?"

정 피디가 화면 앞으로 바짝 다가왔고 그 바람에 한편에 놓여 있던 한복이 책상 아래로 나풀거리며 떨어져내렸다. 소봄은 긴장으로 심장이 두근거렸다. 정 피디가 뭘 알고 저런 질문을 하는 건가, 그렇다면 어떻게 알았을까, 소봄은 말 한마디 한 적이 없는데…… 그때 촬영을 맡았던 재형이 떠올랐다. 그날 현장 분위기가 이상하다는 생각을 소봄만 하지는 않았을 것이다. 카메라를 세워놓고 들여다보고 있던 재형이 그런 기미를 몰랐을 리 없다. 소봄은 이 상황을 어떻게 넘겨야 하나, 어떻게 하면 지민의 프라이버시를 지켜주면서도 그놈의 맛집 알파고에 대한 사람들의 관심을 끊고 훗날을 도모해보나 부지런히 머리를 굴렸다. 머리는 이럴 때 굴리라고 있는 건데도, 좋은 생각이 떠오르지 않았다. 대면 술자리라면 흔히 쓰는 수법으로 잔을 쏟거나 취한 척 와락 쓰러지거나 할 텐데 지금은 그런

물리적인 충격으로 순간을 모면할 수가 없었다. 지진은 안 나나, 하는 엉뚱한 생각까지 들었다. 전기는 안 끊기고 자던 애들은 안 깨나, 재형은, 맞다, 아까 나간 신재형은 대체 어느 흡혈귀에게 전신을 쫙쫙 빨리고 있기에 돌아오지를 않는 건가.

소봄은 내키지 않았지만 '선배 안 끝났어요? 지금 우리 팀에 일 떨어졌는데' 하고 문자를 보냈다. 답은 없었다. 지민은 한숨을 쉬더니 아마도 피부과약 때문에 먹지 못하고 있었을 맥주를 그제야 따서 벌컥벌컥 마셨다. 맥주가 지민의 목울대를 운동시키며 격하게 내려가는 것이 화면으로 보였다.

"솔직히 아는 사람입니다."

"그렇지? 그럴 줄 알았어. 누군데? 어떻게 아는데?" 정 피디가 반색했다.

"그냥 압니다. 채무관계가 있고요."

"빚을 졌어? 누가?"

"저,"

소봄은 안 되겠다 싶어서 대화에 끼어들었다. 물론 소봄은 그럴 만한 처지가 아니지만, 계약직 막내작가일 뿐이지만 맛집 알파고에 대해서는 자기만의 의견이 있었다. 다른 이유에서가 아니라 그가 사기꾼이기 때문에 방송 불가였다.

"그 사람 이상했어요. 트위터에서는 사람들이 보여준 맛집 사진 척척 맞혔잖아요. 근데 부산 가서 보니까 맞히는 데 시간이 너무 오래 걸리고 자기는 기억에 의존해서 맞히는 거라고 하는데 나중에 촬영영상 보니까 약간 이상하기도 해서……"

그때 지민에게서 '그만,'이라는 문자메시지가 왔다. 소봄, 더이상은 말하지 마.

"아이고 우리 막내 소봄씨, 그게 이상했어? 이상하지, 당연히 이상하지. 근데 우리 출연자 중에 안 이상한 사람 있었어? 우린 고통을 모른다는 능력자 촬영하러 갔다가 경찰서까지 다녀온 거 알지? 지가 자기는 통증을 안 느낀다면서 빨래집게를 꽂아라 철사를 감아라 하다가, 뽀록날 것 같으니까 우릴 상해로 걸었잖아. 맛집 알파고가 그 정도야? 그 정도 미친놈이든?"

"아니요."

지민이 단호하고 선언적으로 말했다.

"아니요, 그럴 리가요. 빨래집게 인간이랑 맛집 알파고를 지금 비교하세요? 빨래집게는 사기에 폭력 전과까지 있었다면서요. 걔는 그런 사람 아니고요, 대학 졸업하고 대기업에서 몇년을 일하고 빅데이터 분석가로 일하는 신원 확실한 사람이에요. 우리 사회의 어엿한 시민이라고요. 아니 지금 누구랑 누구를 비교하세요?"

"그런 인간이 빚은 왜 졌어? 이 피디 얼마나 물린 건데?"

그러자 지민의 말이 끊겼다. 노래도 대화도 원샷도 없는 회식 분위기는 맥줏집의 오래된 팝콘처럼 금세 눅눅해졌다.

"어엿한 시민,"

정작 말을 꺼내 갈등을 발생시킨 장본인이면서 국장은 관전만 하고 있다가 마지막에 그렇게 정리했다.

"그래, 대중이 그리워하는 맛집 알파고, 어엿한 시민의 모습으로 우리가 되돌려주자. 확실히 재호출해주자."

거래

이튿날 일어나보니 재형에게 답이 와 있었다. 못 도와 줘서 미안하다는 내용일 줄 알았더니만 노트북 거래가 성사되지 않았다는, 소봄으로서는 알 필요도 없는 정보였다. 지민은 재형과 소봄에게 방송국으로 나오라고 했다. 회사에서는 재택근무를 하라는데 출근이 되나 싶었지만 소봄은 사흘 만에 머리라는 걸 감고 양말이라는 걸 신어보았다. 나가려는데 지민에게서 다시 문자메시지가 왔다.

건물 전체가 방역 중이라 미리 신청하지 않은 직원은 들어갈 수 없다며 도착하면 퇴폐의 느릅나무 골목으로 오라고 했다.

그곳은 방송국 건물들 사이에 자리한 작은 공터로 근처에 몇 없는 흡연 장소였다. 물론 정식으로 허가된 장소는 아니고 건물 뒤편이라 직원들에게 자연스레 선택된 곳이었다. 잎이 무성한 느릅나무 두그루에, '학습 분위기 해치는 퇴폐적 흡연 행위 금지'라는 현수막이 걸려 있어서 '퇴폐의 느릅나무 골목'이라고 불렸다. 소봄이 도착하자 지민이 담배를 피우고 있다가 좀 떨어져 서라는 듯 손바닥을 들어 보였다. 둘은 거리를 두고 서서 어떻게 할 것인가를 논의했다. 촬영분을 방영하자니 일단 맛집 알파고이자 이제는 모두가 그렇게 알게 된 지민의 채무자에게 연락을 해야 하고, 포기하자니 너네 때문에 C급 시간대에서 프라임으로 갈아탈 기회를 날렸다는 동료들의 비난을, 윗선의 비우호적인 평가와 함께 받을 판이었다. 지난해 촬영분을 자세히 본 소봄은 지민과 맛집 알파고가 구면이리라는 예상은 하고 있었다. 지민이 사람들에게 말했듯 돈 문제가 아니라 감정적 문제로 얽혀 있는 것 같았다. 쉽게 말해 구남친이었구나 하는 것이 소봄의 결론이었다.

"피디님, 다른 게 문제가 아니라요. 맛집 알파고가 그런 능력이 없었잖아요. 확실히 그랬죠?"

소봄은 회사에 그 사실을 말하면 문제가 간단히 해결되지 않겠는가 싶었다. 거짓 방송을 했다가 어떤 곤욕을 치를지 알 테니까.

"소봄씨."

담배를 다 피운 지민이 한걸음 다가오며 불렀다.

"네, 피디님."

"우리 이런 얘기 우리만 알자."

"우리만요?"

소봄은 그렇다면 지민이 방송을 준비할 생각인가 싶어 놀랐다.

"응, 지금 소봄씨가 말한 그거 합리적 의심이기는 하지만 의심일 뿐이잖아. 어쨌든 그날 맞혔잖아. 곱창집이랑 영지면옥인가 냉면집 맞혔지? 그건 진짜잖아."

진짜…… 소봄은 머리가 화이트아웃되는 느낌이었다. 진짜를 따진다면 그날의 진짜는 무엇이었을까.

"소봄, 사람들이 맛집 알파고를 왜 그렇게 좋아했을까? 맞히니까. 그러니 오분 안에 맞히든, 스무 고개로 맞히든, 뭐 그리 중요하겠느냐가 국장 의견이고. 소봄씨는 예능이 뭐라고 생각해? 나는 노는 거, 그냥 사람들 외롭지 않게 해주는 거다 싶어. 그러니 우리 할 일은 거기까지이고. 내

말이 좀 나쁜가."

소봄은 지민의 말에 어떤 기만이 있다고 생각했지만 별다른 대답 없이 계속하세요, 피디님,이라고만 했다.

"근데 문제는 논다는 것에는 언제나 파괴적인 충동이 작용한다고 생각해. 카니발 같은 잔혹한 축제가 인류의 풍습으로 자리를 잡은 것도 그렇고, 하물며 세상 무해해 보이는 돌고래도 산 물고기를 던져가며 노는 거니까. 내가 무슨 소리를 하는 건지 모르겠는데, 시청자들도 언제든 그럴 수가 있고, 아무튼 우리 알파고 가지고 그렇게까지는 하지 않으면서 그렇게는 하자, 방송은 하자. 무슨 말인지 알겠지?"

그사이 재형이 자전거를 타고 도착했다. 재형을 본 지민은 더는 말하지 말자는 듯 소봄에게 눈짓했다. 재형은 어제 노트북을 들고 나갔다가 물먹은 이야기를 한참 했다. 취한 채로 나가서 그런지 만나기로 한 장소를 서로 못 찾아 거래가 어이없이 불발되었다는 것이었다.

"선배님, 네고 잘하시고 관계를 잘 맺어둬요. 나중에 섭외해야 할 수도 있는데."

"섭외?"

"네, 알파고 안 되면 흡혈귀라도 가야죠."

"소봄씨, 그렇게 안 봤는데 꽤 용의주도하다. 곧 입봉할

196

거라 그런가?"

그 말을 들은 소봄은 깜짝 놀랐다.

"그 자리 우리 준대?" 지민은 알고 있는 인사이동 같았다.

"우리 준다는 말은 없지, 충원이 필요한 만큼 역량을 보이는 팀 내 이동이라고만 하지."

"누가 그래?"

"국장이."

"국장이 언제 그랬어?"

"오늘 아침에."

"오늘 아침? 아침에 만났어?"

"야, 나, 국장이랑 한동네 사람이야. 아침에 간단하게 같이 해장하고 왔지. 어제 회식 마지막에 못 들어온 거 사과도 해야 하고."

소봄은 재형이 그렇게 바지런하게 국장을 챙기는 모습이 신선하게 느껴졌다. 매사에 대충대충 일하면서도 회사 눈치를 좀처럼 보지 않아 작가들 사이에서는 오너 아들이라는 소문까지 도는 재형이었으니까. 아니, 어쩌면 그런 모습이 바지런한 인상으로 다가오는 것 자체가 매직처럼 느껴졌다. 그러니까 입봉이라는 말이 불러온 매직이었다.

"이 피디가 결정해서 알려만 줘. 추가 촬영 없이 가는 거면 테이프부터 풀어야 하고."

"프리뷰 제가 직접 할게요."

프리뷰란 들리고 보이는 촬영 영상의 모든 것을 글자로 옮겨 데이터화하는 작업이다. 지난한 단순노동인데다 방송작가들의 업무란 그 외에도 폭발 직전이라 외주를 주는 편이었다.

"왜? 매번 해주는 외주분 있잖아, 요즘 방송도 줄어서 안 바쁠 텐데 의뢰해."

지민이 말하자 소봄은 그건 안 되죠, 하며 건반을 치듯 손가락 운동을 해 보였다.

"알파고 정체 극비잖아요. 누굴 믿고 맡겨요?"

추적

소봄이 모처럼 타자 실력을 발휘해 장장 A4 백 페이지에 달하는 프리뷰를 하루 만에 풀자 지민은 그걸 받아 열한개의 편집 구성안을 마련했다. 그건 마치 방송에서 허용 가능한 모든 서사 장르를 모아놓은 듯한 내용이었다. 맛집 알파고의 인생 스토리를 풀어내거나 맛집 알파고를 통해 온라인에서 소통하며 즐기는 이들의 고독과 연대에 대한 사연을 넣거나 맛집 알파고 자체보다는 그가 맞힌 맛집 중 최강은 어딘지 알아보는 변형 콘셉트 등 다양했다. 그런가 하면 이것이 결국 학습화한 인공지능 대 인간의 대결이라든가, 불완전함이라는 상태에 대한 인간의 존재론적 의미를 고찰하게 한다든가 하는 구성도 있었다. 나흘 만에 '휘갈기듯' 양산해낸 그 편집안들을 받아든 소봄은 뭐라고 반응해야 할지 몰라 상당하네요,라고만 대답했다. 며칠 밤을 새운 지민의 얼굴은 그렇지 않아도 심하던 피부염이 악화돼 얼룩덜룩했다.

"나 얼굴 엉망이니?"

"아니요, 피디님 아니에요." 소봄은 손까지 휘휘 저으며 말했지만 사실은 걱정스럽다는 생각을 하고 있었다. 지민은 한동안 회복에만 전념하겠다며 맛집 알파고에게 연락하는 일을 소봄에게 맡겼다.

"이제 소봄씨 능력에 달렸다."

소봄은 밥을 먹을 때나 잠에 들 때나 오직 이메일만 생각했다. 어떻게 하면 맛집 알파고를 다시 세상으로 불러내 그로서는 그다지 이득이 없을 듯하지만 구여친을 구하고 소봄도 구하고 예능국도, 케이블 방송사 중에서도 점유율이 그저 그런 MTN도 구하게 할까.

일단 소봄은 정작 이메일 내용보다 제목이 중요하다고 판단하고 있었다. 안녕하세요, MTN 방송국 작가 신소봄입니다, 따위는 그냥 신착 이메일 리스트에 영원한 미확

인 상태로 남을 것이다. 열까 말까 고민조차 않겠지. 금요
일 밤, 소봄은 알파고에게 이메일을 쓰기 위해 책상 앞에
앉았지만 끝내 보내지는 못하고 다시 임시저장함에 보관
했다. 거기에는 지난 일주일간 써놓은 '제목 없음'의 이메
일들이 쌓여 있었다. 대문 여닫는 소리가 나고 동생이 외
출에서 돌아왔다. 그리고 소봄의 방으로 들어와 소주병을
책상에 놓고 돌아섰다.

"어, 이거 내가 말한 거 아닌데."

나가려던 동생이 당황한 표정으로 그 자리에 섰다.

"소주 사 오라고 하지 않았어?"

"맞는데, 내가 말한 건 두꺼비 그려진 거, 최근에 리뉴
얼된 거."

"그게 그거잖아."

동생이 퉁명스럽게 말하자 소봄은 짜증이 확 치밀어
올랐다.

"그게 그거 아니다."

"달라?"

"다르지, 맛도 도수도."

"술 도수가 문제면 여러번 마시면 되잖아."

"하!"

소봄이 기가 차다는 듯 실소했다.

"야, 알았다."

"뭘 알았어?"

"인생에 대한 네 성의가 그 정도인 거 알겠다고."

그러자 동생은 거기서 인생이 왜 나와, 미친 거 아냐? 하더니 나가버렸다. 소봄이 저 새끼가, 하며 거실로 쫓아 나갔지만 엄마 다리에 걸려 휘청거렸다.

"뭣 때문에 또 싸움이 났어? 소봄이 너 요즘 왜 이렇게 짜증을 많이 내니?"

"엄만 왜 나한테만 그래? 쟤 저대로 두면 안 돼, 저렇게 지 잘난 맛에 살다가는 그냥 한남 되는 거야."

그러자 동생이 방 안에서 자기가 뭘 잘못했느냐며 이제야 말인데 술 좀 작작 마시라고 남은 말을 해댔다. 아빠가 무슨 병이었는지를 잊지 말라는 얘기였다. 그러자 엄마가 "이것들이 버릇없게 지들 싸움에, 돌아가신 아빠를 들먹여, 들먹이길" 하면서 대화를 중단시켰다.

"엄마는 아빠가 술 때문에 죽었다고 생각 안 해."

엄마는 그렇게 단호히 말하고는, 눈으로만 보고 있던 텔레비전을 끄고 잘 준비를 했다. 소봄은 그러면 엄마 생각은 뭔가, 아빠가 어떻게 돌아갔다고 생각하는가 뒷말을 기다렸지만 말은 이어지지 않았다.

"그러면 뭐라고 생각하는데?"

소봄이 기다리다 묻는데 방문이 열리고 동생이 나와 식탁으로 갔다. 그 잠깐 사이에도 소봄과 동생은 무섭게 서로를 노려보다가 고개를 홱 돌렸다. 동생은 물을 마시고도 엄마 답이 궁금한지 들어가지 않고 미적댔다.

"아빠는,"

"그래, 아빠, 왜 죽었는데, 왜 없는데?"

그렇게 묻는 순간 소봄은 아픔이 너울처럼 일렁이는 것을 느꼈다. 왜 죽었냐고 할 때보다 왜 없냐고 할 때 막막함이 더했다. 하지만 엄마는 마치 놀리듯 아빠는, 하고 한번 더 중얼거리더니 "니들은 몰라" 하고 말을 맺었다.

"니들처럼 창창한 애들이 지금 그걸 어떻게 알겠니. 말해도 몰라. 신한가을 너는, 물 다 먹었으면 생수병 꼭 닫아놔라."

다시 방으로 돌아온 소봄은 선풍기를 끄고 창을 열었다. 소봄네 집에는 거실에만 에어컨이 설치되어 있었다. 언덕에 자리해 여름에도 맞바람이 쳤기 때문이었다. 그 바람은 저 아래 역을 드나드는 전철들의 소음과 함께 몰려와 더위가 차오르는 소봄의 방을 식혀주곤 했다. 소봄은 십대 때부터 이 집에 살았고 늘 이 방이 소봄의 방이었으며 창가에는 언제나 달력이 걸려 있었다. 거기에 새 달력을 달아주는 건 아빠의 연례행사였다.

소봄은 내키지 않았지만 동생이 사 온 소주를 마시기 시작했다. 그리고 지민이 보내온 여러 버전의 구성안을 다시 읽었다. 거기에는 마치 이 모든 현실의 한계 따위는 지운 듯한 다분히 지민 자신을 위한 꿈의 구성안도 있었다.

　어려서부터 수재 소리를 들으며 초중고를 모범적으로 마치고 우수한 성적으로 대학을 졸업한 뒤 사회로 진출해 대기업 사원으로 고액의 연봉을 받으며 승승장구하던 데이터 기획자 우현우, 맛집 알파고가 자신이 과거의 여자 친구에게 했던 일방적 이별 통보(바람)가 마음에 걸려 자책하고 방황하면서 회사생활이 어려울 정도의 공황장애가 발생해 모든 것을 작파하고 부산으로 낙향해 조용히 살아가던 중 식도락에 빠져 맛집들을 전전하며 자신의 가산이 탕진되는 것도 알지 못하고 방탕하게 살던 중 본인의 비상한 기억력을 활용해 SNS 사용자들의 맛집 사진에 답변을 해주면서 인기를 얻었으며, 이 과정에서 머신러닝으로 무섭게 학습해나가는 인공지능의 미래에 인간은 무엇으로 인간이 되는가에 대한 존재론적 질문을 거듭한 끝에 점차 자신의 과거를 참회하고 반성하며 상처를 준 이에게는 무릎을 꿇는 간곡한 사과를 표해야 함을 깨달았기에 이지민 피디가 제안한 「능력자」 출연을 결심하게 되었으며 그 출연물의 방영도 겸허히 받아들인다는 다소 허무맹랑한 내용이었다.

그래도 소봄은 바로 이 편집안에 어떤 진실이 있다고 생각했다. 냉소와 적의의 톤 사이로 언뜻언뜻 비치는 진짜 마음 같은 것이. 소봄은 안주도 없이 소주를 마시다가 책상 어딘가에 굴러다니는 캐러멜을 조금씩 뜯어서 입안에서 녹였다. 그리고 생각난 김에 어려서부터 좋아했던 크리스마스 영화들을 스킵해가며 보기 시작했다. 「나 홀로 집에」와 「스크루지」를 거쳐 「사랑의 블랙홀」까지, 위기에서 벗어나 눈 덮인 아름다운 홀리데이를 맞는 엔딩 장면들을 돌려보았다. 그렇듯 해사하게 웃는 주인공들의 표정은 소봄에게 어떤 용기를 불어넣었고, 두병을 다 비운 소주 역시 동생 말처럼 평소와 다를 바 없는 취기를 선사했으므로 소봄은 지민의 구성안을 첨부해 이메일을 보내버렸다. 메일 자체에는 아무 내용도 쓰지 않았다. 쓸 필요가 없었다. 바로 그런 지민의 마음이 용건이었으니까. 그래도 맛집 알파고의 클릭을 유도하기는 해야 하니까 제목은 붙여야 했고, 소봄은 아까 자신을 감질나게 했던 엄마의 뉘앙스를 떠올리고는 "오늘 밤 이지민 피디님은……"이라고만 적었다.

19_맛집 알파고 편

#작가 직접 Q&A

TIME   VIDEO   AUDIO

50326 **#맛집 알파고** BS SOV **#카페 사장** 친구라서가 아니라 우리 우가 이렇게 유명하게 돼가꼬,

50330 **#작가** 맛집 알파고로 열렬한 관심 받고 계신데요, 예상하셨나요?

50702 **#맛집 알파고** (두 손 깍지) 전혀요.

50710 **#작가** 팔로워 이십만이면 인플루언서잖아요, 예상하셨어요?

51008 **#맛집 알파고** 제가 인플루언서…… 제가 무슨 영향을 주고 있을까요?

51015 **#작가** 아이고 리트윗이며 댓글이며 언급 정도며,

51402 **#맛집 알파고** 그런 데이터는, 그런 건 작가님이 도출한 인사이트이지 제 판단은 아니에요.

51413 **#작가** 제 인사이트라고요?

51802 **#맛집 알파고** 데이터에서 도출하는 결과가 인사이트잖아요. 쉽게 말해 상대의 마음을 보는 거요. 저는 작가님 말씀처럼 관심이나 영향이나 뭐 그런 걸 보고 있지 않아요.

51825 **#작가** 그러시구나…… 그러면 출연자님은 어떤 인사이트를 보고 계신데요?

SOV **#피디** 재형, 너 왜 자리 비워? SOV **#촬영감독** 속이 안 좋아 그러잖아, 이거 화면 옮길 거 뭐 있다고.

52230 **#맛집 알파고** CU 작가님 그런데 지금 촬영이 잘되고 있는 게 맞나요? 제가 지금 폐를 끼치지 않고 있는 게 맞아요?

52514 **#작가** 네, 답변이 좀 길면 좋겠지만. 근데 왜요? 왜 그런 말씀 하세요?

52623 **#맛집 알파고** (바다 쪽을 보고 측면 PR) 그렇다면 다행이고요.

52635 **#작가** 뭐가요?

51906 **#맛집 알파고** 이 모든 일이요.

영영 함흥차사이리라 생각했던 맛집 알파고는 며칠 지나 답신을 보내왔다. 추가 촬영이나 얼굴을 직접 노출하는 건 어렵지만 그때 찍은 영상을 편집해 방송하는 데는 동의하겠다는 말이었다. 소봄이 그다음 날 숙취 속에 깨어나 자신이 저지른 문서 유출에 대해 깨닫고 자책한 것과 달리 알파고의 답은 간결하고 건조했다. 예능국에는 활기가 돌았다. 외부인사들을 만날 때 은근히, 우리 연말에 알파고 틀잖아, 하는 자랑이 나올 만큼. 소봄은 자신이 어떻게 맛집 알파고의 응답을 이끌어냈는지는 말하지 않고 조용히 입봉을 준비했다. 예비된 성과가 있다는 것은 따뜻한 차 한잔처럼 노상 몸과 마음을 뭉근하게 만드는 일이었다. 여름이 끝날 때까지 소봄은 동생과 싸우지 않았고 혼자만의 술자리도 주종을 바꿔 맥주 정도로 가볍게 끝냈다. 뭔가 삶 자체가 가벼워지는 느낌이었다. 적당히 예열된 차를 부드럽게 액셀을 밟아 몰듯 자기 삶을 운전해 나갈 수 있으리라는 자신이 생겼다.

소봄과 지민은 암묵적으로 그 부분, 맛집 알파고의 능력이 그 정도가 아닐 수 있다는 가능성에 대해서는 얘기하지 않았다. 사람들이 인정하고 보고 싶어하는 편으로, 맛집 알파고가 이미 가지고 있으리라 기대되는 능력에만 집중하기로 하고 지민 스스로 그쪽으로 편집 방향을 잡았다.

그렇게 재택과 출근을 퐁당퐁당 반복하며 지내던 10월의 어느 날, 장밋빛 미래를 꿈꾸는 모든 이들의 낯짝을 휘갈기는 사건이 일어나고야 말았다. 또다른 맛집 알파고가 나타나 활동하기 시작한 것이었다. 그는 유튜브 채널을 이용해 얼굴까지 드러냈고 라이브 방송을 하며 시청자가 사진을 보내면 그 자리에서 맛집을 맞혔다. 이를테면 알파고보다 더 진화한 형태였다.

예능국에는 일대 논전이 벌어졌다. 지금이라도 방송을 하자는 파와 유튜브에만 접속하면 매일매일 맛집 알파고 2세대가 나와서 도다리쑥국이며 광장시장 떡볶이며 라이브로 답변하고 앉았는데 방송을 해서 뭐 하냐는 파가 생겨났다. 정말 그런 관점에서 보면 소봄네 팀이 편집해놓은 「능력자」는 상당히 아날로그적이었다. 정답을 맞히기 위해 적지 않은 시간을 골몰하는, 아무리 편집해도 몇분의 대기 시간이 필요할 수밖에 없는 알파고, 얼굴의 직접 노출은 동의하지 않아 원거리에서 찍은 숏 위주로 조심스럽게 담아낼 수밖에 없는 알파고, 어떻게 봐도 저 명명백백하게 얼굴을 드러내 실시간으로 대중과 소통하는 알파고 2세대의 개방감과는 비교될 수밖에 없는 샤이하고 폐쇄적인 알파고, 능력을 쥐어짜서 간신히 성취를 만들어내는 인간적이고 인간적인 알파고. 방송국에서는 시들해졌고 국장과 상사들은 금세 다른 아이템으로 관심이 옮겨갔다.

하루가 멀다 하고 머리를 맞대던 소봄과 지민은 이제 필요한 때에만 메시지로 대화했다. 이따금 퇴폐의 느릅나무 골목에서 마주치면 확진자 수 얘기만 하며 침체의 기분을 넘겼다. 소봄은 자기가 이 방송을 성사시키기 위해 지민에게 내밀한 잔여물로 남아 있는 어떤 감정을 옛 애인 맛집 알파고에게 까발렸다는 죄책감까지 들어 더 괴로웠다. 하지만 이제 와 그 사실을 고백할 용기도 없어서 소봄은 어느 날, 술도 먹지 않고 지민 앞에서 조용히 눈물을 흘렸다. 금세 닦으려고 했지만 이미 지민은 눈치챈 후였다.

"낙엽이 예쁘다, 소봄씨."

지민은 바닥에서 붉은 단풍잎을 들어 소봄의 앞주머니에 꽂아주었다.

"실망은 하지 마. 내년이면 자연스레 입봉이 될 테니까. 내년이면 다 괜찮을 거야."

하지만 그렇게 방송이 무산되는 듯했던 시간은 차라리 애잔한 실패감으로 넘을 수 있는 완만한 경사였다. 기억력이 아니라 코딩 프로그램을 써서 맞혀왔다는 사실이 스태프들을 통해 폭로되면서 맛집 알파고 2세대가 나락의 길을 걷게 된 것이었다. 그리고 그 타이밍에 국장이 지민을 불러 교양국으로 발령 내주겠다고 제안했다. 지민이 평소 다큐멘터리를 찍고 싶어했다는 건 소봄도 알고 있었다. 몇차례 부서 이동을 지원했다는 사실도. 그런데 옮겨가서 만들어야 하는 프로그램이 또다시 맛집 알파고였다. 일종의 고발 프로그램으로 만들라는 거였다. 소봄은 방송국에서는 어떻든 한번 문 아이템은 절대 놓지 않는구나 실감했다. 그리고 어떤 낭만적인 취기 속에 자신이 저지른 일이 이런 파국으로 향해 가는 상황이 괴로웠다.

"방송에 한번 나오시라고 부탁할까요?"

소봄은 뭔가를 간절하게 붙들고 싶은 마음으로 지민에게 물었다. 그렇게 맛집 알파고가 등장하면 모든 것이 해명될 듯했다. 혹시 맛집 알파고는 알파고 2세대보다는 더 윤리적이고 소봄의 의심보다는 더 능력자일 수도 있지 않은가.

"아니,"

지민은 쓸쓸하게 웃었다.

"소봄씨, 이렇게 방송이 엎어지는 일은 겨울날 입김처럼 이 바닥에서는 흔해. 흔하니까 그만큼 빨리 잊히기도 하고. 그러니까 우리, 이번 실패는 실패대로 흘러가게 두자. 지금 회사 지시는 말이 안 돼. 나는 그렇게 하지는 않을 거야."

연회석 완비

며칠 뒤 소봄은 퇴근 시간 너머까지 방송국에 남아 있다가 국장을 맞닥뜨렸다. 국장은 파티션 안으로 고개를 내밀고는 혹시 저녁은 먹었는지 물었다. 자기는 지금 신재형과 은하 작가와 술 한잔하려는데 같이 가겠느냐고. 소봄은 한동안 보지 못한 은하 작가가 있다는 말에 따라나섰다. 국장은 근처 한정식집으로 재형과 소봄을 데리고 갔다. 한정식집 맞은편은 '연회석 완비'라고 크게 쓰여 있는 횟집이었는데, 테이블이 모두 치워진 게 폐업 상태인 것 같았다. 방으로 안내되어 미닫이문을 열자 먼저 온 은하 작가가 앉아 있었다. 소봄을 보고는 두꺼운 안경 너머로 눈을 반짝이며 반가워했다. 소갈비가 구워지는 가운데 서빙을 직접 맡은 사장이 국장 앞에만 성게미역국을 놓고 갔다.

"오늘이 내 생일이거든."

국장은 만원을 추가하면 이렇게 생일상을 받을 수 있다고 겸연쩍어하며 말했다. 소봄은 반찬으로 나온 문어를 집어 먹다가 깜짝 놀랐다. 은하 작가도, 재형도 몰랐던 일 같았다.

"뭐야, 국장님, 심하다, 미리 얘기하시지."

은하 작가가 재형에게 나가서 케이크라도 사 오라고
했다. 재형이 일어나려고 하자 국장이 아니야, 아니야, 하
면서 붙들어 앉혔다.

"촛불, 나, 그거 별로야. 불이 탁 꺼질 때 기분이 이상해,
안 좋아."

"아니, 뭐가 별로야, 그렇게 반짝 좋은 기분 내면서 사
는 거지. 국장님 너무 자기절제 심해, 너무 교과서야."

일할 때 대체로 건조하고 직설적으로 말해서 대하기
어려웠던 은하 작가가 오늘은 나긋나긋하다고 소봄은 생
각했다. 그러면 그동안 자신에게 그렇게 했던 건 뭔가 마
음에 들지 않아서였을까.

"안 되겠다, 우리 노래라도 부르자. 생일 축하 노래라도
하자."

은하 작가의 느닷없는 제안에 소봄이 노래, 노래를요?
하고 되물었다.

"그래 소봄씨, 노래하자. 국장님 외롭지 않게 우리가 생
파 노래하자."

그렇게 말해놓고 정작 은하 작가는 노래하지 않고 와
인 잔만 들며 웃었고 소봄과 재형이 노래를 불렀다. 그 와
중에도 소봄은 사랑하는,이라고 하기가 싫어서 그 부분만
은 웅얼웅얼 넘겼다.

"국장님, 생일 축하드립니다."

"그래, 재형씨, 고마워."

"행복하십시오."

"재형씨도 행복하게. 소봄씨도, 은하 작가도."

그러고 나서 국장은 화답하듯 국그릇을 들어 성게미역국을 호로록 마셨다. 화제는 은하 작가의 건강 얘기로 넘어갔다. 갑상샘에 문제가 생겼던 그는 간단한 수술을 받았고 여행도 다니면서 몸이 꽤 회복되었다고 했다. 주로 남미를 여행했는데 고산지대에서 보름을 머무르기도 했다고.

"멋지다, 멋져. 방송하는 사람은 말이야. 바로 은하 작가처럼 넓은 세상을 체험해야지. 망망대해를 헤밍웨이처럼 일엽편주로 나가서 청새치도 낚고 고등어도 낚고. 이 작업 해보고 저 작업 해보고. 그래서 은하 작가가 훌륭한 작가이고 그래서 내가 좋아하는 작가인 거지."

"그런데 국장님, 저 이제 몸 좀 챙겨야 해요. 나 몸 사릴 거야."

은하 작가는 촛불 모양의 샹들리에를 올려다보며 누구를 살짝 원망하듯 말했다. 그리고 어김없이 맛집 알파고 얘기가 나왔다. 재형은 정작 편집이 진행될 때는 전혀 의견이 없었으면서 이 자리에서만큼은 마치 전문가처럼 굴었다. 회사의 방향이 정말 옳고, 맛집 알파고처럼 대중을 기만하는 인간들에게는 경고장을 날려야 한다고 목소리를 높였다.

"방송은 예능으로 해도 삶은 예능으로 살면 안 되는 거 아닙니까? 아류까지 뽀록난 마당에 알파고 방송도 이제 고발로 가야죠."

소봄은 그때까지만 해도 어떻게든 참았는데 그 대목에서는 견딜 수 없어서 "재형 선배 그건 피디님이 알아서 하시겠죠"라고 한마디 했다.

"알아서 하긴 뭘 알아서 해? 그랬으면 일을 이렇게 만들지도 않지."

그때 휴대전화가 울렸고 재형이 "죄송합니다" 하면서 허리를 굽실거리며 밖으로 나가더니 "당근이시죠?" 하고 전화를 받았다. 숯불 화로를 앞에 두고 잠시 어색한 시간이 흘러갔다. 이윽고 국장이 앞뒤 없이 "소봄씨는 구성작가에는 관심이 있을까?" 하고 물었다. 구성작가라면 주로 다큐물을 쓰는 사람이었다. 그 순간 소봄은 자신에게 어떤 제안이 주어지고 있음을 알아차렸다.

"국문과 졸업이니 그쪽이 더 맞을 수도 있지 뭐. 다큐는 글재주가 있어야 하니까."

옆에서 은하 작가가 도왔다.

"에…… 네."

"그럼 예고 한번 써보지 뭐, 나랑 교양국 가서. 나 이제
일 시작하니까."

"예고를요?"

예고를 쓴다는 건 방송작가들 사이에서는 입봉의 시그
널이었다. 그렇게 서브작가가 되면 자료 정리가 아니라
작가라는 타이틀로 프로그램 자막에 등장하고 정식 커리
어가 출발하는 것이다.

"어떤 프로그램인지 제가 알 수 있을까요?"

"그거야 신소봄 씨가 이미 알고 있지."

국장이 마치 곧 무슨 선물이라도 펼쳐 보일 듯 호기롭
게 받았다.

"맛집 알파고지."

"그러면 이 피디님이랑요?"

소봄이 묻자 은하 작가가 끼어들어 "소봄씨, 그런 건 방
송국 내부 사정인데 왜 알려고 해" 한마디 했다.

"괜찮아. 아직 뭐가 뭔지 몰라서 그렇지 뭐." 국장이 시
퉁하게 말했다.

"맞아요, 아직 알 때는 아니죠, 모를 때지."

"알 수가 없지."

"맞아요, 알 수가 없죠."

"괜찮아, 젊어서 모르는 건 축복이지."

그 둘이 합을 맞춰 반복하는 모른다는 말은 소봄의 기분을 상하게 했다. 하지만 치밀어오르는 반감을 눌러야 한다는 점 또한 확실했다. 소봄은 와인 잔을 꽉 채워 들이켰고, 뻣뻣하게 굳은 양볼을 억지로 움직여가며 "제가 죄송합니다. 모르는 게 너무 많아서" 하고 왜 하는지 모를 사과를 했다. 그리고 화제는 또 넘어가 둘은 자신들이 가본 남미라는 세상에 대해 열을 올리기 시작했다. 하나가 올드카가 질주하는 아바나 거리에 대해 말하면 하나가 카리브해 미녀들에 대해 탄식하고, 하나가 부에나 비스타 소셜클럽에 열광하면 하나가 살사 동작을 해 보이며 어깨춤을 추는 식이었다. 그때 문이 덜컥 열렸고 이번에는 젊은 여자가 쟁반을 들고 들어왔다.

"양미리 튀김입니다."

접시가 놓이자 국장이 그라시아스, 라고 스페인어로 인사했다. 국장으로서는 쿠바 얘기를 하던 여흥에 취해 그랬을 텐데 여자애가 데 나다, 하고 받았다. 그러자 국장이 오호, 하는 표정으로 눈을 크게 떴다. 올라, 국장이 다시 인사했고 여자애는 부에나스 노체스 하고 답했다.

"엔깐따도."

"엔깐따다."

"메 야모 남상신"

"쏘이 윤희."

스페인어를 잘 모르는 소봄이 듣기에도 여자애의 발음이 훨씬 더 능숙하게 들렸다. 더이상의 일상회화가 안 되는지 국장은 갑자기 꼬모 우나 쁘로메사 에레스 뚜, 에레스 뚜, 하고 오래된 라틴 가요를 불렀다. 크게 히트했던 유행가라 소봄도 알 만한 선율이었다. 그러자 여자애도 꼬모 우나 손리사, 에레스 뚜, 에레스 뚜, 하고 노래를 이었고, 빈 그릇을 정리하더니 유유히 방을 빠져나갔다. 은하 작가가 둘 다 뭐야, 배틀이야? 하면서 깔깔 웃었다. 그리고 화장실에 가려는지 자리를 비웠다.

"소봄씨 와인 더 할 생각 있나? 와인이 입에 맞나? 평소에 와인 좋아해?"

뭔가 대화를 해야겠다 싶은지 국장이 물었다.

"네, 좋아합니다. 국장님은요?"

"나? 나 와인 좋아하지, 격주로 배달해주는 와인 구독도 하는걸."

"아, 그러시구나. 그러면 이 와인은 입에 맞으세요?"

"이거?"

국장이 아까 주문한 십삼만원짜리 와인을 들고 안경을 벗어 라벨을 살폈다. 소봄은 그사이 그걸 세병이나 마셨으니까 자기 월급의 반인 셈이라고 계산했다.

"응, 괜찮았어."

"아, 괜찮은 정도예요?"

"어?"

"아니요, 괜찮은 정도구나."

소봄이 해죽 웃자 국장은 뭔가 이상하다는 느낌을 받은 것 같았다. 취중임에도 뭔가 생각하는 듯했다. 지금 자기가 연이은 모욕을 당한 셈인가 하고.

"뭐가 잘못됐나?"

"아니요."

"소봄씨 뭔가 내게 할 말이 있는 것 같은데."

"그런 거 아닌데요."

"그럼, 내가 좀 취한 모양이군."

그렇게 대화는 끝나고 둘은 누군가가 돌아와 이 술자리가 끝나기를 기다렸다. 하지만 은하 작가는 오지 않았고 그러고 보니 초저녁에 나간 재형도 대체 뭘 하는지 돌아오지 않았다. 국장이 휴대전화를 꺼내 보고는 "신 감독 전화했었네" 하고 말했다. 그리고 통화가 되지 않자 재형이 남긴 문자메시지를 큰 소리로 읽어주었다. "국장님, 금전적으로 손해일 급한 일이 생겨 자리를 뜹니다. 내일 김두레순대국집에서 뵙겠습니다." 재형은 소봄에게도 문자메시지를 남겨놓았는데 "가방 좀" 세 글자였다.

식당에서 나왔을 때는 아홉시가 넘어 있었다. 은하 작가는 어제부터 방송국 근처 작업실에 짐을 풀었다고 했다. 국장과 은하 작가는 방송국으로, 소봄은 지하철역으로 가려는데, 헤어지기 전 은하 작가가 소봄에게 가까이 다가와서 "그럼, 그렇게 알고 있을게" 하고 다정하게 말했다. 소봄은 그렇게 말하는 은하 작가에게서 나오는 너풀거리는 입김을, 갑자기 찾아온 초겨울 추위로 희미하게 나타났다가 사라져버리는 그 입김 같은 말을 듣고, 아니 보고 있었다.

곧 둘은 방송국으로 걸어가기 시작했다. 하지만 한동안 소봄은 자리를 뜨지 못했다. 뭔가에 발끈하듯 차가운 공기 중을 응시한 채 서 있었지만 끝내 은하 작가를 불러세워 아니라고는 하지 못했다. 재형의 것까지 두개의 가방을 어깨에 메고 지하철역으로 향하다 그래도 그건 정정해야 하지 않나 싶어 은하 작가에게 메시지를 보낼까 보낼까 하다가 소봄은 보내지 못했다. 자꾸 멈췄지만 자꾸 보내지 못했다. 그렇게 걷는 소봄의 머리 위로 가로수들이 이따금 축복하듯 낙엽을 떨어뜨렸다. 낙엽이 자꾸 사락사락 기척을 내서 도무지 생각이라는 걸 할 수가 없다고 소봄은 또 생각했다.

가방이 너무 무거워 횡단보도의 차량 진입 방지석 위에 걸터앉은 소봄은 고개를 들어 나무들을 올려다보았다. 12월인데도 햇볕이 드는 정도에 따라 어느 것은 아주 붉고 어느 것은 여름과 아직 이별하지 않은 듯 여전한 푸른 잎이었다. 마치 시간이 어떤 것에는 지나가고 어떤 것에는 가지 않고 머문 것처럼. 얼마나 멀까, 소봄은 생각했다. 지난겨울 지민과 함께 첫눈을 맞았던 그 골목의 밤과 이 겨울의 밤은. 외롭고 슬프고 쓸쓸하고 울고 싶고 달라진 게 없네. 하지만 그건 기만이라고 소봄은 곧 정정했다. 세상은 너무 달라졌고 그래서 사람들은 이 시절을 팬데믹이라고 부르니까. 돌이 너무 차가워 소봄은 얼어붙을 것 같다고 생각했다. 그리고 불현듯 휴대전화를 꺼냈지만 정작 연락한 사람은 은하 작가가 아니라 지민이었다.

저는 영 나쁜 인간이에요.

메시지를 보내고 기다리는 동안 소봄의 눈에는 눈물이 차올랐다. 소봄은 닮았구나, 하고 생각했다. 취한 채로 돌아온 아빠가 현관 계단을 다 올라오지도 못하고 주저앉아 엉엉 울곤 했다는 건, 그 편으로 난 방을 가진 소봄만 알고 있던 사실이었다. 그 여덟개의 계단을 오르지 못해 우는 사람이 있다는 것, 안타깝게도 술꾼들은 그런 사람들이라는 것. 이윽고 지민에게서는 한잔하셨네, 하는 답이 돌아왔다. 소봄씨가 왜 나빠, 그런 건 아닐 거야, 하는.

아니에요, 피디님이 어떻게 알아요? 뭘 알아요?

또 시작이네, 알아.

아니, 몰라요.

어허, 어디야?

정작 지민이 그렇게 묻자 소봄은 더이상 대답을 하지 않고 눈물을 닦고 일어섰다. 올해 크리스마스에도 눈이 올까 하는 생각을 했다. 마치 누군가의 머리 위로 죄 사함을 선언하듯 공중에서 끝도 없이 내려오는 그 눈송이들이. 그것은 비와 다르게 소리가 없고 쌓인다는 점에서 분명한 아우라가 있었다. 그렇게 걷는 동안 소봄의 주머니에서 휴대전화가 반짝이며 지민의 말이 계속되었다. 소봄은 그것을 확인하지 않았지만 이제는 혼자만의 힘으로 그날의 밤으로 걸어 들어가고 있었다. 누군가를 잃어본 사람이 잃은 사람에게 전해주던 그 기적 같은 입김들이 세상을 덮던 밤의 첫눈 속으로.

3

하늘
높은 데서는

당신 개 좀
안아봐도 될까요

없는 존재

설기를 잃고 세미는 한동안 경의선숲길에 앉아 있곤
했다. 그 길은 연트럴파크라는, 아무리 생각해도 지나치
게 아름다운 이름을 가진 연남동 공원에서 시작해 홍대와
신촌을 거쳐 용산까지 이어져 있었다. 백여년 전 서울에
서 북한의 신의주까지 연결되던 철로는 흔적만 남고, 밤
이면 헤어밴드를 하고 땀에 젖어 뛰는 러너들과 부모에게
이끌려 하는 수 없이 운동을 나온 사춘기 아이들 그리고
개를 데리고 온 반려인들로 가득 찼다.

벤치에 앉아 있으면 그들이 세미의 곁을 스치며 지나
갔고 세미는 그렇게 바라만 봐도 설기 그리고 설기와 같
은 종인 그들, 개들의 모든 것을 느낄 수 있었다. 휴대전
화 사진이나 영상을 볼 때보다 그 순간 설기에 대한 실감

은 뚜렷해졌다. 세미는 처음으로 '종족'이라는 것에 대해 생각했다. 정작 본인은 날마다 인류애를 잃어 이제 어떤 기적이 일어나도 되살릴 수 없을 듯한 소속감이라는 감정의 실체를. 둥근 머리와 복슬복슬한 털과 납작한 코를 가진 그 부류들 속에 때로 설기는 아직 살아 있는 듯 느껴졌다.

하지만 여름이 다가오면서 세미에게는 파라솔 아래 그늘처럼 서늘한 비관이 펼쳐졌다. 산책길에서 개들을 보는 것으로 설기를 잃은 슬픔이 옅어지리라고 믿다니. 그런 순진함은 아둔함에 가깝지 않은가, 스스로 생각했다. 세미는 햇볕 아래 푸성귀처럼 완전히 기력을 잃었다. 먹고 살기 위해 회사에는 나갔지만 누구와도 설기의 일을 두고 대화하지 않았다.

"너무 심각해. 이러다 큰일 나, 정말."

일요일 오후, 세미의 동네 친구 양요가 집으로 찾아왔다. 휴대전화를 꺼두고 있었지만 주차된 세미 차를 보고 다짜고짜 들이닥친 것이었다.

"기동아, 세미랑 외출 좀 해. 저러다 우울증 걸리겠어."

아이돌 연습생 시절부터 양요라는 이름을 써왔지만 세미의 엄마는 언제나 기동이라는 본명을 불렀다.

"어머니, 어머니는 괜찮으세요? 저 중학생 때부터 있었

던 설기 아니에요. 내가 얘기하니까 아직 살아 있었냐고
묻는 애도 있어, 웬일이야. 장수 견."

그렇게 누가 마음을 짚어주자 세미 엄마는 목이 메는
지 잠깐 말을 물었다가 사과를 마저 씻으며 담담하게 대
답했다.

"슬프지, 눈물 나지. 오래 살았다고 안 슬픈 건 아니니
까. 호상(好喪)이라는 게 어디 있나, 내가 그런 생각까지
했다니까."

"어마, 개가 한마리 더 있었어요? 이름이 호상이라는
개요?"

지금은 음주 사고를 쳐서 아예 방송에 나가지도 못하
지만 그나마 TV에 얼굴이 자주 나올 때 양요는 대체로 이
런 식의 말실수로 사람들을 웃겼다. 무식하니 어쩌니 말
이 많았지만 동네 친구들은 다 알고 있었다. 공부할 기회
가 없어서 양요의 언어 구사 능력이 떨어졌을지는 몰라도
꽤 명석한 아이라는 걸.

"이건 일종의 산재 아니냐?"

친구 중 한명은 자꾸 놀림받는 양요를 안쓰러워하며
말하곤 했다. 엔터테인먼트 대기업이 자기 노동자를 학교
도 안 보내고 출퇴근도 없는 연장근무 시키다가 저렇게
된 거 아니냐고. 수업을 못 들어와 아는 것도 없이 중간,

기말시험 보고 성적표 받을 때 이번엔 내 뒤에 한명 있네, 이러며 까불었지만 양요가 아무렇지 않았던 게 아니라고. 자기 이러다 이도 저도 안되면 어쩌느냐고 불안해했다고. 세미도 비슷한 얘기를 양요에게 들은 기억이 있었다. 아이돌도 사람도 못 되면 어쩌나 같이 걱정하다가 그러면 짐승돌이 되면 되지 않을까, 하는 시답지 않은 농담을 양요와 했던 것도.

세미는 양요 손에 끌려 나가 공원 길 맥주 가게에 가 앉았다. 여름에는 맥주를 팔지만 봄에는 화분을 팔고 가을에는 과일을 파는 이상한 곳이었는데 겨울에는 대체 뭘 팔았는지 기억이 나지 않았다. 설기가 밖에서 배변을 해서 겨울에도 빠짐없이 지나갔을 텐데도. 설기와 함께했던 겨울 산책길로 생각이 옮겨 가자 몸을 가누지 못하게 된 뒤로도 설기가 일어서서 배변을 하기 위해 애썼던 모습이 떠올랐다. 자기를 일으켜세우라고 설기가 끙끙대고 짖어댈 때 지친 나머지 그냥 누워서 패드에 싸라고 혼내기도 했던 일. 세미는 자신이 슬퍼할 자격도 없다고 생각했다. 용서받을 수 없는 죄를 지은 것이다. 그렇게 사랑한다면서 지키지 못한 죄, 밤잠을 못 자 출근하기 힘들 때면 차라리 얼른 이 고통이 끝났으면 했던 죄. 세미는 모든 상황이 참을 수 없어져 얼굴을 떨어뜨렸다.

"누난 정말 아무래도 정신 개발 좀 해야겠어."

양요가 테이블에 놓인 냅킨을 팍팍 뽑아서 세미 손에
쥐여주었다. 세미는 두 손바닥이 다 젖도록 눈물을 흘리
고 있다가 "정신 개조겠지"라고 겨우 대답했다.

"와중에 꼬투리 잡니? 응? 아주 여유가 있네. 이거 우는
것도 페이크 아냐?"

"내가 니 앞에서 울어서 얻을 게 뭐 있는데?"

"몰라, 내 맘 약하게 해서 나랑 어떻게 해보려는 그런
거일 수도 있잖아."

세미는 코를 풀면서 고개를 들었다. 피곤하다는 생각이
들었다. 너무 오래 서로를 지켜봐서 같은 영화를 계속해
서 돌려 보고 있는 듯한 기시감이 드는 이 관계는 언제 끝
나나. 그러자면 우선 삼십년 된 아파트가 재개발이 되어
야 할 것이다. 양요의 엄마나 세미의 엄마나 그러기 전에
는 절대 이 동네를 떠나지 않을 테니까.

"있잖아,"

"응, 말해. 말을 해야 사람이지. 뭐가 어떻게 힘든지 호
모사피엔스끼리는 말해서 해결하자."

언어적 인간은 호모사피엔스가 아니라 호모로퀜스였
지만 세미는 그냥 넘어갔다.

"작년에 병우가 자기 애인 데려왔을 때 네가 한 말 생

각나? 그 말 때문에 싸해졌잖아."

이해할 수는 없지만 연애를 시작하면 얼마 지나지 않아 꼭 친구들에게 소개해야 하는 부류들이 있다. 그날은 병우가 열살 차이 나는, 아직 대학생인 새로운 여자친구를 또다시 데려왔는데 그 앞에서 양요가 "아직 이목구비도 안 여문 여성분이랑 뭘 어쩌겠다는 거야?" 하는 바람에 분위기가 엉망이 되었다. 양요는 자기가 틀린 말 했냐며 저렇게 어린 애인 찾는 인간들 정신감정 해봐야 한다고 난리 쳤지만 결국은 병우와 그 여자친구에게 사과했다. 아무리 존재감 없는 연예인이라도 연예인은 연예인이었고 더구나 병우 애인은 바이럴 광고도 제안받는 파워트위터리안이었으니까.

"내가 이런 말은 안 하려고 했는데, 어렸을 때 우리 집이랑 너희 집이랑 조인해서 청평호에 간 적이 있대. 내가 애기라고 널 귀여워해서 안고 있는데 내 무릎에 오줌을 쌌다더라. 솔직히 어렴풋이 기억까지 나. 뜨끈했거든. 아무튼 나한테 너는 그래. 눈, 코, 입도 제대로 안 여문 어린애 딱 그 정도라고."

"이 사람, 상처 주네."

양요가 맥주를 한모금 마시며 시무룩한 투로 말했다. 며칠째 자주 내리던 비는 장마로 넘어갈 모양이었다. 후텁지근해서 가만히 앉아 있어도 팔과 다리에 습기가 눅진하게 남았다. 세미의 고민은 더이상 설기가 곁에 없다는 것에도 있었지만 자신이 지금 이 상실 안에 안주하고 싶다는 것에도 있었다. 화가 났다가 고통스러웠다가 그리움이 들었다가 나중에는 그 마음을 놓아버리면서 불행감 자체에 기쁘게 투항하는 듯한 느낌. 그렇게 상처에 갇힌 사람으로는 살고 싶지 않았다.

낮은 먹구름들이 천천히 흐르고 맥주의 김도 다 빠질 무렵 세미는 "느낄 수가 없어. 느낌이 안 와"라고 마음을 표현했다. 그렇듯 절절히 소중한 존재가 있었던 느낌은 사라지고 그냥 자기는 이 도시 어디에서 구겨져버려도 상관없는 인간이 된 듯하다고. 세미의 얘기를 들은 양요는 무릎 위에 양팔을 괴고 뭔가를 생각했다. 정말 생각을 하는지 아니면 그런 척을 열심히 하는지는 헷갈렸다. 이윽고 양요는 공원에 멀뚱히 앉아서 남의 개들을 훔쳐만 보지 말고 직접 만져보고 안아볼 수 있는 기회를 만들어보라고 제안했다.

"그런다고 뭐가 달라져?"

"달라져. 원래 실연했을 때 가장 좋은 게 로맨스 몰아보기라잖아. 긍정 경험 되살리기. 내가 아는 피디도 세계 실연당하고 그런 거 몰아 보다가 정신 차리고 예능 피디

됐다더라고."

"로맨스 장르를 몰아 봤으면 드라마 피디가 되든지 하지 왜 예능 피디가 됐어? 자꾸 보다보니 세상이 다 우스워졌나보지?"

그렇게 비꼬자 양요가 "아, 진짜 좀" 하고 넌더리를 냈다. 세미도 어쩌자고 알지도 못하는 사람에게까지 독설을 하나 싶어 "아니면 비로소 웃을 수 있게 되었거나" 하고 말을 바꿨다. 그리고 애견 카페 같은 데 가서 개를 만져보라는 거면 절대 할 수 없다고 잘랐다.

"설기와 누나처럼 같이 사는 사이를 봐야지. 그래야 사랑이 환생하지."

그날 헤어져 집으로 돌아간 세미는 양요가 내뱉은 사랑의 환생이라는 말에 대해 생각했다. 양요네 그룹이 마지막으로 발표한 「죽어도 사랑」이라는 곡 제목만큼이나 고색창연했지만 그래서 귓가에 뚜렷이 남았다.

밤이 되자 세미는 옷방 한편에 놓아둔 둥근 도자기 유골함 앞에 섰다. 잠이 오지 않을 때면 종종 그렇게 조용히 웅크리고 있는 설기에게 말을 걸고는 했다. 주로 "설기야, 이제 안 아파?" 하는 질문이었다. 가까운 사람이 하늘에 간 경우는 외할머니가 유일해서 "할머니 만났어? 잘해 줘?" 하고 묻기도 했다. 물론 잘해줄 것 같지는 않았다. 외

삼촌과 함께 살던 할머니는 식구들이 반려견만 예뻐한다며 집 앞에 온 개장수에게 개를 팔아버리려 한 적이 있었기 때문이다. 하지만 죽음을 통과한다는 건 전혀 다른 존재가 되는 것이니까 할머니도 달라졌을지 모른다. 그래도 할머니를 너무 믿지는 말라고 세미는 설기에게 진지하게 경고했다. 그냥 인간 같은 건 다 피해 다녀, 내가 하늘로 갈 때까지.

미치광이

그뒤 며칠 동안 세미는 카카오톡 친구 목록을 살펴보았다. 차곡차곡 쌓인 인맥들 중에 개나 고양이 사진을 프로필로 쓰는 이들은 의외로 많았다. 그러다 세미가 마침내 말을 건 사람은 첫 직장에서 같이 일했던 시애씨였다. 세미는 개발팀에서 일했고 시애씨는 디자이너였다. 세미가 그간 만난 이들 중 개성이 가장 강한 사람이니까 갑자기 연락해 당신 개를 만나보고 싶다고 말해도 그다지 이상하게 생각할 것 같지 않았다. 개성이 어느 정도만 있으면 타인에게 인정받으려는 '관종'이 되기 쉬운데 시애씨는 정말 개성이 강했기 때문에 오히려 다른 사람들에게 관심 자체가 없었다. 전체 회식 때면 술자리에 앉아 있는 시간보다 밖으로 나가 담배를 피우면서 자기 생각에 잠겨 있을 때가 많았고 부당하다 싶으면 참지 않아 별명이 '여의도 산미치광이'였다. 하지만 세미는 그런 시애씨가 가장 편했다. 다른 사람들과의 관계에는 늘 어떤 시험과 평가가 있는 듯했지만 시애씨에게는 그런 게 느껴지지 않았으니까.

메시지를 보내고 꼬박 하루가 지나서야 답은 도착했다. 첫마디가 "우리 개가 성질이 나쁜데?"였다. 거절을 완곡하게 표현하는 건가 싶어 세미가 "제가 말이 안 되는 부탁을 드렸죠" 하며 수습하려는데 "어디서 봐요?"라는 메시지가 날아들었다.

그렇게 해서 둘은 옛 직장이 있는 여의도에서 만났다. 5호선에서 내려 샛강공원으로 걸으면서 세미는 하루에도 수십통의 자기소개서를 썼던 취업 준비생 시절을 떠올렸다. 그런 세미의 발치를 설기가 늘 웅크린 채로 지키고 있었던 것을. 세미가 자기 인생을 밀고 나가기 위해 발버둥치는 매 순간 배경처럼 설기가 있었다. 부모도 다른 가족도 아닌 인간사에 대해 자기가 아는 만큼만 알았을 그 네 발의 포유류가. 세미는 잠시 서서 빌딩 유리창에 모습을 비추고 헝클어진 머리칼과 옷매무새를 정돈했다.

공원으로 내려가자마자 작은 폭포 앞에 서 있는 시애

씨가 보였다. 청 반바지를 입고 긴팔의 흰색 바람막이 점퍼를 입고 있었다. 세미가 "과장님" 하고 부르자 뒤돌았는데 어디를 봐도 개는 없었다. 세미가 의아한 표정을 짓자 "이년 전에" 하고 간단히 설명했다. 야생의 습지 환경을 그대로 보존한 공원은 펜스들마저 모두 목재로 되어 있었다. 벌써 시푸른 열매를 맺은 나무들 사이로는 박새가 짖었고 키 높이 자란 노란 여름 꽃 위로 실잠자리가 날았다. 둘은 근황 얘기를 하며 덱 위를 걸었다. 세미가 신문사 아카이빙팀에 파견되어 일하고 있다고 하자 시애씨가 "일은 편해?" 하고 물었다.

"편해요. 그냥 저 혼자 하면 되는 일이라 그게 제일 편해요."

"알고 보면 이 업계 사람들 다 프리랜서야. 오래 있다 보면 자연히 그렇게 돼. 그때 황 과장, 세미씨 나가고 얼마 안 가 다들 우르르 그만둔 얘기 들었어?"

"네."

"나도 반년인가 더 하다 나갔어. 거기가 그냥 그런 회사였던 거지. 허들처럼 다들 통과해버리는 회사. 그렇다고 그 시간이 아무것도 아니라는 것은 아니지만."

"과장님, 호두는 어떤 개였어요?"

"그냥 산미치광이 같은 개."

그 말에 세미가 웃을 수도 울 수도 없어 애매한 표정을 짓자 시애씨가 "웃어도 돼" 하고 말했다. 둘은 함께 낮은 구름다리 하나를 건넜다. 수로에서는 오리가 부리를 담그며 자맥질 중이었다.

　"내가 개도 없으면서 괜히 나온 거 아니지?"

　"아니에요, 과장님."

　시애씨는 봄이면 이 공원에 자원봉사자들이 몰려와서 버드나무를 감은 가시박 줄기를 제거한다고 했다. 그냥 두면 성성하게 자라 버드나무를 뒤덮고 결국에는 말라 죽게 하니까.

　"나는 수술이 잘못돼 갑자기 호두를 잃었어. 간단한 수술이라고 해서 정말 그런 줄 알았지. 얼마나 자책을 많이 했는지 그냥 나라는 인간 자체가 싫은 느낌 있잖아. 배가 고프거나 똥이 싸고 싶거나 하면 어느 순간보다도 나라는 인간이 생생하게 느껴지는데, 나에게 그런 것조차 해주고 싶지 않은 느낌. 내가 나로 살 수 있는 기회를 다 빼앗아버리고 싶은 생각에 시달렸어. 직장도 두번이나 옮겼지. 근데, 세미씨는 너무 오래 자기 자신을 벌주지는 마. 애들이 알면 슬퍼해."

　시애씨는 어떻게 살아야 할지 모르겠으면 그냥 개들이 어떻게 살았는지를 떠올리고 따라 하면 된다고 했다. "설기도 먹는 거 좋아했지?" 하고 말을 꺼내서 둘은 한동안 그들의 식욕에 대해 이야기했다. 시애씨는 호두에게 족발 뼈를 줬다가 응급실에 갔었다고 했다. 처음 맛보는 그 기름지고 육즙 가득한 뼈다귀 맛에 흥분해 한시간 넘게 빨고 핥고 하다가 혀에 경직이 왔었다고. 얘기를 하면서 둘은 한참을 웃었다. 세미는 설기가 과자를 너무 좋아해서 자기가 먹고 있으면 줄 때까지 식탁을 기어오르던 이야기를 했다. 마치 등반하듯이 식탁보에 발톱을 박아 넣으며 매달려 있었다고.

"저보다 더 투지 있는 개였어요."

"개들은 좋은 건 좋고 싫은 건 싫지. 호두도 싫은 사람이 오면 표현하고 좋은 사람이 와도 표현했어. 자기 마음을 숨기지 않았어. 나는 언젠가부터 그냥 호두처럼 살기로 했던 것 같아. 그래도 살다보면 가시박 줄기들이 엉겨서 큰맘 먹고 매번 잘라내야 해. 그래야 산다."

시애씨와 헤어져서 지하철역으로 가는데 어쩌면 시애씨를 떠올린 게 우연이 아닐지도 모른다는 생각이 들었다. 이년을 겨우 채우고 나온 그 회사는 세미에게 꼭 어딘가에 버려둔 다이어리 같은 느낌이었으니까. 상세히 기록된 하루하루의 영욕이 부담되어 버렸지만 정작 그 버렸다는 사실만은 절대 잊히지가 않는. 한동안 갈 일이 있어도

238

여의도는 피할 정도로 상처가 깊었지만 어쨌든 그곳은 세미에게는 중요한 시작점이었다. "아무것도 아니지 않다." 교통카드를 찍고 개찰구를 나서면서 세미는 그렇게 중얼거렸다.

집에 가보니 오빠와 언니네가 와 있었다. 들어오는 세미를 보고는 오빠가 "토요일에도 출근을 했니?" 하며 혀를 끌끌 찼다.

"파견직 뭐가 경력이 된다고 견디고 있어? 우리 부동산 와서 일이나 배우지."

"오빠, 놔둬. 열심히 사는 애한테 왜 그래? 잘 알지도 못하면서."

언니가 오빠를 말리면서 세미에게 얼른 씻고 오라고 했다. 자기가 강남의 유명한 맛집에서 소불고기를 포장해 왔다면서. 세미는 말없이 옷방에 가서 설기에게 인사한 다음 침대로 와서 누웠다. 아직 낮의 열기가 빠져나가지 않은 방은 후텁지근하게 더웠다. 오랜만에 걸었더니 발바닥이 욱신거리며 몸 전체에 피가 돌았다. 이대로 자고 싶었지만 엄마가 "배 안 고파?" 하고 애타게 불러서 세미는 하는 수 없이 거실로 나갔다.

"시터 면접 보다가 우울증 걸릴 것 같아. 누구 하나 깔끔하게 마음에 드는 사람이 없어. 지금이 여덟명쨌데 생선 가시처럼 단점들이 목에 딱 걸린다. 시급이 괜찮으면 국적이 걸리고, 이번에는 인상은 좋았는데 뭐랄까 좀 어수선한 분이셔."

언니네가 온 건 이제 설기도 없으니 아예 자기네 집에 와서 조카를 봐달라는 얘기를 하기 위해서였다. 그동안은 아픈 설기 때문에 집을 비울 수가 없었지만 다행히 이제 그렇지 않으니까. 세미는 형부가 무심코 뱉은 그 다행이라는 말에 숟가락을 꼭 쥐었다.

"이거 한우야?"

세미가 사각 팬을 흘깃 보며 물었다.

"뭐?"

"소고기, 한우냐고?"

"처제, 요즘은 미국산이 한우보다 더 맛있어. 육질도 좋고."

세미는 그런 말도 안 되는 얘기는 처음 들어본다고 생각했다. 세미 엄마는 자꾸 부엌에 가서 뭔가를 가져오며 자리를 피하려는 모습이었다. 설기가 가고 나서 세미 엄마는 이런저런 계획들을 세워놓았다. 아침 수영 배우기, 남해 섬들 돌아보기, 독서 모임 나가기. 그렇게 달라진 일상을 계획하다가도 내가 이래도 되나 싶어 슬픔에 잠긴다는 걸 세미는 알고 있었다.

"엄마는 모셔 갈 생각 하지 마. 이번에 서준이 엄마 공인중개사 시험 붙으면 우리도 애들 볼 사람 필요해."

볼이 미어지도록 고기쌈을 밀어넣으면서 오빠가 말했다.

"무슨 소리야? 집에 있던 새언니가 갑자기 왜 거길 나가?"

"야, 우리는 맞벌이 안 하냐? 너네만 하냐? 요즘 맞벌이 안 해서 생존이 가능하냐? 엄마를 위해서도 젖먹이보다는 초등생이 낫지. 너 이기적으로 굴지 마라, 어? 엄마 생각해."

"새언니랑 엄마랑 아무래도 불편하지. 엄마 위해선 딸이 낫지."

그 순간 세미는 참지 못하고 실소를 터뜨렸다. 무엇보다 엄마를 위한다는 말, 누가 누구를 배려한다는 그런 투가 말이 안 됐다.

"두번 위하다간 아파트 팔아 보태들 달라고 하겠네."

세미가 밥그릇을 박박 긁어 먹으며 한마디 하자 거실이 일순간에 조용해졌다. 형부 품에 안겨 있던 조카만이 뭐라고 뭐라고 옹알이를 하더니 자기 앞에 놓인 숟가락을 홱 하고 집어던졌다.

그 밤 세미가 거실에 에어컨을 켜놓고 누워 있는데 세미 엄마가 옆에 누우며 많이 힘드냐고 물었다.

"뭐가?"

세미는 아직 거실 한편에 남아 있는 설기의 방석을 보며 되물었다. 세미 엄마는 사실 처음 설기를 데려온 건 이혼으로 세미가 받았을 상처가 무서워서였다고 했다. 오빠는 군대에 있고 언니는 대학에 다니고 있었으니까 그래도 걔들은 어른이었으니까 괜찮지만 사춘기인 세미가 어떻게 될까봐 자기는 너무 두려웠다고.

"엄마 걱정이나 하지. 나는 괜찮았어."

"그래, 우리 괜찮았지. 근데 세상에는 가만히 있는 건 없어. 하다못해 구름들도 모양이 얼마나 달라. 설기, 너, 엄마 이렇게 있던 생활도 이제 변할 수 있는 거야. 언니나 오빠나 그만하면 많이들 기다린 거지."

세미는 그 이기적인 인간들에 대해서는 조금도 이해하고 싶지 않았지만 엄마가 하고픈 말에 대해서는 알 수 있었다. 그건 가만히 등을 떠미는 듯한 말이었다. 다음 단계로 넘어가라고.

"세상에 안 변하고 가만있는 것도 있어."

"그런 게 있어?"

세미 쪽으로 돌아누웠는지 엄마 목소리가 더 가까워졌다.

"있어. 뭔지는 말 안 해."

구미베어

자기 개를 보여주는 일에는 모두들 거리낌이 없었다. 세미가 연락하면 혹시 결혼식에 오라는 건가, 뭔가 영업을 하려는 건가 거리를 두다가도 강아지 얘기를 꺼내면 금세 대화 창이 명랑해졌다. 그렇게 해서 세미는 정작 평소에는 연락도 잘 안 했던 친척의 건장한 불도그를 만나고 한때 PT를 받았던 트레이너의 바스러질 듯 가벼운 몰티즈 강아지 '런지'도 만났다. 트레이너는 운동을 안 하니 또 어깨가 굽었다며 다시 운동을 시작하라고 세미에게 권했다. 그러고는 대뜸 "그때 그 직장 사수하고는 이별한 거죠? 이제 다른 회사 다니는 거죠?" 하고 확인했다. 누구를 말하나 싶어 물었더니 "왜 그 별명이 뭐였더라? 구미베어. 그래, 구미베어"라고 기억해냈다. 첫 직장에서 세미의 사수였던 황 과장을 말하는 거였다.

"구미베어를 어떻게 알아요? 제가 그렇게 자주 얘기했어요?"

"말도 마요. 회원님 컨디션은 구미베어가 좌지우지했다니까요. 나 여자라고 안 했으면 썸 타는 줄 알았을 거야."

세미의 손가락을 가볍게 물며 장난치던 런지가 다른 개를 보며 살짝 꼬리를 흔들었다. 돌아오면서 세미는 착잡함을 느꼈다. 환하고 밝은 빛을 따라 걷다가 돌부리를 걷어찬 듯한 느낌, 돌솥비빔밥을 비벼 한입 넣는데 갑자기 어금니 보철이 떨어져버린 듯한 느낌, 기억도 나지 않는 채무 서류를 내밀며 누군가가 빚을 받으러 온 듯한 느낌. 세미는 버스에서 내려 메신저 친구 목록에서 구미베어를 찾아보았다. 번호가 바뀌지 않았는지 아직 목록에 남아 있었고 야영장을 배경으로 찍은 프로필 사진을 사용하고 있었다. 사진을 누르자 곰처럼 큰 체격이 확대되면서 흰색과 갈색이 반반 섞인 강아지 한마리가 발 옆에 서 있는 것이 보였다.

구미베어는 곰처럼 우직하게 하드웨어 쪽에만 있다가 뒤늦게 코딩을 배워 이직한 나이 든 개발자였다. IT업계에서는 그런 경우가 흔했다. 시류에 따라 일자리 수요가 제멋대로 줄었다 늘었다 하니까. 영원히 빛나는 커리어도 시종 안전한 철 밥그릇도 없었다.

회사는 홈페이지와 모바일앱 개발을 대행하는 웹 에이전시였다. 작은 회사였지만 누구나 대기업에서 꽃마차 타고 출발할 수는 없으니까 괜찮다고 생각했다. 경력이야 쌓으면 되니까. 하지만 의욕 있게 출근한 지 한달도 지나지 않아 세미는 자기가 운이 좋지 않은 편이라는 것을 깨달았다. 회사에서 자리 잡기 위해서는 사수의 능력이 무엇보다 중요했는데 구미베어는 그런 점에서 세미에게 낙관적인 미래를 열어줄 것 같지 않았다. 일단 팀 규모에서부터 차이가 났다. 다른 팀들은 못해도 네명은 됐지만 구미베어는 세미만 팀원으로 두고 있었다.

개발 과정에서 가장 어려운 건 수시로 등장하는 오류와 멈춤 사고들이었는데, 구미베어는 늘 말끔하게 해결하지 못해 전전긍긍하다가 옆 팀 리더의 도움으로 겨우 진창에서 탈출하곤 했다. 노력하지 않는 건 아니었다. 누구보다 야근도 오래 했고 회사 사람들과도 잘 지내기 위해 애썼다. 회사 사람 누군가 상을 당하면 그게 고모할머니라도 찾아간다는 말이 있을 정도였다.

"세미씨, 결혼식은 안 가도 상갓집에는 꼭 가. 가야 돼, 그런 자리는."

하지만 조직 속 인간들에게는 그렇게 부족한 능력을 노력으로 상쇄하려는 사람들에게 더 매정하고 냉정해지는 특질이 있었다. 타인의 역량 부족은 결국 자기들 무게가 될 텐데 대놓고 미워도 못하게 감정적 부담까지 지우는 셈이니까. 세미는 구미베어가 이래저래 환영받지 못하는 존재라는 걸 금세 눈치챘다.

많은 일을 겪은 첫 회사에서 구미베어는 세미를 가장 무력하게 만드는 지점이었다. 무능한 상사를 조소하고 싶은 마음과 경력 관리를 제대로 못해 이런 형편없는 연봉을 감수하며 버티는 '고인 물'과 엮이기 싫다는 반감, 그런가 하면 어떻든 같은 팀이니까 잘해서 성과를 내고 싶은 오기와 주요 프로젝트는 자기들끼리 분배하고 아무리 공들여 해봤자 포트폴리오에도 적지 못할 '물경력'이 될 게 뻔한 일들만 세미네 팀으로 넘기는 인간들에 대한 환멸.

구미베어는 반드시 버리고 가야 하는 패잔병처럼, 때로는 부축해서라도 어쨌든 같이 걸음을 옮겨야 하는 전우처럼 느껴졌다. 그렇게 적대와 연대를 오가며 세미는 하얗게 지쳐갔고 그 시절에 대해 복기하는 여름도 무겁게 흘러갔다.

아카이빙 가오픈 기간이라 한동안 세미는 연이어 야근을 했다. 연도별, 사건별, 분야별, 키워드별로 사용자가 검색하면 무려 백년 동안의 자료가 동시에 움직여 원하는 결과를 도출해내야 했다. 버퍼링이 발생하기는 했지만 다행히 발주처 만족도는 높은 편이었다. 데이터에는 사람들이 가장 높은 빈도로 입력한 단어들이 남아 있었는데, 대부분은 죽음과 관련된 것들이었다.

야근 내내 세미는 주로 지하 매점으로 내려가 식사를 해결했다. 입맛도 없고 더위 때문에 어디로 먹으러 나갈 의지도 생겨나지 않았다. 간단한 사무, 생활용품들과 함께 매점에서는 라면과 우동 같은 간단한 요깃거리를 직접 끓여 팔았다. 처음 빌딩이 생긴 시절부터 거의 삼십년 동안 해오던 방식이라고 했다. 몇걸음만 나와 걸어도 분식점이 수두룩한 시내에서 팔릴까 싶었지만 어느덧 세미도 거기를 애용하고 있었다. 어느 날인가 다 늦게 가보니 사장이 강아지 한마리를 데려와 들여다보고 있었다.

"이름이 뭐예요?"

세미가 테이블에 앉아 라면을 주문하면서 물었다.

"아직 내가 이름을 못 지었어. 길러도 될까 싶기도 해서."

"왜요? 완전 귀여운데."

털이 복슬복슬한 강아지는 입 주위만 까맸다.

"너무 어린 강아지라서 나 죽을 때까지 얘가 안 죽으면 어떡해요. 내가 내 나이 계산도 않고 일을 벌였지 뭐야."

사장은 공장을 하는 친구를 만나러 갔다가 주차장에 사는 개가 낳은 새끼를 한마리 얻어 왔다고 했다. 외로워지니 안 하던 짓을 다 한다고, 버너에 불을 켜며 사장이 혀를 찼다.

"사장님, 그런 걱정은 하지 마세요. 얘들이 우리보다 빨리 나이 들어요. 인간한테 한살이 얘들한테는 거의 칠년이래요. 무섭게 빨리 크고 빨리 늙고 아프다가 떠나니까 걱정 마세요."

세미는 자기도 모르게 푸념하듯 말했다가 지난봄인가 매장에 '상중(喪中)'이라는 알림이 붙었던 걸 기억해내고는 입을 다물었다.

정말 집을 내놓을 생각인지 엄마는 고장 난 레인지 후드를 고치는 대신 그냥 창문을 열어 환기하며 지냈다. 오빠는 불쑥불쑥 전화를 걸어 세미에게 청약 통장이 있는지 몇년이나 부었는지, 지금 직장은 계약 기간이 언제까지인지를 물어댔다. "이제 니 나이면 혼자 살 때도 됐지" 하고 언니가 삼십대 여성의 독립에 대해 갑자기 강조하는 것도 달갑지 않은 변화였다.

"요즘 일인 가구가 얼마나 많니. 마트 가면 고등어구이 같은 거 반의 반 토막까지 포장해 판다니까. 트렌드야. 되돌릴 수 없는 물결."

그런데 정작 그들이 간과하는 점이 있었다. 자기들은 한번도 일인 '가구'였던 적이 없다는 사실. 결혼으로 원가정을 떠난 그들은 한번도 혼자서 '가구'로 살아본 적은 없고 한 가정에서 다른 가정으로 안전하게 옮겨 간 것뿐이었다.

세미에게 일종의 미션을 주고는 연락도 없던 양요는 여름이 다 갈 무렵에야 아파트 체력 단련장으로 세미를 불러냈다. 어떻게 되어가냐는 확인에 세미는 며칠 전 중학교 때 공부방 선생님을 만난 이야기를 해주었다.

"아, 나도 기억난다. 우리 라인 일층에서 했었지? 우리 형도 다녔잖아. 개를 기르고 있어?"

"응, 다섯마리."

"다섯마리나? 쩐다."

선생이 그 개들을 다 데리고 세미의 모교이기도 한 학교 운동장에 나타났을 때는 마치 먼지 폭풍을 몰고 등장하는 토르처럼 보였다. 제멋대로 땅을 구르고 뛰는 개들을 통제하느라 선생은 거의 혼이 나가 있었다.

"너무 예쁜 아가씨가 됐네."

그 와중에도 선생은 눈물을 글썽이며 세미를 반가워했다. "한마리만 데려오셔도 되는데." 세미는 자기도 모르게 그렇게 중얼거렸지만 그 정도로 환대받을 줄은 몰랐기 때문에 같이 코끝이 찡해졌다. 선생은 자기가 직접 착즙한 과채 주스를 내밀었다. 공부방에 가면 항상 한잔 마시고 시작하던 거였다. 요즘처럼 조용히 즙을 짜내는 것이 아니라 윙, 하는 모터가 시끄럽게 돌아가고 과채 조각을 하나씩 밀어넣을 때마다 톱날에 갈리는 소리가 서늘하게 들리던 기계였다. 세미는 선생이 모든 스트레스를 거기다 풀고 있는 게 아닐까 의심하면서 주스를 받아 마시곤 했다.

"여전히 건강한 맛이네요, 선생님."

"애들 거 같면서 같이 갔어."

지금 말하는 애들은 학생들이 아니라 다섯마리의 개들을 가리키는 거라고 했다. 이제 공부방은 운영하지 않으니까. 개들의 이름은 백두, 한라, 지리, 설악, 태백이었고 그중 백두가 이름답게 대장이었다. 세미는 일단 백두부터 쓰다듬어준 다음 다른 개들에게 인사했는데, 그 잠깐 동안에도 어딘가로 뛰고 싶어서 서로 목줄을 엮었다.

"내가 알기로 세미네 강아지는 흰 개였고 이름은 설기였지?"

선생이 손수건으로 목덜미 땀을 열심히 닦아내며 물었다. 물방울무늬의 날염 블라우스가 땀으로 젖을 정도로 더운 오후였다.

"네, 맞아요. 아시네요."

세미는 그렇게 기억해주는 게 고맙기도 하고 신기하기도 해서 자기도 모르게 와락 손을 붙들듯이 목소리를 키웠다. 그러면서 선생이 설기를 본 적이 있나 궁금해했다.

"한번 봤지. 공부방 이제 안 다니겠다고 세미가 말하러 왔을 때 강아지를 꼭 안고 왔잖아. 강아지 꼭 끌어안고 떨면서 말하고 가더라고. 선생님 저 이제 공부 안 해요, 대학

안 가요, 돈 벌 거예요."

한때 테니스장으로 쓰였던 체력 단련장은 지금은 완전히 버려진 공간이 되어 있었다. 코트는 갈라져 강아지풀들이 자라고 있었고 누가 갖다놨는지 모를 이동식 농구 골대는 그물망이 다 찢어져 있었다.

"이상하지. 당신 개 좀 보자고 해서 사람들을 만나면 자꾸 내 얘기를 듣게 돼. 나라는 인간이 분명해져."

"그 말 너무 좋고 다행으로 들리네."

양요가 기지개를 켜며 밤하늘을 올려다보았다. 주차장 어딘가에서 사람들이 실랑이하는 소리가 들렸다. 내가 새벽에 일을 나간다고요. 해도 안 떠서 나간다고. 원래 이중 주차 금지예요. 당신 여기 혼자 살아? 공동주택에는 공동의 규칙이라는 게 있어. 지하 주차장이 없어서 아파트 사람들은 늘 주차 자리를 두고 싸웠다. 너무 좁아서, 너무 많아서 화가 나는 거였다. 서울이 너무 좁아서 여기에 너무 많은 것이 있어서.

"모두들 여길 좀 지겨워하는 것 같아."

"우리 엄마도 그래. 어느 날은 싹 팔고 뜨자고 했다가 다 비싸졌는데 이제 어디를 가겠니 하기도 하고 정신없어."

"근데 이 밤에 여기 나오면서 모자는 왜 쓴 거야?"

"나, 연예인이야."

"누가 연예인인 거 몰라? 평소에도 맨 얼굴로 나 봐라 하면서 다니다가 오늘은 왜 쓴 거냐고?"

세미가 이상해서 모자를 빼앗아 보니 양요의 얼굴이 푸르스름하게 부어 있었다. 피부과에서 시술을 받은 모양이었다. 어쩐지 하면서도 세미는 양요 머리에 모자를 도로 씌워주었다. 양요는 이게 연예인 생활의 끝이라고 생각하지 않았고 세미도 그러기를 바랐다. 너무 많은 것들을 포기하고 올라간 자리이니까 최대한 버티다 내려왔으면 싶었다. 누가 등 떠밀 듯 말고 스카이다이빙을 하듯이 우아한 활강으로 천천히.

"너 기억나? 데뷔하고 동네 친구들 여기로 불러낸 적 있었잖아. 선물 준다고."

"내가 그랬나?"

"기억 안 나는구나. 갔더니 네가 박스를 열었고 거기에 옷이 엄청 들어 있었다? 와 하면서 애들이 몰려들어서 그걸 받아 갔는데, 야, 옷이 너무 야하고 붙어서 거의 입을 수가 없었어. 쫄티에 시스루였어."

"그땐 그게 유행이었잖아."

"그랬지. 근데 그때야 나는 네가 우리랑 다른 인생으로 가고 있다는 걸 느낀 것 같아. 그렇게 네 옷을 입어봤을 때."

"그럼 내가 누나랑 같은 인생인 줄 알았니?"

"오, 그런 분이 이 시각에 여기는 왜 앉아 있어?"

"누나가 아프니까 그렇지. 일본에서 활동하자는 사람이 있어도 내가 가도 되나 싶을 정도로 윤세미 누나가 너무 걱정을 시키니까."

세미는 이제 자기 걱정은 해주지 않아도 된다고 했다. 잘 견디고 있으니까.

"이 사람, 또 상처 주네."

양요가 그렇게 말하더니 자리에서 일어나 있지도 않은 농구공으로 골대에 슛을 던졌다. 그리고 자기는 정말 일본으로 갈지도 모른다고 했다. 괜찮다고 세미가 말했으니 그러면 진짜 괜찮게 지내다 만나자고.

그해 회사에서 구미베어가 해고되었을 때 세미는 무언가가 자신에게 돌진해 부딪힌 것 같았다. 주요 거래처의 업무를 제대로 처리하지 못한 구미베어의 명백한 잘못이었는데도 마치 자신이 그런 결말을 간절히 원해온 듯한 자책감을 느꼈다. 그 무렵 구미베어의 어머니가 회사 근처 병원에 입원 중이었는데, 어머니 병실에서 아들이 일하는 빌딩이 보여 든든해한다고 한 말을 들은 터라 더 괴로웠다. 그런데도 이후 직장 OB들 단체 채팅방에서 구미베어의 모친상 소식을 듣고도 문상을 가지도, 조의금을 보내지도 않았다. 다시 두번째 직장을 구하기 위해 일년 넘게 대기하고 있던 시절이었다. 의지적으로 연락을 하지 않은 것이 아니라 그걸 할 수 있는 힘이 없었던 것에 가까웠다. 자기 전 세미는 설기에게 가서 "나 왜 그랬을까?" 하고 물었다. 당연히 설기는 답이 없었고 세미는 다음 날 구미베어에게 연락해 "과장님 개 좀 만나볼 수 있어요?" 하고 물었다.

눈길

"여의도 오랜만이네. 내가 그렇게 잘리고 여기로는 고개도 안 돌렸거든."

예전 그 성격답게 구미베어는 둘 사이의 껄끄러운 일을 그렇게 풀고 지나갔다. 지금에 와서 그게 중요한가 싶었지만 세미는 자기도 이년을 채우고 그 회사를 바로 나왔다고 설명했다.

"잘했어."

"우리 나가고 다들 우르르 나갔대요. 그 회사 정말 문제 많았어요."

"아니, 이년을 채운 게 잘했다고. 아무리 평생직장 없다지만 이년 이하 경력은 곤란하지. 잘했어."

구미베어가 그렇게 말하자 세미는 마치 그런 승인을 오랫동안 기다려온 것처럼 마음 어느 부분의 불편이 사라지는 것을 느꼈다. 그래서 준비해 간 조의금을 조심스레 내밀었다. 구미베어는 어머니 가신 지 육년 가까이 되었다며 위로받을 때는 지났다고 사양했다.

"받으세요, 과장님. 시간이 아무리 지나도 있던 누군가가 없다는 사실은 안 변하잖아요. 그런 건 영원히 그대로잖아요."

세미가 울컥해하며 말하자 구미베어는 황망하게 손을 내밀어 조의금 봉투를 받았다. 둘은 서로 묵례를 하며 고맙다는 말을 주고받았고 함께 어색하게 공원을 돌았다.

"와, 이거 은행이네, 은행 맞죠?"

작대기를 들고 나뭇가지를 툭툭 치고 있는 사람들에게 구미베어가 물었다. 그렇다는 답이 경상도 억양으로 돌아왔다.

"고향이 경상도 어딘니꺼? 저도 거기라서."

"안동이요. 그짝은 어딩교?"

"구미입니더."

여름의 숲이 어딘가 비현실적으로 느껴질 정도의 활기에 차 있다면 가을의 숲은 평온을 향해 조용히 열리는 공기를 가지고 있었다. 햇살이 순해지고 바람이 선선해지면

서 자연스레 차분해지는 사람들 마음과 닮아 있었다. 구
미베어가 공주라는 이름을 지어준 개는 주변 기척에 매우
예민한 성격인 듯했다. 발걸음을 옮길 때마다 주변 냄새
를 열심히 맡았고 연못 위로 떨어져내리는 나뭇잎들을 보
면서도 짖었다. 설기도 공주처럼 예민한 개였다. 지금은
이사 가고 없지만 세미네 옆집에 남동생 부부에게 얹혀사
는 남자가 한명 있었는데, 그가 아파트 복도 쪽으로 나 있
는 창을 통해 세미 방을 훔쳐본다는 사실을 가장 먼저 알
아챈 것도 설기였다.

"나도 세미씨 개 기억해. 그 개 이름이 백설기에서 왔다
는 것도."

"제가 그런 얘기까지 했어요?"

"생각보다 우리 친했어. 상황이 각박해서 그 시절 좋은
기억이 다 사라지고 말았겠지만. 왜 겨울 되면 봄에 뭐 했
나 싶고 여름에는 뭐 했나 싶듯이."

세미는 그냥 있는 사실 그대로 고백했다. 자기가 왜 개
를 보여달라고 사람들에게 연락하게 되었고 트레이너에
게 어떤 말을 들었는지, 그런 일의 연쇄가 어떻게 재회로
까지 이어졌는지.

"저 왜 과장님 여자라고 거짓말 쳤을까요?"

구미베어는 "그런 걸 뭘 어렵게 고민해? 자기 같아서

그렇게 말했겠지"라고 했다. 언젠가 잔뜩 취해서 "과장님
은요, 너무 저처럼 등신이에요"라고 한 적이 있다고. 이윽
고 세미는 시애씨와 가시박 얘기를 했던 구름다리까지 왔
지만 그 얘기는 하지 못했다. 이상하게 눈물이 났기 때문
이다. 세미가 그렇게 감정이 북받치자 공주는 꼬리를 흔
들며 달래고 싶어했고 지나가는 멧비둘기를 경계하며 컹,
하고 짖었다.

설기는 겨울에 온 개였다. 눈이 너무 많이 내려 아파트
복도까지 생크림 더미 같은 눈이 쌓였을 때였다. 세미는
개를 반기지 않았다. 크게 낙담하고 있었기 때문이다. 웃
고 싶지도 않고 아무런 힘도 나지 않는데 그걸 하라고 엄
마가 저 부담스럽게 귀여운 걸 들고 온 듯했다. 행복하고
싶지 않았다. 잘 지내고 싶지도 않았다. 미성년자인 자식
은 세미뿐이어서 세미는 부모 중 누구와 살 것인지를 선
택해야 했다. 변호사는 세미가 아빠와 살게 되면 엄마가
아파트에서 나가게 될 것이고 엄마와 산다면 아빠가 집을
나가게 될 거라고 했다.
"왜 그래야 하는데요?"
"법이 그래."
부모가 불화하면 아이들은 해결하기 위해 노력한다. 내

가 착하게 굴고 예쁘게 굴고 부모 마음에 들게 구는 것이 이 감당할 수 없는 불행을 막으리라고 믿기 때문이다. 그렇게 오랫동안 해온 자신의 노력이 모두 수포로 돌아갔음을 인정해야 하는 순간 세미는 몸의 힘을 다 잃어버린 것 같았다. 변호사 방은 어떻게 걸어서 나가지, 계단은 어떻게 내려가지, 무엇보다 누구랑 살 건지에 대한 대답은 어떻게 하지. 얼굴을 드는 일마저 힘겹게 느껴졌다. 막상 데려오기는 했지만 엄마도 반려견에 대해 아는 건 없었다. 신문지를 깔아주고 그냥 거실에서 혼자 자게 내버려두었다.

개는 오들오들 떨면서 며칠 밤을 낑낑거렸고 그러던 어느 밤 다이어리에 "나는 아무도 사랑하지 않을 것이다. 아무도 기다리지 않을 것이다. 누가 날 사랑하면 그 사람을 나쁘고 나쁘게 해칠 것이다" 같은 말을 적고 있던 세미의 방 문간에 나타났다. 그리고 개는 멀거니 세미를 바라보았다. 더이상 상처받지 않기 위해 그렇게 마음의 슬픔에 저항해가던 세미는 울어서 퉁퉁 부은 눈으로 설기를 쳐다보았다. 그렇게 눈이 마주친 둘은 한동안 서로를 살폈다. 괜찮을까, 마음을 주어도 사랑해도 가족이 되어도 괜찮을까, 날 아프게 하지 않을까. 이윽고 먼저 다가와 안긴 것은 세미가 아니라 설기였다.

겨울이 가까워지자 세미는 설기의 물건들을 정리하기 시작했다. 발작을 멈추는 데 도움이 될까 싶어 마지막까지 먹였던 영양제, 우유와 습식 사료 캔, 이동 가방, 안전문, 아직 포장을 뜯지 않은 배변 시트, 콧물을 빨아들이기 위해 샀던 흡입기, 도자기 식기. 출근을 해서는 온라인 직거래 플랫폼에 가격을 붙여 올리고 연락이 오면 회사 근처로 나가 공짜로 나누어주었다. 그래야 무턱대고 달라는 사람들을 거를 수 있었다.

"그걸 왜 공짜로 줘? 인플레이션이다, 경기침체다 난리인데 어디서 여유를 부려, 여유를. 누나가 산타니? 산타야?"

전화를 건 양요는 자기 것도 아니면서 아까워했다. 세미는 양요가 웬일로 하나도 안 틀리고 말을 하나 싶어서 웃음이 났다.

"산타 하지 뭐. 곧 있으면 크리스마스인데."

어떤 사람들은 세미 앞에 자기 개를 데리고 오기도 했다. 나이 든 개들은 느리고 의젓했고 작은 개들은 늠름하고 상냥한 활기를 띠었다. 사람들이 "강아지가 떠났나봐요?" 하고 조심스레 물으면 거의 스무살까지 살다가 갔다고, 끝까지 견뎌줬다고 힘을 주어 말했지만 그래서 지금은 괜찮아졌냐는 질문에는 하나도 괜찮지 않다고 솔직하게 답했다. 하지만 그렇다고 아무것도 나아지지 않은 건 아니라고.

매점으로 내려가 사장에게 건넨 견모차가 설기의 마지막 물건이었다. 넘겨주기 전에 세미는 빈 견모차를 펴서 설기가 앉았던 자리를 손으로 쓸어보았다. 그리고 매미 소리가 쩅하게 들렸던 그들의 마지막 여름날, 일어나 앉지도 못하는 설기를 데리고 공원으로 나갔던 일을 떠올렸다. 세미가 설기와 하던 것을 여전히 고집하며 하려 할 때 설기만 뺀 모든 풍경이 여느 때와 다르지 않은 여름을 견지하고 있었던 것을.

매점 사장은 그러지 않아도 사람들이 공원에서 밀고 다니더라며 고마워했고 개 이름은 오래오래 살라는 뜻에서 백살이라 지었다고 알려주었다.

막상 크리스마스가 되자 세미가 다른 사람들과 나눌 수 있는 것은 더는 없었다. '이날에 필요한 모든 것들을 일년 내내 해버렸네' 하고 세미는 생각했다. 보고 싶었던 영화들을 빨리 보기로 몰아 보고 괜히 방도 치워보면서 세미는 크리스마스를 보냈다. 아파트에서 내려다보이는 교회에는 낮인데도 첨탑에 불이 들어와 있었다. 언니네 집에 간 엄마는 조카가 크리스마스 케이크를 양손으로 움켜쥔 채 맛있게 먹는 사진을 보내왔다. 세미는 엄지손가락으로 사진에 대한 반응을 표시하고는 맥주를 사러 나갔다.

설기가 가고 나서 세미에게는 지나가는 개들의 발소리를 듣는 버릇이 생겼다. 발톱으로 보도를 살짝살짝 긁으며 걷는 가볍고 빠른 템포의 스텝들. 그 발소리는 아무리 바쁜 와중에도 세미 귀에 들려왔고 그래서 돌아보면 어김없이 개들이 있었다. 한번 준 마음을 포기하지 않는 개들이, 그렇게 해서 인간을 믿을 줄 아는 개들이 설기처럼 기품 있게 걷고 있었다. 처음에는 아파트 상가에 들를 생각이었지만 세미는 더 멀리 걸었다. 그러다보니 여름에 양요와 함께 앉아 있었던 맥주 가게가 떠올랐고 겨울에는 뭘 파는지 확인해서 말해줘야지 싶은 생각이 들었다. 누구에게 얘기할지는 모르겠지만 누가 그런 걸 궁금해할지도 모르겠지만. 세미는 다시 방향을 바꿔 걸었고 그런 세미 곁을 쌀가루 같은 흰 눈이 내려 뒤따랐다.

크리스마스에는

견과류

　누구나 헤어진 옛 연인이 잘 먹고 잘 살기를 원하지는 않는다. 오직 박애주의자에 버금가는 인격자들만이 그렇게 한다. 그래서 내가 지금 인터뷰를 위해 부산역에 서 있는 것이고.

　SNS에서 맛집 알파고 얘기가 퍼진 건 지난여름부터였다. 맛집 알파고의 활동을 요약하면 이렇다. 사람들이 트위터 멘션으로 음식 사진을 보내면 상호를 맞힌다. 물론 보낸 사람은 사진에 대한 힌트를 전혀 주지 않는다. 예를 들면 별다를 것 없는 떡볶이 떡과 별다를 것 없는 어묵, 평범하기 그지없는 고추장 양념의 색과 그릇을 보고도 M대학 인근의 엄마손 떡볶이입니다, 하고 답하는 것이

264

다. 정확도는 놀랍게도 99.9퍼센트였다.

당연히 회사에서는 맛집 알파고가 핫한 섭외 대상으로 떠올랐다. 우리가 하는 「능력자」라는 케이블 프로그램은 일상의 숨은 실력자를 발굴하자는 취지였고 주로 SNS나 유튜브에서 화제를 모으는 인물들이 출연했다. 총 세 팀이 번갈아가며 촬영을 맡지만 콘텐츠는 먼저 섭외하는 쪽이 잡는 것이었다. 대놓고 경쟁하지는 않아도 시청률이 신경 쓰이긴 했다. 회사에서는 대체 이 계정주는 사람이 맞는가, 맞는다면 음식평론가인가 셰프인가, 이 많은 음식들을 다 먹어봤다면 돈도 많이 들었을 텐데 재벌인가, 추측이 난무했다. 하지만 나는 이미 정체를 알고 있었다. 옛 연인 현우의 아이디였으니까.

현우를 섭외할까 말까 하루 동안 고민했다. 소주와 와인 각 1병씩을 두고 한 치열한 고민이었다. 나는 알코올을 눈으로 다 마셔버릴 듯이 무섭게 노려보면서 생각이 다른 국면으로 전환될 때마다 술 한잔과 너트 한줌을 먹었다. 견과류에는 뇌에 좋은 성분이 있으니까 이성적인 판단을 가능하게 할 것이고, 술은 생에서 제할 수 없는 파토스 영역에 관한 고려를 놓지 않게 할 것이다.

이런 것이야말로 균형감각이지, 균형감각.

듣는 사람은 없었지만 나는 그렇게 말하고는 물티슈로

식탁의 얼룩을 닦았다. 무섭도록 외롭고 상념이 휘몰아치는 밤이었다. 어느 순간에는 대학 시절 연애란 이제 머리를 짜내야 겨우 몇 장면 떠오르는 옛이야기 아닌가 호쾌하게 괜찮다고 생각하다가도 유리창에 비친 내 표정을 보면 그렇지는 않구나 싶어 얼굴이 굳었다. 아직 끝내지 못한 복수가 있어 어떤 극한의 트레이닝도 견디고자 하는 결기의 은둔자 하나가 거기에 있었다.

　병을 다 비워갈 즈음 간신히 내린 결론은 이런 일종의 조커를 인생에서 사용하지 않는다면 내 손해 아닌가,였다. 오래전 대학에서의 그 연애를 끝내며 입은 상처 때문에 인생 자체가 골로 가는 느낌이었는데, 더는 내가 손해 볼 필요는 없잖아, 하는. 누구는 섭외를 위해서라면 유산 문제로 인연을 끊은 동기간도 다시 찾아가 재회하는 판인데 ─ 옆 팀에서 일어난 일이었다 ─ 그깟 연애가 뭐라고, 그거 적당히 만나 서로에 대해 알아가다가 섹스하고 여행하고 외식하고 다시 섹스하고 갈등하고 서운해하고 더 서운해하다가 끝장나는 것 아닌가. 물론 그런 과정에서도 형사 및 민사 건에 해당하는 패악을 저지르는 인간들이 있어서 끝나고 나서도 정리를 위한 확실한 방어가 필요할 때가 있지만 아무튼 그렇지 않은가, 그러니까 그저 그런 것 아닌가.

사실 그렇지만은 않다고, 그런 것만이 아니라는 사실은 이미 욱신대는 상처의 기억이 경고하고 있었지만 나는 그런 우려의 목소리쯤은 견과류와 함께 씹어 아득한 내장기관으로 삼켜버렸다. 그리고 다음 날 출근하자마자 내가 아는 현우의 정확한 이메일 주소로 편지를 쓰기 시작했다.

안녕, 나 이지민. 그때 영등포에서 그렇게 헤어지고 십 이년 만인가, 오랜만이지? 졸업하고 대학원 갔다가 대기업에 들어갔다는 소식까지는 들었어. 굼벵이도 구르는 재주가 있다고 신기하다고 생각했다. 나 MTN 교양예능국 피디로 일해. 네가 최근 트위터에서 하는 활동에 대해 알고 있어. 한번 출연해볼 생각 있어? 네게도 꽤 좋은 일. 촬영까지 내가 나갈지는 알 수 없고, 나는 원래 자연 다큐 담당이지 이런 유는 아닌데 회사에서 쪼아서 연락해본다. 근데 그거 어떻게 맞히는 거야? 대기업 연봉, 맛집에 쏟아부은 거니? 네가 먹는 데 집착이 있기는 했지. 근데 먹으면서 흘리는 버릇은 고쳤니? 난 네 입 어딘가에 구멍 난 줄 알았잖아. 하긴 구멍이 있었더라도 연봉이 높으니까 고치긴 고쳤겠지……

전투적으로 손가락을 내리치던 나는 어딘가 잘못되어 간다 싶어 순간 멈췄다. 그리고 건,조,하,게,라고 중얼거렸다. 한겨울 바싹 마른 북어포처럼 건조하게, 국을 끓이려고 잡아 뜯으면 수분 하나 없이 보드라운 살결들이 다 뜯기는 북어포처럼 건조하게. 이번에는 삭막하다 싶을 정도로 인터뷰 제안만 적은, 심지어 내가 네가 아는 그 이지민이라는 사실조차 암시하지 않은, 일련번호만 매기면 공기관 송신용으로 써도 무방할 내용으로 채워졌다. 어차피 기억상실에 걸리지 않은 이상 내 이메일 주소를 모르지는 않을 테니까. 일주일쯤 지나 현우에게서 반갑네, 하는 답장이 왔다. 나는 지금 부산에 와서 살아, 하는.

현우와 나는 대학의 문학 동아리에서 처음 만났고 예술적 재능이 딱히 없다는 이유로 급격히 친해졌다. 지금 생각하면 둘 다 예술을 하기에는 너무 천진하고 내면이 단순했는데, 왜 그런 동아리에 가입했는지 모를 일이었다. 하지만 어떻게 생각하면 또 자연스러웠다. 둘 다 옥주 언니에게 끌렸으니까.

언니를 처음 본 건 동아리 홍보 시간이었다. 교양강의 쉬는 시간이 되자 옥주 언니가 다른 선배들과 함께 우르르 들어왔고 각자의 동아리를 소개하기 시작했다. 봉사와 종교 같은 판에 박힌 타입의 동아리에서, 경제지 읽기나 주식투자, 벤처 같은 밀레니얼 세대의 구미에 맞는 활동까지 다양했다. 소개하는 선배들도 언변이 좋고 자신감 넘쳤다. 옥주 언니는 '문학'이라고 쓰인 작은 팻말을 들고 있다가 자기 차례가 되자 한발 걸어나왔다. 큰 키에 발목까지 오는 웨스턴 부츠를 신고 있어 인상적이었다.

언니는 앞을 가만히 건너보고 있다가 갑자기 "너희들은!" 하고 손가락을 뻗어 우리를 가리켰다. 너희라는 반말도 반말이거니와 그렇게 외치고 아무 말이 없자, 홍보를 하든 말든 자기 할 일을 하던 애들까지 언니를 주목했다. 그 뒷말은 더 경악스러웠는데 "개돼지다!"라고 했기 때문이었다. 우리는 황당해서 화조차 낼 수 없었다. 어색한 침묵이 흐르고, 강의실 한편에서 늘 고요히 노트 필기에 집중하는, 그래서 사실 있는지도 없는지도 몰랐던 남자애가 손을 들고, 감정이라고는 깃들지 않은 무미건조한 목소리로 "그건 왜 그러죠?" 하고 물었다. 그것이야말로 우리가 물을 수밖에 없는 말이었다. 그러자 언니는 그 남자애, 현우 쪽을 힐끔 보더니 "궁금하면 우리 동아리에 들어와" 하고는 강의실을 저벅저벅 나가버렸다.

모두들 우리가 사랑받을 가치가 있다고, 심지어 스티브 잡스나 워런 버핏 같은 기업가가 될 수 있다며 희망을 불어넣는 판에 개돼지라니. 하지만 그 말은 분명 새롭고 불온하게 들렸으며 흥미를 자극했다. 문학 동아리에는 스무명 넘는 애들이 가입했다. 선배들은 문사철에 관한 오랜명저들을 중심으로 세미나 커리큘럼을 짠 다음, 배부른돼지보다는 배고픈 소크라테스가 되자고 했다.

우리는 옥주 언니를 좋아했다. 언니가 동아리 소개 때한 그 말이, 한 유명한 문학교수가 새 학기마다 신입생들에게 하는 '지성의 철퇴'였고, 언니는 따라 한 것에 불과하다는 사실을 알고도 그랬다. 그리고 좋아하는 만큼 옥주 언니를 닮고 싶어했다. 옥주 언니가 어느 날 만년필로필기를 하면 만년필 바람이 불었고 기형도를 읽으면 도서관에서는 그날부터 내내 대출 중이었다.

언니가 다프트 펑크 팬클럽 회원이라는 사실이 알려지자 동아리에는 일렉트로닉과 하우스 음악이 유행했다. 다들 원래 그 뮤지션을 알고 있었다고 변명했지만 실제로그들을 '다펑'이라는 애칭으로 자연스럽게 부를 줄 아는사람은 옥주 언니뿐이었다. 우리는 홍대의 펑키펑키라는클럽에 가서, 다프트 펑크가 각본을 쓰고 주연까지 맡은「다프트 펑크의 일렉트로마」(Daft Punk's Electroma)라는 영화를 보기도 했다. 인간의 존재론적 회의와, 자기파괴를 통한 역설적 자기구원을 다룬 그 영화는 대사 한마디 없이 음울하고 어두운 세기말적 음악으로 구성되어 있었다. 평소에도 자신들이 안드로이드라고 주장하며 헬멧을 쓰고 다니는 다프트 펑크는 영화에서도 그 헬멧을 벗지 않았다. 실제 얼굴로 하는 열연을 기대했던 우리는 점점 지루해져 나중에는 병맥주를 소진하는 데만 열중했다. 온몸이 불타고 망하고 쫓기다 종료되는 그 안드로이드 예술가의 삶을 형형한 눈빛으로 지켜보는 사람은 옥주 언니뿐이었다.

"정말 신들린 연기지?"

영화를 보고 나서 언니가 우리에게 물었다. 우리는 좀 애매하게 네…… 하고 답했다.

"정말 슬프지 않았니?"

옥주 언니는 다시 한번 우리에게 동의를 구했다.

"네……"

"그럼 어디가 슬펐는지 말해볼까?"

옥주 언니는 정기적인 학생회 회의와 토론, 세미나 등을 진행해본 관록으로 우리에게 좀더 구체적인 감상을 요구했다. 슬픈 것은, 뭐라고 설명할 수는 없지만 여기까지 와서 이런 영상을 긴 시간 보아야 했던 상황과 그느라 늦어진 저녁식사 정도였지만 예의상 그렇게 말할 수 없어 망설였는데, 현우가 "일종의 숭고미랄까" 하고 정리했다.

현우는 옥주 언니를 따랐다. 현우에게 언니는 램프 속 요정 같은 능력자이자 어려운 일을 마음 놓고 상의할 수 있는 '통곡의 벽'이었으니 그럴 만하다고 여겼다. 하지만 그렇게 해서 이동하고 확장되어갔을 현우의 마음, 혹은 옥주 언니의 상태에 대해 나는 미련하게도 예상하지 못했다. 깨달았을 때는 내 첫 연애가 예정된 결말을 향해 가고 있었다. 종료 버튼 이외에 별다른 선택권이 없었다.

나는 대체 언제부터 옥주 언니를 좋아하게 되었느냐고, 어느 순간, 어느 타이밍이었느냐고 계속 물었다. 감정이 깊다면 얼마나 깊은지, 수습 가능한지, 내게 주었던 마음과는 다른지 등은 묻지 않았다. 나는 그냥 그 감정의 시발점, 그렇게 해서 현우가 나를 기만한 것이 언제부터였는지를 확인하는 일에 몰두했다. 현우는 최근이라고 했다. 그러니까 함께 '문학의 밤'을 준비하면서. 하지만 나는 그 대답은 믿지 않았고 우리 연애가 시작된 그때부터 이미 그에게 나는 차선이었으리라고 결론 내렸다. 비참함에 완전히 절여지는 기분이었다. 내 사랑과 내 정성과 내 마음은 모욕감 속에 완전히 밀폐돼 형질이 달라진 듯했다. 말하자면, 있긴 있는데 목적도 쓰임도 없는 악취 같은 것. 사람이 어떻게 사람을 버릴까, 나는 생각했다. 모든 사랑과 연애가 엔딩 없이 계속되리라고 믿지는 않았지만 그래도 어떻게 네가 날 버릴까.

"처음부터 날 속인 거잖아."

"아니야!"

현우는 파렴치한 인간이 되고 싶지 않은지, 정말 그런 오해가 자신을 고통스럽게 하는지 격렬하게 부인했다.

"처음부터 그랬던 게 아니야."

"아니긴 뭐가 아니야, 이 나쁜 새끼야, 나가 뒈져버릴 개새끼야."

내가 소리 지르자 영등포역 앞을 지나던 행인들이 돌아보았는데, 이미 분노감에 단단히 사로잡힌 나는 그런 시선쯤은 아무 상관이 없었다.

"믿어줘, 아니야."

현우의 눈에는 눈물이 차올라 있었지만 한겨울 꽝꽝 얼어버린 스테인리스 양동이처럼 차가워진 내 마음은 변화가 없었다.

"쇼를 해라, 이 새끼야, 쇼를."

기억하기에 그것이 내가 현우에게 한 마지막 말이었다.

초량동

서울에서 내려온 우리 팀은 셋이었다. 신입 작가로 들

어와 주로 섭외를 담당하는 소봄씨와 촬영을 맡은 재형이었다. 인터뷰어가 정해졌다고 촬영부터 하는 것은 아니고 정말 방송으로 만들 만한가를 알아봐야 했다. 출연자 중에는 막상 만나보면 심신이 미약해 촬영 당일이나 이후 문제를 일으킬 만한 사람들이 흔했는데, 그런 이들을 걸러내는 과정이었다. 우리 프로그램은 자기 능력을 과신하는 일종의 망상에 붙들린 사람들이 흥미를 가질 만한 콘셉트이기 때문에 더 조심해야 했다. 방송의 핵심 콘텐츠인 '그 능력'을 검증하는 건 물론이었다.

그러니까 맛집 알파고의 경우에는 정말 맛집을 귀신처럼 잡아내는 능력이 있는가, 있다면 어떻게 가능한가, 혹시 허위 계정을 여럿 만들어 자문자답하는 게 아닌가. 재형을 비롯한 회사 사람들이 가장 높은 확률로 추측하는 게 바로 자문자답이었다.

하지만 소봄은 그럴 리가 없다고 했다. 사진을 의뢰하는 계정을 살펴보면 오랫동안 SNS 활동을 해온 '진짜' 유저라는 얘기였다. 소봄과 재형은 어차피 만나보면 알게 될 진실을 두고, 내려오는 KTX에서까지 말싸움을 했다. 그렇지 않아도 부담스러운 재회에 시름시름 곯아가던 나는 그냥 잠이나 좀 자, 밤샘 때 졸지 말고, 하며 짜증을 왈칵 냈다. 현우도 나도 섭외 과정에서 우리가 '그런 사이'

라는 사실은 언급하지 않아서 둘은 모르고 있었다.

"맞은편에 차이나타운이 있어. 거기 맛집에서 밥 먹으면 되겠어."

재형이 역 밖으로 나갔다 들어오며 말했다. 곧 정문을 밀고 들어올 현우 때문에 신경이 곤두선 나는 메뉴 따위에는 관심이 없었다.

"소봄씨 어때?"

내가 반응하지 않자 재형이 소봄에게 물었다.

"싫은데요, 저는 부산 맛집 가고 싶은데."

"부산 맛집 어디? 뭐?"

"밀면이나."

"밀면?"

재형이 그런 선택은 정말이지 한심하다는 듯 푸— 하고 웃었다.

"그거 조미료 쳐서 맵기만 하고 뭐가 맛있다고."

"중국집도 조미료 쓰는데, 아주 한 국자씩 쓴다던데요?"

"밀면에 쓰는 거랑 짜장면에 쓰는 거랑 같니?"

"달라요?"

"아, 다르지, 소봄씨는 어머니는 짜장면이 싫다고 하셨어도 모르니?"

소봄은 재형이 그렇게 자기 멋대로 우기기 시작하자

입을 아예 다물어버렸다. 띠동갑인 둘은 12간지가 돌고 돌면 저렇게 상극이 되나 싶을 정도로 맞지 않았다. 재형은 소봄이 애 같다 했고 소봄은 재형이 꼰대라고 불평했다. 꼰대라니, 예술학교에서 영화를 전공한 재형으로서는 상상도 못한, 인정할 수도 없는 말일 것이다.

드디어 세시가 되자 나는 유리문 쪽을 뚫어져라 바라보았다. 마치 그렇게 하면 현우의 등장으로 내가 받을 충격이 덜해지기라도 하는 것처럼. 하지만 여행가방을 들고 끝없이 밀려드는 사람들 가운데 현우로 보이는 이는 없었다. 십분쯤 지났을까. 일이 있어 조금 늦는다는 현우의 전화가 소봄에게 걸려왔다.

"뭐야? 왜 늦어?"

내가 표정을 굳히자 소봄이 얼른 스피커폰을 켜서 현우의 목소리를 들려주었다. 기억 속 그 목소리로 현우는 "집에 환자가 있습니다"라고 설명했다. 오늘 컨디션이 좋지 않아서 돌보다 나가야 할 것 같아요.

"거짓말 아냐?"

전화를 끊자 재형이 물었다. 여기까지 왔는데 허탕 치고 올라가는 거 아니냐며, 뭔가 진상 냄새가 난다고.

"아닐 거야."

나는 가방에서 머플러를 꺼내 둘렀다가 여기는 부산이

지, 싶어 다시 풀었고 나가서 밥이나 먹자고 했다. 재형은 인터넷 블로그 평을 꼼꼼히 읽어가며 식당을 골랐다. 이윽고 점찍은 식당은 그중 블로그 게시물이 가장 없는, 부산 현지인들의 오랜 맛집이라는 중국집이었다. 재형은 이런 곳이야말로 진짜라고 했다.

긴가민가하면서도 길을 건너는데 '초량 아쿠아'라는 간판을 단 오층짜리 건물이 보였다. 생각해보니, 현우와 부산에 내려왔을 때 묵었던 찜질방이었다. 그날 우리는 밤차를 타고 새벽 두시 넘어서 부산에 도착했다. 크리스마스이브에 만났다가 서울 밖으로 가고 싶다는 내 말에 갑작스레 기차를 탄 것이었다. 날이 밝을 때까지 잠깐이라도 쉴 장소가 필요해서 지하도를 건넜더니 싸고 규모가 작은 여관들이 있었다. 하지만 한결같이 간판불이 꺼져 있었다. 간판불이 켜져 있지 않으면 만실이라고 현우가 말했다.

"너 그런 것도 알아?"

구두 신은 발이 천천히 얼어가는 것을 느끼며 내가 물었다.

"나 여관에서 한동안 살았잖아."

아버지의 실직으로 갑자기 어려워진 현우네 가족은 한동안 여관 '달셋방'에서 지냈고 현우는 고등학생이 되면

서 서울로 올라왔다. 자기 집에 관한 이야기는 그것이 다
였다. 강추위가 밀려와 행인도 없고 가로수 사이에 설치
한 색색의 알전구만 빛나는 거리를 오래 헤매도 적당한
곳을 찾지는 못했다. 숙박할 수 있는 곳을 하나 찾았지만
객실 어딘가에서 싸움이 났는지 누군가가 고래고래 화를
내고 있었다. 그런 장면들이 모조리 떠오르자 나는 기분
이 아주 착잡해졌다. 그만큼 풍경의 힘이란 대단한 것이
었다.

  결국 초량동 일대를 뱅뱅 돌던 우리는 찜질방으로 가
기로 했다. 들어가기 전에 최대한 여러번 포옹하면서 아
쉬움을 달랬다. 날이 밝으면 바다가 보이는 가장 좋은 모
텔을 빌리자고 서로를 위로했다. 이제 그만하고 들어가려
다가 다시 한번, 또다시 한번. 얼굴이 얼얼하게 얼어갈 때
가 되어서야 우리는 심야입장권을 끊었다. 여탕으로 가서
몸을 씻는데, 타일이 몇장씩 떨어져나간 낡은 열탕에 청
색 바가지들이 동동 떠 있었다. 탕으로 들어가 하나를 손
바닥으로 텅 —— 밀었더니 출렁이며 밀쳐졌다가 흔들흔
들 균형을 잡았다.

  하지만 곤란은 그치지 않았다. 수면실로 올라가보니 방
하나에 남자와 여자가 분리되어 양편에서 자고 있었다.
적어도 같이 누울 수는 있을 줄 알았던 우리는 당황했다.

그렇다고 둘이 있겠다고 통로에서 밤을 새울 수도 없고 이미 씻어서 노곤했으므로 우리는 아쉽지만 적당한 자리를 찾아보기로 했다. 그 시간의 찜질방은 우리처럼 어떻게든 그 밤을 나야 하는 사람들이 대부분이라 이미 만석이었다. 그럼에도 몸을 들이밀자 자고 있던 사람들이 조금씩 몸을 옮겨 자리를 만들어주었다.

기억에서 가장 강렬한 장면은 방 한편에 관리자인 듯보이는 여자가 홀로 앉아서 경비를 서고 있던 것이었다. 스마트폰이 없던 시절이라 그랬겠지만 여자는 '초량 아쿠아'라는 상호가 아치 형태로 쓰인 티셔츠를 입고, 그 방에 어울리지 않게 책을 읽고 있었다. 제목을 읽어보려 해도 어두워서 볼 수가 없었다. 책을 말듯이 쥐고 기우뚱한 머리를 한 손으로 괸 채 골몰한 여자의 모습은 내내 지켜야 할 그 밤이 그렇듯 피로하면서도 나른하고 또한 어딘가 불온해 보였다.

부산에 대한 현우의 감정은 양가적이었다. 고향이기 때문에 그리웠지만 불우했던 유년 때문에 떠올리고 싶지 않은 장소이기도 했다. 그러니까 현우가 스물세살 크리스마스에 나와 함께 부산으로 내려간 건 특별한 일이었다. 적어도 그해의 크리스마스에 나는 그렇게 믿었다. 그 순진함이 문제였을까.

그 시절 현우는 자기는 절대 부산에 와서 살지 않을 거라고 했다. "왜, 부산 좋은데, 따뜻하고 먹을 것도 많고 크고" 내가 말하면 "아냐, 싫어" 하던 현우의 완강한 표정.

재형이 안내한 중국집은 그렇게 숨은 맛집 느낌은 아니었다. 이미 벽면 가득 유명인들의 사인과 어디어디 방송에 출연했다는 사진들이 붙어 있었으니까. 재형이 세어 보더니 삼억, 대략 삼억 썼구먼, 하고 결론을 내렸다. 맛집 소개 프로그램들이 제작비를 받고 방송을 짜주니까 한건당 삼천만원쯤으로 계산한 것이었다.

"뭐 하는 분들이세요?"

여자 사장이 엽차를 가져다주다가 그 말을 듣고 물었다.

"에이, 사장님, 저희가 방송국 사람들이에요."

재형이 물티슈로 손을 닦으면서 너무 발끈하지 말라는 듯 웃었다.

"어디 방송국인데 그런 말을 해요?"

"이 친구가 농담을 한 거예요. 저희는 맛집 이런 거 안 해요. 저희는 자연 다큐 찍는 사람들이에요."

나는 문제가 커져봤자 우리만 피곤하니까 손사래를 치며 분위기를 무마하려 했다.

"그럼 손님은 피디님이신가?"

여자가 눈을 흘긋 흘기며 재형에게 질문했다.

"찍사예요."

재형이 그렇게 답하는 순간 소봄이 엽차를 콸콸 부어 재형 앞에 탁 내려놓았다. 우리는 군만두와 탕수육은 기본으로 하고, 짜장면과 사천짬뽕을 시켰다.

"매운 거 잘 드세요? 우리 사천은 매븐데?"

주문을 받으며 사장이 확인하자 재형은 제 성이 매울 신,입니다, 매울 신, 하고 답했다.

"오리지널 그대로 주세요."

그리고 각자 휴대전화를 들여다보며 음식을 기다렸다. 한참 있다 소봄이 "눈 올 확률 60퍼센트래요. 화이트 크리스마스 오랜만이다" 하고 기대에 차서 알렸다. 나는 눈이 오는 건 정말 싫었다. 눈이 와서, 그 희고 차고 가볍고 빛나는 것이 와서 부산을 덮는 것이 싫었다. 나는 그저 오늘도 어제와 다르지 않은 날이 되어 아주 건조하고 건조하게 본촬영에 참고할 내용만 '잘 뽑아서' 여기를 뜨고 싶을 뿐이었다.

"소봄씨는 눈 오는 크리스마스 왜 기다려?"

"왜냐구요?"

소봄은 그런 말이 어디 있느냐는 듯 눈을 둥그렇게 뜨며 황당해했다. 그러고는 "피디님은 그럼 안 기다려요?" 하고 되물었다.

"응, 싫어."

"아이고, 우리 피디님 피곤하신가보다."

소봄은 나를 달래듯 말했는데, 정말이지 피곤하긴 했
다. 디졸브 촬영이라고 우리가 자조해서 부르는 밤샘 촬
영을 하다보면 비몽사몽간에 이게 대체 뭐 하는 짓인가
싶은 생각이 들었다. 이 많은 인간과 장비와 말들은 다 무
엇인가. 졸업하고 방송계를 어슬렁거리며 늘 자연 다큐를
찍고 싶었지만 그쪽에서 일할 수 있었던 적은 없었다. 내
게는 그저 인간, 좀더 나은 인간, 어떤 면에서 좀 특이한
인간, 좀 다른 인간, 하지만 그러고 보면 뭐 그리 특출한
게 아니라 갖가지 어리석음과 인간적 한계로 뒤틀리고 비
뚤어진 인간들의 연속일 뿐이었다.

재형은 내가 그런 말을 하면 감상적이라며 자주 비웃
었다. 독립 피디로 일하는 자기 친구는 자연 다큐가 좋아
서 유학까지 하고 돌아왔는데, 혼자 섭외하고 촬영하고
드론을 띄우고 일인다역을 해가며 일하다 해외에서 사고
까지 당했다고. 국내로 이송해 와야 하는데 그 돈을 방송
사도, 프로덕션도 주지 않아 동문들이 모금을 다 했다고.

"렌즈가 자연을 향해 있으면 뭘 하니, 우리가 인간인데.
그래도 우린 외주는 아니잖아."

중국집에는 이상하게도 손님이 별로 없었다. 원탁 한곳

에만 두툼한 메뉴첩이 올라가 있었다. 예약 손님이 있는 모양이었다. 하지만 손님들은 아직 오지 않았고 거기에는 손님들이 올 것임을 암시하는 젓가락과 숟가락만 놓여 있었다. 올 거라는 약속, 채워지리라는 표지, 추후를 예비하는 노력 같은 것.

이윽고 음식이 나왔고, 소봄은 탁자 사진을 찍더니 나중에 맛집 알파고를 만나면 우리가 어디서 뭘 먹었는지 맞히는 문제를 내겠다고 했다. 웬일로 재형이 좋은 생각인데, 하고 칭찬했다. 탕수육은 바삭했고 군만두는 고소했으며 짜장면에서는 적당하게 감칠맛이 났다. 그렇게 말 없이 배를 채우다가 짬뽕을 먹는 재형을 봤는데 표정이 심상치 않았다. 땀을 흘리며 단무지 그릇에 연신 고추를 덜어내고 있었다. 하나를 덜어내고 또 하나를, 어디서 그렇게 매운 것들이 나오는지 모르게 계속.

"사장님, 아니 사장님, 이거 조리하다가 양념 쏟은 거 아네요?"

재형이 조리실로 들어가버린 사장을 찾았다. 안이 꽤 넓은지 "뭐라고요⋯⋯" 하고 사장이 좀 먼 데서 묻는 소리가 들렸다.

"왜 뭐가⋯⋯ 이상해요?"

"아닙니다. 이상한 건 아니고요."

"괜찮아?"

나는 저렇게 땀을 흘리다가 무슨 일이 생기는 게 아닌가 싶어 물었다.

"매우면 먹지 마."

"괜찮아, 괜찮은데,"

"괜찮으셔야죠. 매울 신인데."

소봄이 끼어들어 얄밉게 말을 보탰다. 나는 경고의 의미로 소봄의 어깨를 툭 쳤다. 그래도 매울 신이 맞기는 맞는지 재형은 짬뽕을 거의 비웠다. 계산을 하러 나온 사장은 플라스틱 접시에 냉동 리치를 담아 탁자에 올려놓았다. 냉동 리치는 까기만 힘들 뿐 맛은 없었다. 그래도 재형은 사탕을 받은 아이처럼 흐뭇하게 먹었다.

밥을 다 먹을 때까지 현우에게서는 답이 없었다. 혹시 오지 않으려는 걸까? 만날 수가 없는 걸까? 그렇다면 그 또한 당연하다는 생각도 들었다. 그래, 그런 상처를 나에게 주고 최소한 인간으로서의 예의가 있지. 얼굴을 들고는 나오지 못하겠지. 하지만 그렇게 해서 만날 수 없는 것이 정말 내 바람인지는 알 수 없었다. 현우가 오지 않는다. 이 만남은 공백 혹은 결락, 있으리라 했던 것의 불발 상태가 된다. 그러자 긴장을 동반한 감정들이 밀려왔고, 기분에서 더 나아가 통증에 가까워질 무렵, 현우에게서

도착했다는 연락이 왔다.

복수

현우는 우리가 예약한 스튜디오에서 촬영하기를 원하지 않았다. 영도에 있는 특정 카페를 고집했다. 초등학교 동창이 하는 그 카페에서만 집중할 수 있고 능력을 발휘할 수 있다는 거였다. 무엇보다 집중력이 필요한 일 아니겠습니까, 네? 현우는 나와 만났던 시절보다는 당연히 늙어 있었지만 그때보다 더 말쑥한 차림새였다. 캐시미어 함량이 높아 보이는 고급 소재의 겨울 외투에 도톰한 밤색 스웨터 셔츠를 입고 있었다. 우리는 또다시 부산역 맞은편 길가에 서서 어디로 가야 할지 갈피를 잡지 못했다. 그러다 소봄과 재형의 반대에도 불구하고 "갑시다, 영도" 하고 내가 결론 내렸다. 등장할 때부터 현우는 나를 전혀 알은체하지 않았고 그 자연스러운 연기력에 오스카도 울고 갈 판이었다.

택시는 부두 주변의 숱한 선박 관련 부품가게와 수리점들을 지나 영도다리를 달려 흰여울마을 언덕에 우리를 내려주었다. 햇빛이 눈부시게 내린 광활한 바다에 대형선박들이 떠 있었다. 영도 앞바다는 급유나 수리가 필요한

원양어선들이 닻을 내리고 머무는 묘박지라고 철제 안내판에 쓰여 있었다. 현우의 능력 발휘가 가능하다는 카페까지는 층층의 계단과 한 사람이 겨우 지나다닐 만한 골목을 지나야 했다. 그리고 마침내 '부산 교향곡'이라는 이름의 카페가 나타났다. 이층집을 개조한 형태였고 마당에는 고양이 네댓마리가 뛰어놀고 있었다. 카페에 도착하자마자 재형이 화장실을 찾더니 사라졌다. 소봄도 주문하러 가고 둘만 마당 벤치에 남자 현우는 "이렇게 먼 길을 와서 어떻게 해" 하고 차분하게 말을 건넸다. 이럴 땐 초장의 답변이 중요한데 어떻게 받아쳐야 할까 고민스러웠다. 네 알 바 아니잖아,에서, 인두겁을 쓰고 어떻게 내 앞에 나타나,를 거쳐, 이거 우리 비즈니스야,까지. 그러다 나는 "오늘 잘 부탁해" 하고 짧게 대답했고 스스로 그 간결함이 마음에 들었다.

차를 내온 카페 주인은 덩치가 크고 머리를 어깨까지 길러 굵게 파마한 남자였다. 남자는 현우를 우야, 우야, 하며 이름 끝자만 따서 불렀는데 큰 체격과 어울리지 않게 살가워 보였다. 숨을 받게 쉬는 걸 보니 알레르기 같은 게 있나 싶었다. 그는 '부산 교향곡'이라는 카페 이름이 12월 31일 밤이 되면 이 앞의 묘박지에서 모든 배들이 뱃고동을 울려 새해를 축하하는 데서 왔다고 했다. 일주일 후가 바로 그 디데이인데 왜 이렇게 일찍 왔느냐고, 그때 또 촬영하러 와서 여기 마당에서 그 거대한 바리톤 소리를 들으며 뱅쇼를 한잔하자고, '쬐매한' 악기랑은 차원이 다르다고, 아주 우주적 선율이라고 열을 올렸다.

"우야, 니는 들어봤제? 한번 설명을 촥 해야 방송 나가고 우리 카페도 입소문을 타고 안 하겠나. 다음 주에 오이소, 한해 마지막에 가슴 뻐근해지고, 없던 인류애도 생겨나고 희망도 생기고."

"다음에는 저희가 또 다음 촬영이 있으니까요."

"다음에는 그래 어떤 능력자가 나오능교?"

카페 주인은 정말 궁금한지 아니면 그냥 해보는 말인지 그렇게 물었다.

"물고기랑 대화하는 사람이 나와요."

"물괴기요?"

"네."

다음 주부터 진행해야 할 촬영이야말로 한심하기 그지없었다. 나는 일몰을 준비하는 바다와 겨울이라고는 믿기지 않게 온난한 미풍과 햇볕에 노곤해져, 알릴 필요도 없는 근황을 쏟아냈다. 카페가 자리한 흰여울마을 꼭대기 어딘가에 마음과 몸이 완전히 눌어붙는 기분이었다.

"뭐라 카는데 물고기가?"

"철학을 한다더라고요, 그래서 이름도 철학 잉어."

우리는 여기까지 말하고 나서 웃기 시작했는데, 그건 지금 빨대로 빨아들이고 있는 이 맹맹하고 차갑기만 한 아이스커피만큼이나 한심한 일이었다.

"아니 잉어가 철학을 하면 뭐라 카는가. 실존은 본질에 앞선다 이런 기가. 배부른 가물치보다는 배고픈 도다리가 되겠다 이카는가?"

사장이 현우의 어깨를 툭툭 치면서 자꾸 웃었는데, 소봄이 왜 하필이면 가물치냐고 물었다.

"가물치는 바닷고기가 아니에요, 민물이지. 민물고기가 망망대해에서 버티려면 얼마나 막막하겠능교."

카메라를 설치하자 현우는 긴장하는 것 같았다. 세월이 흘렀는데도 그 미세한 표정 변화를 바로 눈치챌 수 있었다. 나는 그렇다면 현우도 내 얼굴에서 뭔가를 읽을 거라고 생각하고 또 혼자 건,조,하,게,라고 중얼거렸다. 가장 먼저 현우에게 보여준 사진은 아까 중국집에서 찍은 것이었다. 현우는 그 특별할 것 없는 짬뽕과 탕수육, 번들거리는 춘장과 기름에 벅범이 된 짜장면 사진을 들여다보더니 한동안 고개를 들지 않았다. 중간에 잠시 고개를 들고 사실 알아내자면 시간이 좀 걸립니다, 하고는 다시 시선을 내렸다. 나는 망한 걸까, 하고 생각했다. 트위터에서 백발

백중 맞혔던 일은 어떻게 된 것인가. 정말 의뢰인과 답신자 모두 자기 자신인가. 유령 계정을 사들였나. 카페에서 틀어놓은 90년대 록발라드가 한바퀴 돌고 난 뒤 이윽고 현우는 "이건 데이터 밖인데" 하고 답변했다.

"데이터 밖이라니요?" 소봄이 물었다.

"정상적인 사진이 아니란 말이죠. 각 식당은, 더구나 오래된 맛집들에는 아주 정확한 매뉴얼이 존재하잖아요? 플레이팅과 재료의 써는 각도, 대파와 고추 같은 양념의 사용으로 인한 빛깔, 고기의 익힘 정도와 고명 종류. 마치 공장에서 생산하는 것처럼 아주 고정되어 있는데 이건 내가 아무리 머리를 굴려봐도 없어, 아니야."

나는 이건 또 무슨 궤변인가 하고 있는데, 방금 전에도 화장실을 다녀온 재형이 "그렇지, 그렇지" 하고 맞장구치며 갑자기 나섰다.

"그렇죠? 이거 빛깔이랑 이런 거 어디서도 못 봤죠? 고추도 이게 뭐야, 이건 고추탕이지 고추탕. 와 씨, 그 아줌마 나한테 일부러 그랬네."

재형은 잦은 설사로 하얘진 얼굴을 하고 분통을 터뜨렸다. 재형이 그렇게 흥분하고 화를 내는 건 처음이었다.

"재형, 사장이 왜 일부러 그랬단 말이야? 진정해."

"왜 그랬는지 이 피디 너 정말 몰라서 묻는 거야?"

재형은 흥분했는지 언제나 지키고 있던 카메라 뒤에서 나와 앵글에 다 잡히도록 서서, 복수한 거잖아, 하고 확신에 차서 말했다.

"내가 자존심을 긁었더니 복수를 한 거야."

"그런 복수를 왜 해? 서로 곤란해질 일을."

"그렇게 곤란해지기를 무릅쓰는 게 복수지."

"그러니까 그 곤란을 왜 무릅쓰냐고?"

"무릅쓰고 싶으니까."

나는 어쩐지 이 대화가 부담스러워져 잠깐 쉬자, 하고 볼펜을 탁자 위로 던졌다. 카페 안에서는 주인이 테이블을 돌아다니며 작은 촛불들에 불을 붙이고 있었다. 평대에 진열된 오래된 카메라와 사진들을 보는데 주인이 다가와 자신의 할아버지가 부산 최초의 사진사라고 자랑했다. 큰 예식장도 운영했는데, 그 당시에는 예식장 비용보다 사진값이 더 비쌌기 때문에 예식 비용은 공짜였다고.

"예식장 오너요? 대대로 부자셨네요."

"내 대에 와서 이렇게 짜부라졌죠, 뭐."

"사장님이 어때서요? 이런 데 사장도 사장은 사장이죠."

내 대답에 주인은 말을 뚝 끊더니 "우야가 좋은 사람이라 카더마는, 뭐 이래 삐딱하노" 하며 자기 일로 돌아갔다.

현우는 소봄이 내민 사진 중 두 장을 맞혔다. 대왕왕곱

창구이라는 서울의 식당과, 영지면옥이라는 진천 어딘가에 있는 식당이었다. 그런데 문제는 시간이 너무 오래 걸린다는 점이었다. 하나를 맞히는 데 적어도 한시간 반이 걸렸다. 하지만 맞히긴 맞혔으니까 아예 없는 능력이라고 하기에도 애매했다. 어떻게 할 것인가? 나는 하는 수 없이 국장에게 전화를 걸었다. 국장은 맞히긴 하던가? 물었고 내가 그렇다고 하자 그러면 나중에 다 까내더라도 일단은 좋게 좋게 해서 촬영하라고 했다. 통편집을 하더라도 우선은 진행하라는 것이었다. 해는 저서 볕은 사라지고 바다에는 아주 짙고 푸른 수면이 깔려 있었다.

다시 자리로 돌아와 우리는 또다른 음식 사진을 내밀었다. 현우는 눈으로 스캔이라도 하려는 듯 힘주어 내려다보며 또 시간을 보냈다. 고양이들이 마당 한편에 있는 자전거 바퀴를 발톱으로 긁다가 정신없이 뛰어다니다가 자기들끼리 엉겨 놀다 야옹야옹거릴 만한 시간을, 거나하게 취한 사람들이 들어와 아이스 음료로 속을 풀려다 자기들끼리 말싸움이 붙어 어색하게 헤어질 만한 시간을, 하늘을 비추던 등대 불빛이 구름의 두툼한 두께를 여러 번 매만지다 사라지는 시간을, 그리고 재형이 전화를 걸어 중국집과 한판 싸움을 벌일 만큼의 시간을. 사장은 음식이 평소 같지 않았다는 현지인의 증언을 확보했다는 말에 아니 우리가 무슨 기계예요? 음식이란 게 주방장 컨디션에 따라 그때그때 다르고 그게 사람이지, 하고 웃었다고 했다. 자신을 도리어 가르쳤다며 재형은 분을 삭이지 못했다.

나는 재형이 한심했다. 다른 불의에는 관심도 없으면서, 심지어 몇년 전 다들 나갔던 촛불 시위 한번을 안 나가놓고는 지금 저렇게 흥분하는 건 또 뭔가. 그 피해가 뭐라고, 그건 그냥 남들 보기 민망하게 자꾸 화장실을 들락거리고 설사 좀 하는 일에 불과하지 않은가. 물론 매운 음식을 먹어서 하는 설사란 통증도 어느 정도 있겠지만 그게 뭐 대수인가. 그 정도 통증 없이 사는 사람도 있어? 그게 항문 통증이라 그렇게 문제가 되는 거야, 뭐야. 우리가 촬영과는 상관도 없는 그 문제에 대해 얘기하는 동안 현우가 카페로 들어가 와인 한병을 들고 왔다.

"음주 촬영 안 되세요."

소봄이 제지하자 현우는 저 말고 여기 선생님들 한잔씩만 드시면서 진정하세요,라고 했다. 내가 말릴 틈도 없이 재형이 잔에 와인을 가득 따라서 들이켰고 소봄도 현우가 따라주는 잔을 받아 자기 자리 앞에 내려놓았다. 그리고 현우가 다시 와인을 따라 잔을 내게 내밀었을 때 나는 그 손이 흔들리는 것을 느꼈다. 양 입가에 힘을 주어 밝은 표정을 유지하고는 있지만 손은 그 표정과 달리, 아래위로 흔들리고 있었다. 나는 현우에게 엉망이지? 하고 묻고 싶은 충동을 느꼈다. 엉망이잖아, 결국 그렇게 되었잖아, 하는. 하지만 말없이 잔을 받아 단번에 마셔버렸다. 이십분쯤 지났을까, 현우가 마침내 오세요갈비탕,이라고 상호를 맞혔다. 나는 검증은 그만하고 소봄에게 이제 인터뷰로 넘어가라고 했다. 그리고 다른 테이블에 앉아 와인을 홀짝였다.

어차피 국장도 그만하면 됐다고 했으니 내 알 바 아니었다. 시간이 걸리기는 했지만 맞히기는 했으니까. 그런데 이 상황에서라면 정말이지 시간이 문제이지 않은가. 누군가가 기적을 행하는데 그 기적이 아주 참기름 쥐어짜듯이 쥐어짜서 행한 거라면 어쩔 것인가. 그러니까 모세가 바다를 가르는데 영화에서처럼 단번에 엄청난 포말이 일며 순식간에 갈라지지 않고 천년만년 대대손손 기술을 쌓고 공사를 벌여 길을 내었다면 그건 기적이 아니잖나, 그건 하나도 신기하지 않고 능력도 아닌 게 되지 않느냔 말이야. 그렇게 생각하며 재형과 나는 와인에서 위스키로 주종을 바꿔 취해갔다.

현우와 소봄은 일종의 근황 토크를 했는데, 내 사전 정보와 달리 현우는 대기업을 그만두고 부산으로 내려와 프리랜서 프로그래머로 일하고 있었다. 주로 빅데이터 분석과 관리에 관한 일을 한다고 했다. 현우는 원래부터 기억력이 좋은 편이라 맛집 알파고로 활동하게 되었다고 설명했다. 자기가 현실에서 하는 직업은 기계적 예측 속에 인간들이 움직인다는 걸 확증하면서 하는 일인데, 이건 꽤 인간적인 활동이라 마음에 든다고.

"아 네……"

소봄은 대답이 마음에 들지 않는지 그렇게 말을 끌다가 "알파고치고는 아주 철학적인 얘기네요" 하며 인터뷰를 마쳤다.

"잉어도 철학을 하는 판에요."

현우가 가볍게 받았다. 촬영장비와 짐을 챙기는데 눈이 오기 시작했다. 처음에는 희끗희끗하다가, 어느 틈에 우 ― 하고 쏟아졌다. 눈은 마당에 서 있는 우리를 빙글빙글 감싸며 점점 더 거세어졌는데, 착잡한 내 마음과 다르게 곧 춤을 추어도 무방할 만큼 리드미컬한 낙하였다.

생일 축하

밤을 새울 줄 알았던 촬영은 싱겁게 끝나고 우리는 취한 채로 영도를 나왔다. 술값이 예상보다 많이 나와서 나는 몽롱한 가운데에서도 복수인가, 하고 생각했다. 아까 기분이 상했다고 술값을 배로 받은 건 아닌가. 아니겠지, 아닐 거였다. 연말마다 우주 교향곡을 듣는 사람이니까. 현우는 집에 가면 환자를 돌봐야 한다며 내내 커피를 고집했다. 나는 아버지가 아픈가, 하고 생각했다. 아니면 그 당시 수원에서 간호사로 일한다는 누나가. 환자가 집안에 있는 건 슬픈 일이고 자기 자신의 삶에 근저당이 잡히는 셈이었다. 죽음이라는 채무자가 언제 들이닥쳐 일상을 뒤흔들지 몰랐다. 그게 자신의 죽음이라면 의식이 꺼졌을 때 자연스레 종료되지만, 타인이라면 영원히 끝나지 않는 채무 상태에 놓이게 된다. 기억이 있으니까. 타인에 대한 기억이 영원히 갚을 수 없는 채무로, 우리를 조여온다. 수년 전 엄마를 떠나보내며 느낀 것이었다.

현우는 우리가 부산에 와서 먹은 거라고는 그 제대로 되지 않은 복수의 중국음식뿐이라는 사실에 안타까워하며 가장 핵심적인 맛집에 데려다주겠다고 했다. 그 말에 기분이 풀렸는지 재형이 그래주시면 감사하죠,라고 취중에도 깍듯이 고마움을 표했다. 현우가 우리를 데려간 곳은 그러나 부산의 그 흔하디흔한 횟집도, 소봄이 먹고 싶어했던 밀면집도 아니라 광안리에 있는 떡볶이집이었다. 떡볶이와 대왕오징어튀김이 유명한 곳이라는데, 후미진

골목의 작은 점포가 아니라 웬만한 프랜차이즈 매장만큼 넓고 일하는 사람들도 모두 청년이었다. 재형이 또다시 가게 벽에 붙은 사진들을 세기 시작했다. 취기에 감기는 눈을 뜨려고 노력하며 한놈, 두시기, 석삼, 너구리, 세다가 에이, 하며 주저앉았다. 현우가 여기는 사십년이 넘었고 원래는 리어카에서 시작했다가 매스컴을 타면서 이렇게 커졌다고 했다.

"추억이 있으신가요?" 재형이 물었다.

"있죠. 방송국이 가까워서 가수들 보러 갔다 오는 길에 꼭 먹고 갔어요. 포장 밖에서 보면 애들 다리만 총총히 보인다고 해서 다리집이라 불렀고."

이윽고 주문한 떡볶이와 튀김, 부산 어묵이 나왔다. 손님이 받아 오고 반납하는 철저한 셀프서비스라서 우리가 상상했던 정감 가는 떡볶이집과는 달랐다. 엉망이 된 속을 달래려고 특별히 주문한 쿨피스를 직접 받아 오며 나는 신식인데, 하고 중얼거렸다. 자리로 돌아가는데, 매장 기둥 뒤에서 두명의 십대 소년이 작당을 꾀하듯 키득거리며 뭔가를 하고 있었다. 봤더니 하얀, 눈처럼 하얀 생크림 케이크에 초를 꽂고 있었다. 과일 조각이 알록달록 박혀 있고 어떻게 들고 왔는지 한쪽이 찌그러진 케이크였다. 내가 쿨피스를 든 채 소년들을 한참 내려다보자 현우가 무슨 일인가 싶어 다가왔다. 그리고 내 팔을 가볍게 잡아 자리로 데려갔다.

"다정하네."

내가 중얼거리자 현우가 뭐? 하고 되물었다.

"아니 저 애들, 다정하다고."

테이블에서는 소봄과 재형이 말다툼을 하고 있었다. 매장 텔레비전에 등장한 한 연예인에 대한 호오에서 출발해, 젠더의식과 윤리적 감수성까지 들먹이는 큰 싸움으로 번져가고 있었다.

"처음에는 전라도, 경상도 나눠서 싸우다가 지금은 어? 남녀로 나눠서 싸우고 그런 거지, 적대의 재생산이지" 하는 건 재형이었고, "적대라고 물 타지 마요. 꼰대처럼" 하는 건 소봄이었다. 그러면 재형은 꼰대? 하고 화를 냈고 소봄은 아니신가? 하고 자극했다. 지겹구나, 나는 쿨피스를 한모금 마시며 생각했다.

"그러면 소봄씨는 뭐가 그렇게 잘났어? 지금은 뭐 새롭고 순수하고 그런 거 같지? 곧 나이 든다, 곧 꼰대 돼."

"그럴 가능성 없는데?"

"가능성이 왜 없어?"

"전 이미 젠더적으로 꼰대랑은 거리가 먼 사람이에요."

"하나만 알고 둘은 모르는구나. 명예남성, 그런 말 모르나? 그냥저냥 꼰대만 알지?"

"내가 그걸 왜 몰라요?"

"그만 그만 그만해!"

쿨피스 통을 내려놓으며 내가 소리 질렀다. 그러자 소
봄과 재형도 말을 뚝 멈췄다. 나는 한동안 재형을 쏘아보
았다. 다음에는 소봄을, 이게 무슨 일인가 싶어 떡볶이를
먹다 말고 멀뚱멀뚱해 있는 현우를. 그리고 탁자에 몸을
기댄 채로 손가락을 뻗어 일단 소봄을 가리켰다.

"그러니까 너는, 얘가 우습다는 거 아냐."

"아니요, 우습다기보다는 피디님."

"어허, 얘가 지금 어디서 2절을 달아, 달기를."

내가 손가락으로 쉿, 하며 조용히 하라고 경고했다. 내
손가락은 이번에는 재형에게 옮겨 갔다.

"그리고 너, 신재형 넌 얘가 우습고."

"내가 언제 우습다고까지 했어. 같이 일하는 사람끼리
그러겠어."

"그리고 너, 너는 내가 우스웠고."

최종적으로 현우를 가리켰다. 오래 들고 있어서인지 팔
이 무거웠다. 겨드랑이에서부터 천천히 견딜 수 없게 묵
직해지더니 팔꿈치가 자꾸 내려가고 손목이 바들바들 떨
렸다.

"야, 니들은 있잖아. 너희들은!"

내가, 언젠가 한때 나의 모든 선망과 의식의 혁명을 가져왔지만, 결국 받아들이기 힘든 모멸로 부메랑이 돼 돌아왔던 그 말, 존재의 근거를 의심하고 인간이라는 실존을 고민하라는 반어로 순수하게 받아들였지만 결국 쓰디쓴 자조로만 남았던 그 말, 개돼지라는 선언을 이 철천지원수 같은 인간들에게 거룩하게 하려는 찰나, 옆 테이블에서 생일 축하합니다, 하는 노래가 들려왔다. 돌아보니 교사인 듯한 나이 든 남자가 있고 고만고만한 십대 아이들 열댓명이 테이블에 붙어앉아 있었다. 아까 내가 보았던 케이크가 촛불을 밝히며 교사 앞에 있었다. 노래를 부르는 아이들은 쑥스러운 듯 박수를 치다 말다 하면서도 축하를 계속했다. 생일 축하합니다, 사랑하는, 생일 축하합니다.

"그래, 올해도 찾아줘서 선생님이 참 고맙다. 우리 지선이 중학교 가서도 수학경시대회에서 상 받아서 기쁘고 우리 명환이는 이사까지 갔는데 찾아와줘서 고맙고. 무엇보다 반가운 우리 서준이, 중학교는 결석 안 한다니 선생님 마음이 너무 좋고, 이제 매운 김치도 잘 먹는다는 우리 수혜도 예쁘고."

나는 들고 있던 팔을 내려놓았지만 꼼짝 말라는 의미

로 그 셋을 향해 무섭도록 고정된 눈길을 떼지 않고 쿨피
스를 한모금 마셨다. 그 달고 새콤하고 시원하고, 하지만
어려서의 기억이 아니라면 평소에는 사 먹을 일 없는 그
백 퍼센트 인공 향의 음료를. 창으로는 눈이 몰아쳤는데
그것이 주는 어떤 위협 같은 것은, 접시를 가져와 조용히
케이크를 나누는 옆 테이블의 소리, 오랜만에 만난 아이
들이 자기들끼리 괜히 서로를 툭툭 치며 과거의 친근함을
회복하는 소리, 그러는 와중에도 누군가는 다리집으로 들
어와 주문을 계속하는 맛집의 흥성스러운 소음에 점점 묻
히고 있었다.

교향곡

　새해를 앞둔 12월의 날들은 마치 비스킷의 부스러기처
럼 그냥 흘려보내게 되는 시간들이었다. 상암동으로 출근
해 회의하고 점심 먹고 또 회의하다가 재형과 말다툼하고
인사 발령이 언제 있을지 선배를 찔러보는 정도의 일상이
었다. 국장과는 맛집 알파고를 계속 촬영할지 말지를 두
고 설전을 벌였다. 나는 그러고 싶지 않다, 국장은 버리기
아까운 카드라는 거였다. 나는 그게 아니라고 설명하기
위해 또다시 그 모세의 기적이라는 비유를 써봤지만 국장

은 "야, 그게 기적이지 왜 아니야? 그런 기술의 축적은 기적 아니냐?" 하는 반응을 보였다. 고도성장기 출신다운 궤변이었다. 하지만 국장의 바람은 이루어질 수가 없었는데, 맛집 알파고, 곧 현우가 계폭을 해버렸기 때문이었다. 정작 국장은 그 단어의 뜻조차 알지 못해서 계폭은 계정 폭파를 가리킨다고, 스스로 계정을 없애고 게시되었던 모든 글과 자료를 없애는 SNS상의 존엄사라고 설명해주어야 했다. 트위터에는 대체 맛집 알파고가 왜 사라졌는가에 대한 억측들이 나돌았다.

마침내 12월 31일이 되어 종무식을 하고 평소보다 일찍 회사를 나서려는데, 소봄이 할 말이 있다고 했다. 지금이야 방송도 불발되고 알 바 아닌 일이 됐지만 맛집 알파고가 아무래도 우리를 속인 듯하다는 얘기였다.

"어떻게 속여?"

나도 기억을 짜내서 그 많은 상호를 맞혔다는 현우의 말을 믿은 건 아니지만 일단은 그렇게 물었다.

"녹화 영상 보니까 사진 보여주고 답하기까지 그 긴 시간 동안 꼭 한두번은 자리를 비웠더라고요. 화장실도 가고 카페도 들락거리고 담배도 피우고요."

"아, 그랬나?"

기억을 더듬어봤지만 그 시간이 길어도 너무 길어서

동선 하나하나까지 생각나지는 않았다. 그저 복통을 호소하는 재형과 입씨름하고 카페에서 제공한 음료들이 더럽게 맛없었다는 기억 이외에, 그리고 현우의 얼굴에서 오래전 내가 알았던 잠깐잠깐의 현우를 찾아보려 했다는 것 외에.

"근데 그게 왜?"

"그때마다 휴대전화를 가져갔고요. 노안 와서 잘 안 보인다고 가까이 봐야 한다고 해서 사진 파일을 알파고한테 보내줘가며 진행했고요."

"아,"

"갈비탕 맛집, 이렇게 검색해서 좌르륵 뜨는 사진들 보면서 맞힐 시간은 충분했던 거잖아요. 아니면 프로그래머니까 무슨 자기만의 노하우를 썼을 수도 있고요. 이미지 검색 같은 거. 맛집 사진들이야 인터넷에 쌔고 쌨으니까요."

소봄과 나는 마을버스 좌석에 나란히 앉아, 방송국들이 즐비한 이 영상단지의 기이한 인공미 속을 통과하고 있었다. 건물마다 걸린 대형 스크린과, 그 속에서 춤추고 노래하고 대화하는 수많은 사람들과, 조각품으로 만든 인간의 두상과 신체를 오로라처럼 밝히는 조명과 네온사인을 지켜보았다. 그 사이로 신호등이 바뀔 때마다 수십명의 직장인들이 이동하면서 퇴근하는 것을. 소봄은 화가 난다고

302

했다. 자기에게 이 일이 다분히 인간적인 능력, 기억력을 이용하는 것이기에 보람이 있다고 철학적인 얘기까지 해놓고는 그런 트릭을 썼다는 것이. 나는 달리 할 말이 없어서 소봄씨 장갑 예쁘다,라고만 칭찬했다. 푸른색이 잘 어울려, 하고.

그날밤 떡볶이집에서 나와, 이제 다시 헤어지기 위해 택시를 기다리던 나는 오래전 우리가 함께 보냈던 크리스마스이브에 대해 이야기했다. 다른 모든 정황은 빼고 그때 책 읽던 사람 기억나느냐고, 그 사람 꼭 옥주 언니 닮지 않았느냐고, 너무 닮아서 기분이 나빴네, 하고. 현우는 자기도 그때를 기억한다고 했다. 우리가 들렀던 몇군데 여관 중에 그때까지 자신의 아버지가 달셋방으로 살고 있던 여관이 있었으므로 더 잊을 수가 없다고. 현우는 혹시 그 사실을 내게 들킬까 긴장해서 오줌까지 마려웠다고 했다. 나는 우리가 늙고 이렇게 아무것도 아닌 사이가 되어서 이제 나한테 오줌 얘기까지 하는구나, 하고 받았다.

"아니야."

"아니긴 뭐가 아니야? 결국 오줌 얘기나 하면서."

"아니, 그때 그 사람은 옥주 선배랑 전혀 닮지 않았다고."

내가 피식 웃으며 옷깃을 여미는데, 현우가 무언가를 해명하고 싶은 사람처럼 손바닥을 펼쳐 보였다. 이 모든 싸움에서 결국 아무것도 얻지 못했다며 항복하듯. 아무것도, 아무것도 없다고, 말하고 싶은 사람처럼.

"잘 지내."

눈발이 휘몰아치는 가운데 등을 밝히며 택시가 도착했고 나는 십이년 전 영등포에서보다는 나은 마지막 인사를 건네며 차에 올랐다. 복수도, 화해도, 용서도, 기적적인 능력에 대한 찬탄이나 입증, 아무것도 가능하지 않던 부산행이지만 적어도 생일 축하는 있었다고 생각하면서. 그러니 홀리하긴 홀리했다고 여기면서.

평소처럼 집으로 가서 텔레비전을 보는데, 재형이 중국집 블로그에 남길 리뷰를 메시지로 보내왔다. 육두문자만 쓰지 않았을 뿐 분풀이와 히스테리로 점철된 한심한 글이었다. 나는 그런 리뷰 올릴 생각 하지 말고 새해를 경건하게 맞으라고 하려다가, 어차피 그런 해원의 과정 없이는 아무것도 잊힐 리가 없다는 생각을 했고, 친구 된 도리로서 건,조,하,게,라고만 적어 보냈다. 베란다에서 돌아가는 건조기 안의 빨래들처럼 건조하게, 너무 건조하다보니 티셔츠가 행주만 해지고 수건이 행주만 해지고 다시 행주는 아기손수건만 해지고 그렇게 줄어들고 줄어들더라도 신기하게 어딘가에는 쓰임이 있는 세탁물들처럼 건조하게.

그러나 재형은 그럴 수는 없다고, 복수를 하고야 말겠

다며 뜻을 굽히지 않았고 나는 인생의 진리를 가르쳐줘도 이 미련한 중생이 찾아먹지를 못하는구먼, 하면서 대화창을 닫아버렸다. 타종 행사를 기다리다 눈을 감았는데 바로 오늘 밤 영도의 묘박지에서 묵직한 뱃고동 소리를 내며 우주적으로 협연할 배들이 떠올랐다. 고래나 코끼리 같은 커다란 포유류들이 서로를 부르고 찾는 듯 들릴 그 소리를. 그러니까 눈 내리는 희귀한 부산의 크리스마스에 우리가 했던 일들은 겨우 그런 사실에 대해 알게 되는 것 아닌가. 모두가 모두의 행복을 비는 박애주의의 날이 있다는 것. 하지만 그런 것에 대해 알게 되고 꿈꾸고 심지어 철학하는 일은 대체 뭔가. 나는 존재를 회의한다는 그 잉어를 정말 촬영하러 가야 하나.

이윽고 텔레비전에서는 새해를 알리는 카운트다운이 끝나고 종로의 보신각에서 사람들이 종을 울렸다.

가장 작은 사람들의 크리스마스

어려서 부모님이 주셨던 크리스마스 선물 중에는 작은 쪽지와 함께 조그맣게 접힌 천원짜리 지폐가 있었다. 쪽지에는 착한 어린이가 되라거나 부모님 말씀을 잘 들으라거나 하는, 어린아이로서는 그다지 흥미가 가지 않을 당부들이 적혀 있었으므로 그 내용에 대한 세세한 기억은 없지만 눈을 뜨면 머리맡에 선물이, 작은 탄성을 자아내는 기쁨이 있었다는 기억만은 선명하다. 이후 성장하는 동안 겪은 어떤 불행들도 그때 그 겨울의 빛을 완전히 앗아갈 수는 없었다. 촛불이 꺼지지 않게 손으로 바람을 가리듯 그 기쁨이 사라지는 것을 내 안의 무언가가 힘써 막았기 때문이다.

몇년 전, 이 연작의 시작점인 「크리스마스에는」(『우리는 페퍼로니에서 왔어』, 창비 2021)을 쓰고 나서 다른 작품들로 이어 쓰고 싶다고 생각했지만 완성할 수 있으리라고는 기대하지 않았다. 하지만 이후 팬데믹이 오면서 「첫눈으로」(『놀이터는 24시』, 자이언트북스 2021)의 소봄 이야기를 더 해볼 수 있었고 건강이 좋지 않아 예정된 작업들을 포기하면서 「은하의 밤」 속 은하를 소설로 옮겨낼 수 있었다. 우연히 이어진 어려움들이 연작을 완성시켜준 셈이다.

창비 '스위치' 등에 연재를 시작해 한편 한편 보낼 때마다 마음속 가장 깊은 그늘과 가장 환한 빛을 동시에 통과하는 기분이었다. 한해를 정신없이 보내다 연말이 되면, 곧 소멸될 일년이라는 시간과 그 속에서도 여전히 붙들고 있는 것들이 더 뚜렷해지듯 말이다. 인물들 저마다 각자의 어려움과 피로, 슬픔과 고독을 여전히 지니고 있었지만 그래도 완전히 잃어버린 것은 없다고 말하고 있었다. 긴긴 밤을 지나 걸어오면 12월이라는 기착지에 멈춰서게 되고, 그것을 축복하듯 내리는 하늘 높은 곳의 흰 눈을 만나면 비로소 아득해지기도 한다고. 그렇게 우리가 아득하게 삶을 관조해낼 때 소란스러운 소동 너머에 있는 진짜 삶을 만지게 되는 것일지 모른다고. 우리에게 겨울이, 크리스마스가 있는 이유는 바로 그렇게 무엇이, 어떤 사람이, 어떤 시간이 진짜인가를 생각해보기 위해서일 것이다.

작업을 해나가면서 성당에 나가 주일을 보내기 시작했다. 아마 이 도시에서 가장 규모가 작을 동네 성당에는 내가 그간 한번도 보지 못한 수의 노인들이 앉아 있었다. 그분들의 나직한 기도와 읊조림과 느린 발걸음 속에서 계절을 보내는 동안 때로 나는 너무 젊게 느껴졌고 때로 마치 백지처럼 삶에 대해, 인간에 대해 아무것도 알지 못한다는 생각을 갖게 됐다. 그렇게 세상에 대해 채워나가야 할 아주 많은 수의 조각들을 알게 된 것이 다행스럽다. 이 일곱개의 단편이 아니라면 가능하지 않았을 일이다.

소설을 내놓을 때마다 늘 혹독한 이별을 겪는 듯하지만 아직 오지 않은 겨울을 그리며 글을 적는 지금은 그렇지 않다. 어쩌면 내가 아니라 소설을 읽어줄 분들을 통해 『크리스마스 타일』 속 인물들이 더 씩씩하고 멋지게 세상 속으로 근사하게 섞여들 것만 같다. 그렇게 해서 맞이할 모두의 겨울에 평화가 있기를, 각자가 완성한 크리스마스 풍경들이 그 각자의 이유로 가치 있게 사랑받기를 바란다. 우리는 무엇도 잃을 필요가 없다, 우리가 그것을 잃지 않겠다고 결정한다면.

출간 작업을 함께해준 창비 편집부의 박지영 팀장님, 별처럼 환한 추천사로 응원해주신 김이나 작사가님과 박정민 배우님께 깊은 감사 인사를 드리고 싶다. 사랑하는

가족들, 특히 김영순, 김병애 두 어머님들께 그리고 오랜
친구 정미에게 늘 그랬듯 다정한 감사를 전한다.

겨울에 필요한 마음들을 되짚어보며,

김금희

- 맛집 사진만으로 상호를 맞힌다는 설정은 트위터의 한 게시물에서 착안했지만 그 이외에는 허구이다.
- 「은하의 밤」에서 오태만의 기획서에 등장하는 프로그램 타이틀은 김성규의 시 제목 「천국은 언제쯤 망가진 자들을 수거해가나」(『천국은 언제쯤 망가진 자들을 수거해가나』, 창비 2013)에서 왔다.
- 「데이, 이브닝, 나이트」에 등장하는 경은의 대사 중 일부는 송태효 「영화는 빛의 예술인가?」(『고대신문』 2008년 5월 20일자)를 참고했다.
- 「월계동(月溪洞) 옥주」에서 기숙사 안으로 들어가지 못한 한국인과 그를 도와준 중국인이 중국어 개인 과외를 하게 된다는 설정은 오마이뉴스의 한 기사를 읽고 착안했다. 하지만 구체적 정황과 인물은 모두 기사와 상관없는 허구이다.
- 호숫물을 떠다 등잔을 밝힌다는 예후이의 말은 한샤오궁의 소설 『마교사전』(민음사 2009)의 표현을 변형한 것이다.
- 「하바나 눈사람 클럽」의 인물들이 버스터미널에서 하는 게임은 사이토 마리코의 시 「눈보라」(『단 하나의 눈송이』, 봄날의책 2018)에서 착안했다.
- 「크리스마스에는」에 등장한 '철학 잉어'는 소설가 윤영수의 단편 「귀가도1 — 철학 잉어」(『귀가도』, 문학동네 2011)에서 착안했다.

크리스마스 타일

초판 1쇄 발행 • 2022년 11월 25일
초판 5쇄 발행 • 2022년 12월 23일

지은이 / 김금희
펴낸이 / 강일우
책임편집 / 박지영
조판 / 박아경
펴낸곳 / (주)창비
등록 / 1986년 8월 5일 제85호
주소 / 10881 경기도 파주시 회동길 184
전화 / 031-955-3333
팩시밀리 / 영업 031-955-3399 · 편집 031-955-3400
홈페이지 / www.changbi.com
전자우편 / lit@changbi.com